THEA DORN

Ringkampf

Buch

Frankfurt erwartet eine große Premiere: Das Opernhaus soll mit dem »Ring des Nibelungen« neu eröffnet werden. Vor Jahren war das Theater am Vorabend der Premiere ebenjenes Wagner-Zyklus abgebrannt. Neues Spiel, neues Glück: Der damalige Regisseur Alexander Raven und die Dramaturgin Cora Starneck werden an den Main zurückberufen. Zur Wiedereröffnung des Opernhauses sollen sie die in Flammen aufgegangene Mammut-Inszenierung kostengünstig reanimieren. Den engagierten, aber labilen Regisseur und die kühle Dramaturgin verbindet aber nicht nur die gemeinsame Arbeit am alten und nun am neuen »Ring«, sondern auch eine Liebschaft, die Raven jedoch, just in der Brandnacht, beendete. Vergeblich versucht Raven, den Rauchschwaden der Vergangenheit zu entkommen – die gemeinsamen Proben geraten schnell zum archäologischen Grabenkampf …

Autorin

Thea Dorn, geboren 1970 in der Nähe von Frankfurt a. M., machte eine Ausbildung in klassischem Gesang und wäre beinahe Opernsängerin geworden. Sie wandte sich dann jedoch dem Studium der Philosophie und Theaterwissenschaft in Frankfurt, Wien und an der Freien Universität Berlin zu, wo sie später Dozentin für Philosophie war. Schon mit 24 veröffentlichte sie ihren ersten Roman »Berliner Aufklärung«, für den sie den Raymond-Chandler-Preis erhielt. Es folgten »Ringkampf« und »Die Hirnkönigin«, ausgezeichnet mit dem »Deutschen Krimipreis«. Zuletzt sorgte sie mit ihrem Psychothriller »Die Brut« für Furore und erntete begeisterte Kritiken. Thea Dorn lebt als freie Autorin in Berlin.

Von Thea Dorn außerdem als Goldmann Taschenbuch lieferbar:

Die Hirnkönigin. Roman (44853) · Berliner Aufklärung. Roman (45315) · Ultima Ratio (45415) · Die Brut. Roman (geb., 54566)

Thea Dorn

Ringkampf

Roman

GOLDMANN

FSC
Mix
Produktgruppe aus vorbildlich bewirtschafteten Wäldern und anderen kontrollierten Herkünften

Zert.-Nr. SGS-COC-1940
www.fsc.org
© 1996 Forest Stewardship Council

Verlagsgruppe Random House FSC-DEU-0100
Das FSC-zertifizierte Papier *München Super* für Taschenbücher aus dem Goldmann-Verlag liefert Mochenwangen Papier.

2. Auflage
Taschenbuchausgabe April 2003

Der Goldmann Verlag ist ein Unternehmen
der Verlagsgruppe Random House GmbH.
Umschlaggestaltung: Design Team München
Umschlagfoto: Wolf Huber
Satz: IBV Satz- und Datentechnik GmbH, Berlin
Druck und Bindung: GGP Media GmbH, Pößneck
JE · Herstellung: Str.
Printed in Germany
ISBN-10: 3-442-45404-2
ISBN-13: 978-3-442-45404-4

www.goldmann-verlag.de

Für Richard Wagner
in Erinnerung an die Tage im Exil

Obwohl 1987 in Frankfurt am Main tatsächlich die Oper niedergebrannt ist, handelt es sich bei »Ringkampf« um einen fiktiven Roman. Personen und Handlung sind frei erfunden. Ähnlichkeiten mit lebenden oder toten Personen wären daher – außer im Falle Richard Wagners – rein zufällig.

Dramatis Personae

Cora Starneck: Dramaturgin, stand unglücklicherweise nicht immer in einem reinen Arbeitsverhältnis zu

Alexander Raven: Regisseur, erfährt bei seinem Daseinskampf eheliche Rückendeckung durch

Elisabeth Raven-Winterfeld: Sängerin der Woglinde, hätte lieber die Rolle von

Jessica Johnson-Myer: international gefeierte Brünnhilde, steht im Zentrum des emotional-pekuniären Engagements von

Egolf Zanassian: feinsinniger Frankfurter Immobilienfürst, letzte Geldquelle für

Renate Krösch: Kulturdezernentin der Stadt Frankfurt, hat meistens schlechte Nachrichten für

Hermann Preuss: Generalmanager der Oper Frankfurt, wäre der Vorgesetzte gewesen von

Hans von Gluck: Technischer Direktor der Oper Frankfurt a. D., verbringt seinen Lebensabend in nicht minder tiefem Groll als

Elli Schubert: zur Nachtpförtnerin umfunktionierte Souffleuse, glühende Anhängerin von

Haffner: scheidender Intendant und Generalmusikdirektor der Frankfurter Oper, übergibt den Dirigentenstab an

Benito Bellini: neuer Generalmusikdirektor und künstlerischer Intendant der Oper Frankfurt, läßt sich bekochen von

Reginald Schönstedt: Regieassistent, beweist kameradschaftliche Solidarität mit

Ivan Jouvain: zum Korrepetitor degradierter Kapellmeister, wird vom Schicksal früher ereilt als

Slawomir Wolansky: Sänger des Alberich, macht auf der Bühne eine schlechtere Figur als

Jochen Sywoll: Sänger des Wotan, wird in dieser Eigenschaft heimgesucht von

Gwendolyn: Hospitantin, verrückt nach

Richard Wagner: deutscher Komponist, Dramatiker, Musiktheoretiker, Dirigent, Regisseur, Revolutionär, Bühnenbildner und Baumeister, widerspenstiger Stachel im Fleisch von

Cora Starneck: siehe oben

Vorspiel

Er hatte sich die Götterdämmerung anders vorgestellt. Zwar umhüllte ihn schwarzes Gewölk, zwar umloderten ihn gleißende Flammen, zwar brach der Himmelsdom in Trümmer, doch die rechte Stimmung wollte nicht aufkommen. Wotan röchelte. Er spürte, wie er langsam erstickte.

Reuig fiel er auf die Knie. Nie wieder wollte er seine Gattin betrügen. Nie wieder wollte er eine seiner Töchter oder alten Geliebten einschläfern. Nie wieder wollte er seine Schwägerin verhökern. Nie wieder wollte er gestohlenes Gold stehlen. Nie wieder wollte er eine Villa in Auftrag geben, die er nicht bezahlen konnte. Nie wieder wollte er inzestuöse Zwillinge zeugen. Nie wieder wollte er tumbe Ehemänner erschlagen. Nie wieder wollte er sich als Wolf im Unterholz herumtreiben. Nie wieder wollte er an seiner göttlichen Bestimmung zweifeln. Nie wieder wollte er das Wort *Götterdämmerung* in den Mund nehmen.

Wotan hob den Blick. Er sah nur Rauch und rot. Glühende Metallskelette spreizten ihre Finger. Stahlträger hörten auf zu tragen. Mauerwerk wankte, Leinwand brannte. Vorhang flog in Fetzen davon.

Der Gott sank am Boden zusammen. Verzweifelt schlug seine Lunge mit den Flügeln. Noch nie gehörte Musik dröhnte in seinen Ohren. Auf roten Tatzen kroch das Feuer näher. Tausend Zungen leckten nach ihm.

Zum letzten Mal atmete Wotan die vergiftete Luft. Tränen füllten seine Augen. Er zog sich den weiten Göttermantel über den Kopf. Als die Flammen seine Füße fraßen, wurde Wotan Nihilist.

Der rote Hahn hatte Frankfurt aus dem Schlaf gekräht. Schwerer Qualm wälzte sich über der Stadt. Eine verschreckte Menschenmenge drängte um das Opernhaus. Aufgerissene Augen hingen an der Feuersäule, die aus dem Dach heraus mächtig in den Himmel stieg. Daneben ging die Sonne glanzlos auf. Im Foyer erwachten die Goldwolken, als dämmere ein gewöhnlicher Morgen. Die Außenmauern wahrten den Schein. Doch im Innern der Oper hatte das Sterben begonnen.

Die Möwen segelten im Funkenflug. Scharenweise stießen sie ins Flammenmeer hinab. Der Main bedeckte sich mit der Asche seiner Töchter.

Reglos kauerten die Junkies im Opernpark. Horror und Heroin kämpften um ihre Pupillen. Sie verfluchten den Stoff, aus dem ihr Alptraum war.

Wie ein Denkmal stand der Intendant und Generalmusikdirektor vor seinem brennenden Haus. Das grelle Spektakel verschlang sein letztes Werk der Nüchternheit. Noch eine Woche hätte er gebraucht, die Wagnerschen Feuerzauber im *Ring des Nibelungen* kleinzukochen. Doch die kantig gemeißelten Züge verbaten sich ein jegliches Lamento. So gefaßt und trocken, wie er hier neuneinhalb Jahre den Taktstock geführt hatte, so gefaßt und trocken nahm er nun seinen Abschied.

Neben ihm fröstelte der Kulturdezernent. Ein Streifen nackter, weißer Haut stach unter flatternden Schlafanzugbeinen hervor. Die Härchen sträubten sich im kalten Morgenwind. Auch seine Amtszeit ging zu Ende. Als Schutzherr einer blühenden Kulturlandschaft hatte er aus Frankfurt scheiden wollen. Er strich sich durch die Silbermähne. Was blieb, war nurmehr Wallenstein am Grabesrand.

Die Stunde des Einsatzleiters hatte geschlagen. Der oberste Branddirektor kam, sah und brüllte. Mit quietschenden Reifen war er vom Flughafen zurückgefahren. Schon die fernen Rauchgebirge hatten an seiner Ehre gekratzt. Die Flammen, die ihn jetzt zum Emporblicken zwangen, zernagten seinen Stolz. Er kommandierte ein Dutzend Männer in die Oper ab. Im Kraftwerk der Gefühle herrschten sechzehnhundert Grad.

Immer neue Löschzüge umstellten das verglühende Gebäude, gruben ihre Räder in den schlammigen Wiesengrund. Auf dem Main hängten Feuerwehrboote ihre Pumpen ins Wasser.

Der Technische Direktor der Oper bahnte sich den Weg durch das Gewühl aus Schläuchen und hilflos hilfsbereiten Händen. Zwanzig Jahre hatte er an diesem Haus gearbeitet, zwanzig Jahre in ihm gelebt. Ihm brannte das Herz.

Am Pförtnereingang hatte sich eine verzweifelte Menschentraube gebildet. Orchestermusiker wollten ihre hölzernen und blechernen Geliebten aus den Flammen retten. Feuerwehrmänner versperrten den Zutritt. Die Musiker kamen ohnedies zu spät. Der Himmel hing bereits voll Geigen und Posaunen.

Der Chor hielt sich abseits und kommentierte das Geschehen. Er konnte an dem Brand nichts Schreckliches finden. Denn schrecklicher erschien ihm das tägliche Proben.

Niemand hatte Augen für das Flüchtlingspaar, das spärlich bekleidet auf Reisekoffern hockte. Die bleichen Gesichter flackerten im Widerschein der Flammen. Der Mann saß wie tot. Die Frau wiegte vier schwere Bücher im Arm. Neun harte Monate hatten der Regisseur und seine Dramaturgin daran gearbeitet, den *Ring des Nibelungen* zu zerfeilen und neu zu schmieden. Schreckensstumm schauten sie zu, wie das Feuer ihn in einer halben Nacht zerschmelzen ließ.

Ein Mädchen mit schwarzem Zopf schluchzte. Ihr einer Kniestrumpf war heruntergerutscht, der andere lehmverschmiert. Sie hatte die Hände vors Gesicht geschlagen. Zwischen den weichen Kinderfingern quollen Tränen hervor.

Immer lauter dröhnte das Löschwasser. Immer lauter tosten die Flammen. Eine Welt ging in Rauch auf. Die letzte Wand des Bühnenturms brach in die Tiefe. Funkengewitter erleuchteten den Himmel.

Hoch oben, im zweiundfünfzigsten Stock des benachbarten Bankenturms, blickte eine einsame Gestalt durchs Panoramafenster. Zartfingrig zupfte sie die Saiten ihrer Leier.

Erster Aufzug

»Wie alles war, weiß ich|...«

Erda, *Das Rheingold*, 4. Szene

1

Die Erde war eine Aluminiumglatze. Nackt und schimmernd wölbte sie sich den anderen Planeten entgegen, die als stählerne Gedankenblasen das kahle Haupt umschwebten. Im Innern des Schädels herrschte die Finsternis eines erblindeten Hohlspiegels.

Er war zurückgekehrt, der Kopf, dem diese Welt entsprungen war. Schweigend wanderte er durch seine verlassenen Landschaften. Vor ihm lag eine dunkle Vergangenheit. Der Ring ging in die zweite Runde.

Alexander Raven hob den Blick von seinem Bühnenbildmodell. Fünfzig Augenpaare hatten sich auf ihn gerichtet. Wenige neugierig, manche blasiert, die meisten gelangweilt. Sänger, Sängerinnen, Kapellmeister, Korrepetitoren, Assistenten, Hospitantinnen, Werkstättenleiter, Inspizientinnen. Die Opern-Hydra war aus langem Sommerschlaf erwacht und hatte ihre zahllosen Köpfe um den Mann herum versammelt, der angetreten war, sie abermals zu bezwingen.

Der Regisseur schloß die Augen. Er sammelte Kraft für den Ring. Ein doppelter Kampf stand ihm bevor. Mit einer Hand mußte er die Bestie am straffen Zügel halten. Mit der anderen Hand mußte er hinter sich tasten, eine Inszenierung auferstehen lassen, die vor Jahren zu Asche verglüht war.

Brüchige Zelluloidbilder flimmerten an ihm vorbei.

Er sah eine Frau schaukeln. Einen Mann nahen. Die beiden Figuren sich langsam übereinanderschieben. Eine schwarze Gestalt sich im Hintergrund erheben. Ihre verschatteten Augen aufblitzen. Eine Stichflamme emporschießen. Die Schaukel leer pendeln.

Die Bilder krümmten sich. Der Film riß.

Knarrend öffnete sich am anderen Ende der Probebühne eine Stahltür. Pfennigabsätze klackten, Stuhlbeine schrammten über den Estrich. Eine Hand legte sich um den Nacken des Regisseurs. Die verspätete Frau setzte sich und warf die langen schwarzen Haare zurück.

Alexander Raven erstarrte. Um ihn herum breitete sich Unruhe aus. Seine Zungenspitze huschte über die aufgesprungenen Lippen.

»Ich freue mich, so viele bekannte Gesichter wiederzusehen«, begann er seine Ansprache ohne begrüßende Umschweife. »Das macht die Sache für uns alle einfacher.« Seine Stimme klang rauh. Er schluckte. In seinem Hals steckte ein Eiszapfen. »Denn wie Sie wissen, haben wir nicht viel Zeit. Zwei Monate für so eine gewaltige Produktion, das ist die absolut untere Grenze des Machbaren. Auch oder gerade für eine Re-Inszenierung. Das heißt, wir müssen alle sehr diszipliniert, sehr präzise zusammenarbeiten. Sackgassen oder unnötige Umwege bedeuten das Aus. Darüber sollten wir uns von vornherein im klaren sein. Ich will Ihnen nichts vormachen: Die nächsten Wochen werden für alle eine enorme Belastung. Nur wirklicher Enthusiasmus kann uns helfen, die Aufgabe zu bewältigen. Aber ich bin ganz sicher, daß Sie diesen Enthusiasmus besitzen.«

Verwundert lauschte Alexander Raven seinen Worten, die wie Pingpongbälle von den Wänden zurücksprangen. Seine Augen wanderten hinter den Brillengläsern. Noch war die Bestie benommen von ihrem Schlaf, doch in einigen Pupillen glomm bereits Widerspruch. An einigen Hälsen schwollen die Adern, pumpten sich voll für das anstehende Kräftemessen. Die meisten Gesichter aber lagen friedlich da: unbeschriebene Flächen, die von ihrem Regisseur gestaltet werden wollten.

Die langhaarige Frau studierte ihre Fingernägel. Von ihren Mundwinkeln tropfte Spott. Alexander Ravens Blick zuckte zurück. Der Eiszapfen rammte sich tiefer in seine Eingeweide.

»Es hat keinen Sinn, jetzt viele Worte über mein Inszenierungskonzept zu verlieren«, floh er hastig in seine Rede zurück. »Ich will Ihnen nur einige Grundgedanken erklären. Alles weitere müssen wir dann in den nächsten Wochen Szene für Szene gemeinsam wieder erschließen.«

Der Regisseur, der sein eigener Bühnenbildner war, klammerte sich an den offenen Kasten neben ihm. »Die Kulissen sind nahezu unverändert«, begann er steif. »Diejenigen unter Ihnen, die damals schon dabei waren, werden sich erinnern. Wie Sie im Modell sehen, haben wir die Basis-Idee beibehalten.« Er holte Luft zu neuem Schwung. »Der gesamte Ring spielt an drei zusammenhängenden Grundorten. Denn wir haben es hier ja nicht einfach mit vier Opern oder Dramen zu tun. Der Ring ist ein geschlossenes System, ein totaler Weltentwurf. Wagners Universum funktioniert wie ein Räderwerk. Jedes Teil steht unter der Herrschaft des Ganzen. Aber damit steht auch das Ganze unter der Herrschaft des Einzelnen. Um das hermetische Gefüge zum Einsturz zu bringen, genügt es, daß ein Rädchen herausspringt.« Er pochte auf den Sperrholzkasten. »Diese Dialektik, diesen immanenten Vernichtungsprozeß, den der Ring exekutiert, müssen wir auch im Bühnenbild zeigen. Deshalb haben wir alle Orte auf drei Grundkonstellationen reduziert. Es ist dreimal dieselbe Welt, oder besser gesagt: Es sind drei verschiedene Blickwinkel auf denselben Mechanismus – den wir dann von Szene zu Szene stärker zerfallen lassen. Mit dem Drama schreitet die Zerstörung voran. Bis hin zur vollständigen Auslöschung, zum abschließenden Weltenbrand.«

Der Regisseur wischte sich die Stirn. Nervöse Flekken marmorierten die Haut über den angestrengten Wangenknochen. Der Eiszapfen in seinem Innern widerstand der Hitze, in die er sich geredet hatte. Er legte seine Hand auf die kühle Aluglatze des Modells. »Dies ist die erste Konstellation. *Der Erde Rücken*, wie es nachher in der *Wissens-Wette* von Wotan und Mime heißt. Auf dieser Krümmung müssen die Menschen, die Wälsungen und Gibichungen, ums Überleben kämpfen. Der Himmel mit seinen Planeten hängt in weiter Ferne. Wir werden gleich sehen, welche Beziehung zwischen diesen beiden Sphären besteht.« Er drehte den Kasten. »Doch kommen wir zunächst zur zweiten Konstellation. Die Nacht- und Schattenwesen erleben die Erdwölbung von innen, als gewaltigen, schwarzen Hohlraum. Das sind zunächst einmal die Nibelungen, aber auch die Rheintöchter sind im Grunde unterirdische Gestalten – im Bauch der Erde gärende Natur. Wenn der Nibelung, wenn Alberich ihnen das

Gold raubt, vergreift sich kein Fremder an etwas Fremdem. Es ist die Selbstentzweiung der unmittelbaren, der differenzlosen Natur.«

Metallische Blasen schimmerten in der dritten Kammer des futuristisch-tristen Puppenhauses. Fieberhaft redete Alexander Raven weiter. »*Auf wolkigen Höhen wohnen die Götter* – so sagt Wotan. Doch die Romantik dieser Beschreibung lügt. Und das weiß er selbst. Die Sphäre der Götter ist in Wahrheit eine eisige, starre Welt der Konventionen und Gesetze. Die Kälte, unter der die Erde erstarrt, strömt von diesen Planeten aus. Deshalb will Wotan den neuen Menschen schaffen – einen Menschen, der die abstrakte Götterwelt mit der brodelnden Natur versöhnt. Doch sein Heilsplan geht nicht auf. Der neue Mensch wird zwischen der über- und der unterirdischen, zwischen der kalten und der heißen Macht zermahlen. Sein Experiment scheitert. Die beiden Mächte lassen sich nicht versöhnen. Im Gegenteil. Die Vernichtung wird beschleunigt. Der gespaltene Kosmos implodiert.«

Der Regisseur fuhr sich mit der Hand an den Hals. Kalter Schweiß stand in seinem Hemdkragen. Die schwarzhaarige Frau blätterte in ihrem Kalender. Der Regisseur senkte den Blick. Er verlor sich in dem Gewirr dunkler Streifen, das seine Schuhe auf dem Holzpodest hinterlassen hatten.

»Ich hoffe, es ist ungefähr deutlich geworden, worauf es mir ankommt.« Das Feuer in seiner Rede war erloschen. Erschöpft sog er den Atem zum abschließenden Höflichkeitsakt ein. »Ich möchte Ihnen danken, daß Sie mir eine zweite Chance gegeben haben, den Ring hier, mit Ihnen, zu inszenieren. Ich bin sicher, es wird eine spannende Zeit werden. Ich freue mich darauf. Haben Sie herzlichen Dank.«

Fünfzig Händepaare klatschten. Wenige frenetisch, manche höflich, die meisten pro forma.

Alexander Raven zwang ein Lächeln in sein Gesicht. Er trat vom Bühnenpodest herunter, sank auf einen Stuhl und faßte sich an die pochenden Schläfen.

Aus dem verebbenden Applaus erhob sich eine zierliche Gestalt. Mit drei geschmeidigen Schritten erklomm Benito Bellini den erhöhten Rednerplatz. Ein letztes Mal lockerte der Generalmusikdirektor und künstlerische Intendant der Oper Frankfurt die Muskeln. Ruhegebietend hob er die Arme. Es war eine bloße genealogische Laune, die ihn zum Urahn des italienischen Belcantokomponisten gemacht hatte. Der musikalischen Sache nach verband ihn mit Vincenzo nichts. Benito Bellini legte seine Leichtfüßigkeit ab, sobald er die Pforten zur Kunst aufstieß. Den Tempel betrat er in Bleischuhen.

»Liebe Kolleginnen! Liebe Kollegen! Liebe Freunde!« Getragen begann der Dirigent den Eröffnungssatz. »Sie alle wissen, welch schwierige Jahre hinter mir, hinter uns liegen. Sie alle haben es schmerzlich erlebt. Als ich meine Arbeit an diesem Haus aufnahm, stand ich vor einer Ruine. Ich kam, um Musik, um Oper zu gestalten, und sah rauchende Trümmer. Für viele Jahre war unser Ensemble ohne feste Heimat, wir mußten an miserablen Ausweichorten spielen, einen Monat hier, den nächsten dort. Wir haben gelebt wie ein erbärmlicher Wanderzirkus.«

Die Last der Erinnerung senkte sich auf das edle

Haupt. Eine immer noch schwarze Locke fiel ihm in die Stirn. Er verlagerte sein Gewicht. Mit freien Kadenzen schwang er sich ins Allgemein-Ideelle empor. »Was aber ist ein Opernhaus, wenn nicht ein vibrierender, tönender Organismus«, fragte er sinnend. »Was, wenn nicht ein sensibles Musikinstrument, das außer Liebe vor allen Dingen Geborgenheit braucht, um ungestört erklingen zu können? Das Wunder harmonischen Zusammenwirkens geschieht nicht auf der Straße. Wie eine erlesene Geige an widrigen Orten sich verstimmt, so leidet auch der empfindliche Körper eines Opernensembles, wenn es aus seiner sicheren Heimstatt vertrieben wird.«

Mit ausholender Geste leitete der Dirigent das spekulative Zwischenspiel in strahlendes Allegro über. »Nun endlich kehrt unser teures Instrument an seinen geschützten Platz zurück, wo allein sein ewiger Zauber sich entfalten kann! Endlich ist unser Haus wiedererrichtet, hat sich erhoben wie *Fenice* aus der Asche!« Er blickte lange in die Runde. »Und es war mir von Anfang an klar, daß ein so großes Ereignis, daß die Wiedereröffnung unserer Oper nur mit einem einzigen Werk gefeiert werden kann. Mit *dem* Werk, das vor uns das ewige Drama der Menschheit ausbreitet, das Liebe und Tod, Hoffnung und Haß, Macht und Ohnmacht, Verzweiflung und Erlösung in Töne gebannt hat wie kein zweites. Mit *dem* Werk, das in jeder Faser aus Schicksal gewoben ist – und das vor Jahren selbst – hier an diesem Ort – einem so bitteren Schicksal erliegen mußte. Ich brauche Ihnen weiter nichts zu sagen. Sie alle wissen, wovon ich rede. – Der Ring und dieses Haus, dieses Haus und der Ring – gemeinsam sind sie untergegangen, gemeinsam werden sie auferstehen in neuem Glanz.«

Der Generalmusikdirektor drosselte das Tempo und dämpfte die Lautstärke. »Dabei werde ich nie vergessen, welche Verantwortung ich auf mich nehme, indem ich zu vollenden wage, was meinem unglücklichen Vorgänger auf so tragische Weise entrissen wurde. Ich bin mir bewußt, welch schweres, aber auch unendlich reiches Erbe ich heute antrete. Ich verspreche Ihnen und ihm, diesem großen Musiker und Künstler, daß ich alles tun werde, um die Arbeit, die er begonnen hat, zu einem guten Ende zu führen, um das bittere Scheitern in leuchtenden Erfolg zu verwandeln.«

Der Dirigent hielt schweigend die Spannung. Zur Schlußkadenz wandte er sich an den versunkenen Regisseur. »Herr Raven! Haben Sie meinen ganz persönlichen Dank, daß Sie bereit waren, ein zweites Mal nach Frankfurt zu kommen und uns mit Ihrer wunderbaren Inszenierung zu beschenken. *Mille, mille grazie!* Mögen die langen Zeiten der Diaspora für unsere Oper beendet sein!«

Die versammelten Ensemblemitglieder stimmten eine Kakophonie an, die das beschworene Wunder harmonischen Zusammenwirkens in weite Ferne rückte.

2

Weia! Waga! Woge, du Welle, walle zur Wiege! Wallala weia! Wagala weiala weia!

Elisabeth Raven-Winterfeld hielt in ihren gleichmäßigen Bügelbewegungen inne. Sorgfältig stellte die

Sängerin das heiße Eisen zur Seite und schaute in den Klavierauszug, der auf dem wachstuchbedeckten Küchentisch lag. Als erfahrene Plätterin wußte sie, daß man Textfehler ausbessern mußte, bevor sie im Gedächtnis eingebügelt waren.

Tatsächlich hatte sich eine kleine Falte in Woglindes Anfangszeilen geschlichen. Das Bügeleisen glitt wieder auf und ab. *Weia! Waga! Woge, du Welle, walle zur Wiege! Wagala weia! Wallala weiala weia*, korrigierte die Sängerin.

Das schwarze Hemd war fertig. Elisabeth knöpfte es zu – *Weia! Waga!* – drehte es auf den Bauch – *Woge, du Welle!* – faltete die Seiten nach hinten – *Walle zur Wiege!* – winkelte die Ärmel an – *Wagala weia!* – schlug das untere Drittel ein – *Wallala weiala weia!* – und klappte es zusammen. Sie strich über das saubere Rechteck. Künstlerischer wie hausfraulicher Anspruch waren fürs erste befriedigt.

Sie räumte das Bügelbrett weg, kochte ihren allabendlichen Lindenblütentee und setzte sich an den Küchentisch. Mit disziplinierter Lustlosigkeit kämpfte sich die Gesangssoldatin durch ihre Noten. Die Rolle des germanischen *Riot-Girl* bedeutete ihr nichts. Aber im Gegensatz zu den meisten ihrer Kolleginnen hatte sie eine bescheidene Auffassung von ihrem Beruf. Sie sang nicht, um sich selbst zu verwirklichen. Sie versah ihren Dienst an der Musik. Zuverlässig und solide.

Elisabeth hatte im Klavierauszug eine der wenigen Stellen erreicht, die ihr jedoch tatsächlich gefielen. Woglinde offenbarte Alberich, dem läufigen Nibelungen, das Geheimnis des Rings: *Nur wer der Minne Macht entsagt, nur wer der Liebe Lust verjagt, nur der er-*

zielt sich den Zauber, zum Reif zu zwingen das Gold. Mit feinen Kreuzstichen stickte die Sängerin den Spruch in ihr Gedächtnis.

Ein Nachtfalter war durch das gekippte Fenster hereingekommen und flatterte um die orangene Plastikschüssel der Deckenlampe. Elisabeth fing ihn mit einem Küchenkrepp. Sie quetschte das Papier in ihrer Faust zusammen und warf es in den Abfalleimer. Vielleicht war es eine Motte gewesen. In Theaterwohnungen gab es immer Motten.

Die Sängerin repetierte das weitläufige Entsagungsmotiv ein letztes Mal. Drei Töne Anlauf, gemäßigter Hochsprung zur kleinen Sext, langsamer Abgang in Prim- und Sekundschrittchen.

Es war spät geworden. Leise Unruhe befiel die Regisseursgattin. Alexander Raven war überfällig.

Sie stand auf und trat ans Fenster. Ihre Finger nestelten am braunen Vorhang. Vor Jahren hatte sie Alexander Raven von Zigaretten und Alkohol weggebracht und ihn durch Heirat aus seiner dritten, noch ruinöseren Liebschaft befreit. Seitdem eben diese heute nachmittag beim Konzeptionsgespräch aufgetaucht war, hörte Elisabeth die alte Falle wieder schnappen.

Wasser rauschte durch das Abflußrohr. Die Sängerin fröstelte. Sie ging ins Schlafzimmer, um sich ihre gehäkelte Wollstola zu holen. Die immer gleichen und doch nie vertrauten Apartments von Amsterdam bis Zürich bereiteten ihr wachsendes Unbehagen. Der letzte Aufenthalt in der Münchner Eigentumswohnung lag Wochen zurück. Elisabeth begleitete ihren rastlosen Legionär des Musiktheaters auch dann, wenn er ihr in seinen Inszenierungen keine Rolle zugedacht hatte.

Im Flurspiegel begegnete sie einer abgespannt aussehenden Frau. Elisabeth erschrak. Weniger wegen der ungesunden Gesichtsfarbe an sich als vielmehr wegen der kostbaren Stimmbänder, deren Ermüdung ein grauer Teint anzeigte. Es waren ihre einzigen Juwelen, und sie achtete stets darauf, daß sie in einer makellos samtigen Kehle ruhten. Die Sängerin beschloß, ins Bett zu gehen.

Im Schlafzimmer war es schwül. Elisabeth öffnete ein Fenster und zog die Vorhänge zu. Sie begann, sich gewissenhaft auszukleiden, hängte ihre gestreifte Bluse und die dunkelblaue Bundfaltenhose in den Kleiderschrank, band zwei Lavendelsäckchen an die Bügel, roch an Söckchen und Slip, steckte beides in einen Wäschesack, holte aus ihrem Reisekoffer das letzte frische Nachthemd, schlüpfte in die flauschig warmen Hausschuhe, packte im Badezimmer den Kulturbeutel aus, putzte ihre ebenmäßig weißen Zähne, rollte das glattgedrückte Ende der Zahnpastatube auf, stellte diese gemeinsam mit ihrer und der Zahnbürste ihres Mannes in ein gepunktetes Wasserglas, wusch sich das Gesicht, wusch sich die Füße, bürstete ihre kurzen braunen Haare, spülte das Waschbecken aus und setzte sich auf die Toilette.

Die Vorlegematte war zartgelb und hatte Zottelfransen.

Elisabeth kehrte ins Zimmer zurück, nahm die braune Tagesdecke vom Bett und verstaute sie im Schrank. Alexanders Schlafanzug hängte sie über eine Stuhllehne, seine Pantoffeln stellte sie davor. Nach einem prüfenden Rundblick löschte sie das Hauptlicht und knipste das Nachttischlämpchen an.

Mechanisch griff sie nach dem *Rheingold*. Die Zeit vor dem Einschlafen nutzte Elisabeth gern für ein letztes abendliches Rollenstudium. Die Angewohnheit zahlreicher Sänger, ihre Noten nachts unter das Kopfkissen zu legen, hielt sie dagegen für Aberglaube. Sie schlug den Klavierauszug beim *Rheintöchtergesang* auf.

Heiajaheia, jauchzte es ihr entgegen, *heiajaheia! Wallala lalala leiajahei! Rheingold! Rheingold! Leuchtende Lust, wie lachst du so hell und hehr! Glühender Glanz entgleißet dir weiblich im Wag! Heiajahei! Heiajaheia!*

Elisabeth runzelte die Stirn und klappte den lasziven *lullaby* wieder zu. Sie war und wurde keine begeisterte Rheintochter.

Wie zufällig glitten ihre Finger zu dem zweiten Klavierauszug, der unter dem *Rheingold* hervorlugte. Zögernd griff die Sängerin zu.

Eine ganze Weile hielt sie die verbotenen Noten geschlossen in ihren Händen. Woglinde hatte in der *Walküre* nichts zu suchen. Gemeinsam mit ihren Schwestern tauchte sie nur im *Rheingold* auf und dann noch einmal kurz im letzten Teil, in der *Götterdämmerung*. Insgesamt bedeutete das vier Auftritte: zwei kleine, zwei winzige. Bei vierzehneinhalb Stunden Musik. Doch wie karg die Beute auch immer gewesen war: Noch nie hatte Elisabeth sich gestattet, aus der Rolle zu fallen. Das braune Buch wog schwer auf ihrem Schoß.

Ein Schlüssel drehte sich im Schloß. Elisabeth legte rasch den Klavierauszug beiseite. Sie lauschte den harten, hektischen Schritten im Flur, die einen kurzen Halt an der Küchentür machten und sich dann dem Schlafzimmer näherten.

Alexander Raven betrat den Raum. Der Schatten eines Lächelns saß in dem dramatischen Gesicht, das Migräne und Magengeschwüre vorzeitig zerfurcht hatten.

»Guten Abend, meine Liebe, du liegst schon im Bett? Habe ich mich wirklich so verspätet? Es tut mir leid. Aber ich mußte noch ein paar dringende Sachen im Theater besprechen. Du weißt ja, wie das ist.«

Er nahm seinen weichen, breitkrempigen Hut ab. Unentschlossen drehte er ihn in den Händen. »Bellini hat letzte Woche den Produktionsleiter gefeuert«, sagte er düster, »und dieser vernagelte Preuss – *Generalmanager* oder wie er sich seit neustem nennt – behauptet, er hätte kein Geld für einen anderen. Ich bin gespannt, wie wir unter solchen Umständen arbeiten sollen.« Mit einem bitteren Lachen warf er den Hut auf einen Stuhl. »Ich verstehe das einfach nicht. Auf der einen Seite erklären sie mir, sie sind pleite, und dann zahlen sie völlige Phantasiegagen an die Johnson-Myer. Dabei war unsere alte Besetzung hervorragend. Ich bin mir gar nicht sicher, ob wir mit dieser Bayreuth-Matadorin etwas gewinnen werden. Katharina war eine hinreißende Brünnhilde. Nie wieder habe ich eine so ehrliche, so echte Schlußszene gesehen.«

Umständlich kämpfte sich der Regisseur aus seinem Sommermantel. »Aber es ist vollkommen aussichtslos, mit denen zu diskutieren. Bellini will große Stimmen, will internationale Stars, und Preuss kuscht, obwohl er genau weiß, daß er damit in Teufels Küche gerät. Das Defizit soll dann natürlich auf die Inszenierung abgewälzt werden. Aber ich werde mir keine Kompromisse abhandeln lassen.« Alexander Raven setzte seine Brille ab und rieb sich die übermüdeten Augen. »Dieser Preuss ist eine elende Krämerseele von Kulturbürokraten. Ich sehe das jetzt schon: Überall wird er mir Steine in den Weg legen.« Er stutzte, als ob er sich an etwas zu erinnern versuchte.

Er trat ans Bett, beugte sich zu seiner Gattin hinunter, nahm ihren Kopf zwischen die Hände und küßte sie auf die Stirn. »Ich bin schrecklich, Liebling«, seufzte er. »Reden wir nicht mehr von diesem Theaterkram. – Aber es macht mich wirklich wahnsinnig. Wie soll ich so arbeiten? Wie soll ich mit Leuten zusammenarbeiten, die nicht vorbehaltlos hinter mir stehen?«

Elisabeth hatte sich im Bett aufgesetzt. Sie ergriff die Hände ihres Mannes. »Komm, du mußt dich ausruhen. Du bist ja völlig erschöpft.«

»Du hast recht«, sagte er, »morgen wird ein knochenharter Tag.« Er entwand sich dem zarten Händedruck. Abwesend knöpfte er sein durchgeschwitztes Hemd auf. »Ob es noch funktioniert?«

»Was?« Elisabeth war erleichtert. Sie hatte weder Tabak, Alkohol noch Parfüm gerochen, als Alexander sich über sie gebeugt hatte. »Ob was noch funktioniert«, wiederholte sie sanft.

»Meine Inszenierung.« Er sprach wie durch Nebel. »Es liegt ja alles so lange zurück, so viele Jahre, in denen so viel geschehen ist. Ob ich überhaupt noch begreifen werde, was ich damals gewollt habe? Manchmal habe ich Angst, wie ein Fremder vor meiner eigenen Arbeit zu stehen. Ich hätte mich auf diese Geschichte nicht einlassen sollen.«

»Das ist doch Unsinn«, beruhigte ihn Elisabeth. »Du weißt ganz genau, daß deine Inszenierung die beste seit Jahrzehnten ist. – Dein Schlafanzug hängt über dem anderen Stuhl.«

Der Regisseur schüttelte sich. Er langte nach dem braunen, frisch gewaschenen Baumwollpyjama. »Hast du einen schönen Abend gehabt?«

»Ich bin ein wenig den Text für morgen durchgegangen.« Elisabeth dämpfte ihre Stimme. »Sag mal, kriegt die Johnson-Myer wirklich so eine hohe Gage?«

Alexander Raven zuckte die Achseln. »Zehn- bis Fünfzehntausend zahlen die ihr sicher pro Vorstellung.«

Elisabeth zupfte nachdenklich an dem rosa Satinband, das ihr Nachthemddekolleté zusammenhielt. »Habe ich dir eigentlich schon mal erzählt, daß ich früher Brünnhilde gesungen habe? In Gießen – bevor wir uns kennenlernten. Ich bin sicher, ich hätte die Rolle noch parat. Vielleicht – wenn du mit Bellini reden würdest –«

Der Regisseur zog seine schwarzen Socken aus. »Liebling, laß nur. Du bist eine wunderbare Woglinde. Brünnhilde – das ist nichts für dich.« Mit kalten Füßen stieg er ins Bett.

Elisabeth hatte sich auf die Seite gedreht. Gelb strahlte die Nachttischlampe. »Willst du dir nicht die Zähne putzen?« Sie bemühte sich, nicht gekränkt zu klingen. »Ich habe deine Zahnbürste schon ausgepackt. Sie steht im Bad.«

»Danke, das ist lieb von dir. Aber heute beim besten Willen nicht mehr.« Der Regisseur streckte sich aus.

»Kann ich dann das Licht ausmachen?« Auf Elisabeths Sopran-Glanz hatten sich Schlieren gelegt.

»Ja, bitte.« Der Regisseur gähnte.

Dunkelheit breitete sich über das Bett. Straßenbeleuchtung illuminierte die Vorhangränder. Der Radiowecker blinkte.

»Damals mit Haffner – ich habe heute oft daran denken müssen, wie wunderbar er mich verstanden hat« sprach Alexander Raven in die unvollständige Finsternis hinein. »Nächtelang haben wir zusammengesessen, nicht nur er und ich, das ganze Team. Alles Mögliche haben wir diskutiert, wildes Zeug fabuliert, ohne Ende politisiert. Wir kannten nichts anderes als den Ring. Jeder war mit einem solchen Enthusiasmus bei der Sache! Und Wagner war immer nur der Anfang. Komplette Gegenweltentwürfe haben wir damals gesponnen. Es war eine chaotische, wundervolle Zeit. Ohne diese Atmosphäre wäre meine Inszenierung nie das geworden, was sie ist. Ich fürchte, mir wird das alles sehr fehlen, jetzt. Das neue Direktorium – ich weiß nicht. Bellini ist sicher ein exzellenter Dirigent, aber ich begreife noch nicht, was er mit dem Ring vorhat. Ich sehe noch nicht, was ihn an Wagner fasziniert. Irgendwie kann ich mich mit ihm nicht verständigen. Ich glaube, das Szenische interessiert ihn gar nicht. Wahrscheinlich ist er einer von diesen engstirnigen Taktstock-Egomanen, die unfähig sind, über den Rand ihres Orchestergrabens hinauszublicken. – Wie anders war Haffner. Er wollte immer genau wissen, was auf der Bühne geschieht. So oft er konnte, hat er die szenischen Proben besucht. Mit ihm konnte man richtiges Musiktheater machen, es war wirkliche Zusammenarbeit – damals.« Alexander Ravens Gedanken verloren sich im Halbdämmer.

Elisabeth hatte nicht zugehört. Im Schutze der Nacht wagte sich die Frage hervor, die sie seit heute nachmittag quälte. »Wieso hast du mir nicht vorher gesagt, daß diese Frau wieder dabei ist?«

Der Regisseur erstarrte, wie von einem plötzlichen

Krampf befallen. »Ich habe kein Bedürfnis, mit dir darüber zu reden«, sagte er frostig. »Ich bin jetzt müde. Gute Nacht.«

3

Reginald Schönstedt, der Regieassistent, saß im Schneidersitz auf dem rotseidenen Diwan und starrte mit halbgeschlossenen Lidern ins Leere. Er war blicklos für die Herrlichkeit, die ihn umgab.

Zwei prächtige Fasanen spielten in der Abendsonne. Ihre weitgeschwungenen Schwanzfedern bogen sich dem bronzenen Himmel entgegen. Gold rahmte die Idylle. An den Fensterscheiben flossen blutrote Samtkaskaden hinab. Die farbigen Glasblätter des Muranoleuchters zitterten fein wie Pappellaub. Kaleidoskopische Lichtsplitter tanzten an den Wänden. Vorwitzige Putten streckten ihre Köpfe aus dem Stuckfries hervor.

Reginalds nackte, glatte Brust hob und senkte sich rasch. Schweißperlen der Anstrengung standen in dem blassen Gesicht, auf dem die erst kürzlich vergangene Jünglingszeit ihre Mondkrater zurückgelassen hatte. Stumm bewegte sich der Mund. Langsam stülpten sich die leicht geöffneten Lippen nach vorn. Der Regieassistent achtete darauf, daß die Ränder seiner gewölbten Zunge einen festen Abschluß am harten Gaumen bildeten und ihre Spitze nicht ganz bis an die oberen Schneidezähne heranreichte. Vorsichtig ließ er einen Luftstrom durch die sagittale Rinne des Zungenrückens entweichen.

Da war es wieder. Dieses unerträgliche Geräusch. Dieses grausame Keuchen.

Zornig schleuderte Reginald ein besticktes Sofakissen gegen die Wand. Die Putten zogen erschrocken die Köpfe zurück.

Eine schlechte Laune der Natur hatte ihn mit einem *Sch*-Fehler ausgestattet. Seit über zwanzig Jahren kämpfte er gegen diese artikulatorische Misere, hatte Ärzte aufgesucht, Logopäden, Stimmbildner, hatte Sänger um Rat gefragt, doch alles vergeblich. Nicht ein einziger voller Zischlaut war je über seine Lippen gekommen.

Dieses Stigma hatte Reginald dazu gebracht, seine Sprachgewohnheiten gänzlich umzustellen. Begriffe, die den verhaßten, heiß ersehnten Laut enthielten, hatte er weitestmöglich aus seinem Wortschatz verbannt.

War der verbale Hürdenlauf insgesamt unerfreulich, so schmerzte ihn doch am meisten, daß sein phonetisches Anderssein ihn von zwei wesentlichen Bereichen menschlicher Kommunikation nahezu vollständig ausschloß: dem Fluchen und dem *dirty talking*. Von 'cheiße bis 'chwanz kaum ein Wort, das sich nicht von selbst verboten hätte.

Vor einem halben Jahr hatte Reginald sein Opernregiestudium in Hamburg abgeschlossen und war nach Frankfurt gezogen. Naturgemäß litt er unter dem Hessischen wie kein zweiter. Bei den s-pitzen S-teinen hatte er eine gewisse sprachliche Geborgenheit gefühlt. In diesem Landstrich jedoch lauerten hinter jeder Ecke idiomatische Heckenschützen. Von überall schrapnellten hier die *Gude Morsches*, peitschten ihm die *Bembelscher* um die Ohren.

Die Flügeltüren des Salons öffneten sich leise. Zwischen den lebensgroßen Porzellan-Leoparden, die den Durchgang bewachten, erschien Benito Bellini. In seiner Armbeuge ruhte ein Sektkühler mit Champagnerflasche. Ein seidener Morgenmantel spielte um seine sehnigen Waden.

»Bambino, cosa stai facendo?« Auf blanken Sohlen schritt der Maestro zum Diwan. »Reginald, was ist los mit dir, du bist so abwesend. Ist dir nicht gut?« Er sprach den Namen *Redschinald* aus.

Der Assistent zuckte zusammen. »Wie? Ach, verzeih. Ich war gerade mit den Gedanken woanders. Bei der Probe morgen«, improvisierte er. »Du weißt ja –« er zupfte an den Enden von Bellinis Seidengürtel, »es ist die erste Produktion, für die ich richtig und ganz allein verantwortlich bin.«

»*Carissimo*, es ist für uns alle ein wichtiger Tag. *Molto importante*. Ich werde die ersten Takte hören, in meinem Haus, von meinem Orchester!« Bellini stellte den Champagner auf einem Rosenholz-Tischchen ab. Leise brummte er den Anfang vom *Rheingold*. Erbarmungslos hielt seine Linke die imaginären Baßinstrumente in der Urschlammquinte fest, während seine Rechte die Hörner langsam das Werdemotiv hinauflockte.

»*Caro*, ich kann es kaum erwarten.« Der Maestro senkte die muskulösen Arme und streckte sich neben dem jüngeren Mann aus. *»Tanti anni«*, seufzte er, »so viele Jahre.« Sein Kopf sank an Reginalds Brust. »Endlich wird mein Lebenswunsch Wirklichkeit. Wie lange habe ich dafür gekämpft!«

»Ja, ich fühle mich auch ganz aufgeregt«, flüsterte der Assistent. Seine Finger spielten mit Bellinis schwarzen

Locken. »Es ist so eine – so ein großes Werk. Deine Rede heute nachmittag, was du bei der Konzeptionsversammlung gesagt hast – das war sehr – es hat mich sehr bewegt.«

Der Maestro machte sich los. Er lachte. »Du Lieber! Auf uns! Auf Wagner! Auf den Jahrtausend-Ring! *Alla salute dell'opera eterna!*« Er ließ den Champagnerkorken knallen. Mit hellem Klang berührten sich die edlen Kristallkelche. Wie eine Schlangenhaut glitt Bellinis Morgenmantel zu Boden. Mit leisem Klatschen berührten sich die nackten Männerkörper.

Reginalds Zunge folgte den Champagnertropfen, die am Rückgrat des Maestros hinabkrochen. »Dein Ring wird in die Annalen eingehen«, hauchte er.

4

Der Himmel war ermattet. In Zeitlupe raffte er das Kleid aus graphitgrauem Satin, das er die ganze Nacht getragen hatte.

Die Glasfront des Opernhauses begann zu erröten. Die frisch polierten Goldwolken wachten auf. Unbehaglich kauerte das Gebäude zwischen den eleganten Wolkenkratzern, die sich in der Morgendämmerung reckten. Beschämt blickte es an seinem abgetragenen Kittel aus Muschelkalk hinab. Seitdem Aluminiumrohre, Milchglasstreifen und Marmorplatten seinen schlichten Funktionalismus verspielten, erschien er ihm schäbig.

Die Frankfurter Skyline irisierte in der aufgehenden Sonne. Wie die Fassade war auch die Silhouette der

Oper aus den Jahren des Komas nicht unberührt hervorgegangen. Dem eingestürzten Bühnenturm hatte man beim Wiederaufbau sechs Meter hinzugefügt. Eitel ragte er aus dem gedrungenen Körper. Einen Seitenflügel und die Magazine hatte man aufgestockt. Wie ein glitzerndes Geschwür saß die neue Glasetage auf der linken Gebäudeschulter.

Aus einem kleinwüchsigen Opernhaus war ein kleinwüchsig-verwachsenes Opernhaus geworden. Der Versuch, die plumpe Trümmerfrau zum langbeinigen Glamour-Girl nachzurüsten, hatte eine Schaubudenmonstrosität geschaffen.

Doch der Zeitgeist hatte mit seinen spitzen Zähnen nicht nur die Haut der Oper geritzt, nicht nur an ihrer äußeren Gestalt gezerrt. Ausgekernt hatte er sie, ihre verbrannten Eingeweide herausgeschabt und tonnenweise neuen Stahl und Beton implantiert. Neue Lüftungsschächte mit neuen Brandschutzklappen machten der Oper das Atmen schwer. Neuer Lack und neue Farben verströmten giftige Dämpfe. Ihr Blut rauschte schneller als gewohnt durch frisch verlegte Stromadern. Die Nervendrähte lagen blank. Neue Pfeiler zementierten ihre Füße tiefer in die Erde. Ein zusätzlicher Probenraum wollte ihren Schädel sprengen. Die neue Drehbühne kreiste lautlos auf einem neuen Fahrwerk. In der Obermaschinerie hatte ein Rechner das alte Stammhirn ersetzt, hatte die alleinige Herrschaft über Licht, Vorhang, Kulissen und Prospekte an sich gerissen. Stur tickte er hinter der Leichtmetallstirn des neuen Bühnenturms.

Der Oper war übel. Sie sehnte sich ins Koma zurück.

5

Die Schenkel des durchschossenen Klavierauszugs lagen gestreckt auf der Matratze. Der Luftzug, der durch die geöffnete Balkontür ins Zimmer kam, blätterte in den Seiten. Gedruckte Notensysteme und eingefügte Seiten mit handgeschriebenen Regieanweisungen wechselten einander ab.

Die Zigarette war bis auf einen Stummel heruntergebrannt. Die kalkweiße Hand, zwischen deren Mittel- und Zeigefinger sie klemmte, senkte sich langsam. Die Aschenspitze brach ab und zerstob auf dem Papier. *Wie alles war, weiß ich*|... Asche schwärzte die Textzeile zwischen den Notenlinien.

Ein Windstoß fuhr in den Klavierauszug und wendete das Blatt. Die Hand senkte sich tiefer. *Höre! Höre! Höre! Alles, was ist, endet! Ein düstrer Tag dämmert den Göttern: Dir rat ich, meide den Ring!* Die glühende Zigarettenspitze fraß sich in die Wörter. *Alles ... endet.* Das schwarze Loch mit den glimmenden Rändern wuchs. *All ... det.* Ein stehender Dreiklang verschmauchte. Die Hand legte sich auf die schwelenden Noten.

Cora Starneck schrie, noch bevor sie erwachte. Der Zigarettenstummel spritzte durch den Raum. Die geschlossenen Augen in dem von langen schwarzen Haaren gerahmten Gesicht sprangen auf. Die Dramaturgin keuchte. Mit dem Kopfkissen drosch sie auf den brennenden Klavierauszug ein. Federn und Rußpartikel wirbelten auf. Sie trat das gelöschte *Rheingold* aus ihrem Bett. Es landete auf drei anderen, schlecht gestapelten Klavierauszügen. Die Ringlawine setzte sich in Bewegung.

»Scheiße« zischte Cora. »Verdammte Scheiße.« Es hatte sie Stunden gekostet, den Schlaf heranzulocken. Draußen dämmerte es bereits. Ein zweiter Versuch wäre vergebens.

Die Dramaturgin schwenkte ihre nackten Beine aus dem Bett und hängte sich eine neue Zigarette in den Mundwinkel.

Bei der anstehenden Operation, durch die der Ring zu altem Leben erweckt werden sollte, war ihr die Rolle der OP-Schwester zugedacht. Die vier Wälzer, die sie seit Wochen quer durch die Welt schleppte, waren die einzigen Regiebücher, die das große Feuer überlebt hatten. Alle anderen, auch die Videocassetten mit den Probenaufzeichnungen waren damals in Rauch aufgegangen.

Cora lächelte durch ihren abgesplitterten Schneidezahn. Schneewittchen wurde zur bösen Königin. Sie wußte: Ihre Bücher und sie selbst waren der seidene Faden, an dem diese Re-Inszenierung hing. Mit blutrot lackierten Zehen schlug sie die *Götterdämmerung* auf. Die Seiten knisterten. Alexander Raven war ohne ihre Hilfe verloren. Auf die weißen Flecken in seinem Gedächtnis konnte sie sich verlassen. Bereits vor dem Brand hatte sich sein Hirn in einem Zustand befunden, als ob es zu lange im Löschwasser gelegen hätte.

Cora steckte die Zigarette an. Qualmend trat sie auf den Balkon hinaus.

Die Pyramidenspitze des Messeturms leuchtete kariös. Den Frankfurter Pharaonen fehlte mittlerweile sogar das Geld, hundert Neonröhren in Schuß zu halten.

Auf der sechsspurigen Straße kleckerte der kleine Nachtverkehr. Cora ließ ihre Kippe in die Tiefe fallen. Die Chance, einen Passanten zu treffen, war geringer als eins zu sechshunderttausend.

Seit dem Opernbrand hatte sie von ihrer aufgeblasenen Geburtsstadt nur mehr den Flughafen gesehen. Schon gestern morgen, im Taxi auf der Mörfelder Landstraße, war ihr klar geworden, daß es ein Fehler gewesen war, diese Waffenruhe zu brechen.

Fröstelnd kehrte sie ins Zimmer zurück. Gemeinsam mit einem schlechten Côte du Rhône kroch sie wieder ins Bett.

Lange konnte es nicht mehr dauern, bis das Metropolis am Main endgültig konkursreif war. Der Verkauf des *Tafelsilbers* war bis zu den Mokkalöffeln fortgeschritten. Für die Oper hatte der Überlebenskampf bereits die heiße Phase erreicht. In der ganzen Stadt plakatierte Spendenaufrufe versuchten, die Frankfurter Bürgerherzen zu erweichen. Serengeti darf nicht sterben.

Grinsend nuckelte Cora an ihrer Flasche.

Ihre eigene Zunft war längst zur bedrohten Spezies geworden. Von den fünf fest engagierten Dramaturgen aus der alten Zeit gab es keinen einzigen mehr. Auf Artenschutz konnte nur hoffen, was der Banker vom Parkett aus sah.

Halbherzig schloß Cora die Augen. Ihre Gedanken begannen im Rotwein zu treiben. In kurzen Wellen schwappte es an ihre Hirnschüssel.

Warum hatte sie diese Pauschalreise in die Vergangenheit angetreten? Was wollte sie noch von diesem *Bühnenfestspiel*, in das sie ihr erstes und letztes Theaterherzblut vergossen hatte? Was wollte sie von diesem

Regisseur, dessen verschlungene Pfade sie seit jener Brandnacht nicht mehr gekreuzt hatte?

Die Dramaturgin schmiß die leere Flasche aus dem Bett. Ein feines Sirren spaltete ihren Schädel. Sie preßte die Hände auf die Ohren. Der Riß wuchs. Stöhnend warf sie sich auf die andere Seite. Der Ton endete abrupt.

Die Wunde schließt der Speer nur, der sie schlug. Stumm wiederholte sie die Worte, die sich wie Blutgerinnsel auf ihrer Zunge gebildet hatten.

6

Auf der großen Probebühne herrschte die Ruhe vor dem Weltendrama. Alexander Ravens sparsame Kulissen waren markiert, die drei Schaukeln für die Rheintöchter hingen friedlich von der Decke herab. Im nüchternen Neonlicht erschienen sie wie unschuldiges Kinderspielgerät. Die gewaltige schwarze Höhle, in der sie später zum Unheil schwingen sollten, hatte auf der Probebühne nicht aufgebaut werden können.

Anna Santner und Helga Härtel, die Sängerinnen der Wellgunde und Floßhilde, waren als erste eingetroffen. Die langgedienten Frankfurter Sangesschwestern hatten eine leuchtend rote Thermoskanne zwischen sich gestellt, nippten an ihrem Tee und plauschten. Über Gott und die Welt, das heißt: über ihre Männer und die verregneten Sommerfestspiele in irgendeinem Provinznest.

Slawomir Wolansky, der junge polnische Sänger, der bald als Alberich nach ihnen brunften sollte, saß abseits, äugte von Zeit zu Zeit mißtrauisch herüber und kaute sich die Nägel blutig. Es war sein erstes Engagement als Wagners führender Nibelung.

Ivan Jouvain brütete lustlos über dem *Rheingold-Klavierauszug*. Hin und wieder schlug der Kapellmeister und Korrepetitor einige Takte auf dem Flügel an, um sich die Fingersätze für besonders unangenehm zu greifende Akkordverbindungen zurechtzulegen. Eigentlich hatte er bei dieser Produktion als Bellinis musikalischer Assistent arbeiten sollen. Durch einen amourösen Fehltritt war er in Ungnade gestürzt. Sein Meister hatte ihn ans Klavier strafversetzt.

Nach und nach trudelte der nichtmusizierende Teil des Ensembles ein. Der Regisseur begrüßte die beiden Damen, die er noch von damals kannte. Seine Frau gesellte sich zu ihren Bühnenschwestern.

Die Hospitantin wehte auf die Probebühne wie eine leichte, frühmorgendliche Windbö. Daß um diese Uhrzeit niemand an einer Windbö interessiert war, vermochte ihren Elan nur unwesentlich zu mindern. Mit lässigem Schwung packte sie ihren Klavierauszug aus, den sie vor Jahren von einer Socke voll mühsam abgezweigter Silbermünzen gekauft hatte.

Reginald Schönstedt war mittlerweile ebenfalls erschienen, und Alexander Raven redete mit knappen Gesten auf seinen neuen Assistenten ein. Dieser nickte beflissen und kritzelte etwas in sein Notizbuch.

Eine atmosphärische Störung, eine kurze elektrische Entladung durchzuckte den betriebsamen Frieden. Cora Starneck hatte die Szene betreten. Für den Bruchteil einer Sekunde schauten der Regisseur und sie sich an. So lange, wie eine Information benötigte, um vom

Auge ins Hirn zu gelangen. Elisabeth Raven-Winterfelds Kopf war durch den Stromstoß hochgeschnellt.

Die Dramaturgin verzog den Mund und ließ ihr schweres Regiebuch auf das Pult fallen.

Während die Sängerinnen ihr Geplauder einstellten und der polnische Sänger sich von seinem letzten Fingernagel verabschiedete, nahm das geschrumpfte Regieteam an der langen Tafel Platz. Bis zu zehn Personen hatten damals hier gesessen. Heute blieben die meisten Stühle leer – am allerleersten der Stuhl zwischen Cora Starneck und Alexander Raven.

Der Regisseur rang sich ein wundes Lächeln ab. »Nun, ich weiß nicht, wie es euch geht«, begann er, »aber ich habe das Gefühl, wir sollten erst einmal einen musikalischen Durchlauf machen, um wieder reinzukommen. Was meint ihr?«

Die Sängerinnen murmelten Zustimmendes.

Alexander Raven nickte dem Korrepetitor zu. »Ja, dann fangen Sie doch bitte einfach an, Herr, Herr –«

»Jouvain«, sekundierte Reginald.

Die Wagnersche Ouvertüre klang aus den Händen des Kapellmeisters wie ein Experiment in anorganischer Chemie. Statt Tönen spielte er Atome, statt Akkorden zerfallende Molekülverbindungen. Der Rhein, der dem Flügel entsprang, war von der Quelle an vergiftet.

Der Regisseur runzelte die Stirn. Angestrengt starrte er auf die markierten Kulissen, während sich die Stimme seiner Gattin darum bemühte, mit dem ersten *Weia! Waga!* Leben in die trübe Teilchensuppe zu bringen. Doch die Wasser blieben unbewegt, und das Bühnenbild blieb Sperrholz. Die Geister wollten sich nicht zeigen.

Cora Starneck blätterte in dem durchschossenen Klavierauszug. Sie betrachtete die schlecht gemalten Strichmännchen, die krakeligen Buchstaben und Silben, die neben den sauber gestochenen Noten durcheinanderstolperten. An besonders wirren Stellen schwappte das szenische Chaos auf die musikalische Ordnung über. Der Dramaturgin gelang es, einige Wortruinen zu entziffern. Sie fragte sich, was *Wog. li. Hnd. bauml.*, *Alb. Auftr. v. r.*, *p. Schr. ri. Wog.*, *zrck.*, *an. Wnd. kaur.* wohl heißen mochte. Welcher Assistent auch immer das Regiebuch angelegt hatte, er hatte offensichtlich nicht damit gerechnet, daß man es eines Tages als letzten Rettungsanker brauchen würde. Cora steckte sich eine Zigarette an und inhalierte tief, bevor sie sich wieder dem kryptischen Werk zuwandte.

Alexander Raven hatte aufgehört, in die toten Kulissen zu starren. Er klopfte auf den Tisch. »Danke«, unterbrach er den umgekippten musikalischen Fluß, in dem sich die drei Rheintöchter und der Nibelung tummelten, »danke, ich glaube, bis hierher reicht fürs erste. Wir sollten das jetzt probieren. Wollen wir doch mal sehen, wieviel davon noch da ist.«

Die Damenriege ging unaufgefordert zu den Schaukeln. Der Regisseur belohnte sie mit einem strahlenden Lächeln. »Na, wunderbar, ihr wißt ja noch alles. Genau, ihr drei gehört da oben rauf. Und zwar: Elisabeth, du mußt ganz nach links. Wer ist Wellgunde? – Du, Anna? Ja gut, du nimmst dann die Schaukel in der Mitte, und Helga nach rechts. – So hatten wir das doch, oder?« Automatisch wanderte sein Blick zur Dramaturgin.

Aus den Tiefen des Regiebuchs heraus schüttelte Cora den Kopf. »Also wenn ich das richtig sehe, muß

Floßhilde *zwischen* Woglinde und Wellgunde. Frag mich aber nicht warum.« Sie raschelte mit den Seiten. »Ah doch, hier hab ichs. Es ist wegen der Szene später. Alberich schmeißt sich doch der Reihe nach an die drei ran. Woglinde, Wellgunde, Floßhilde. Und wir wollten nicht, daß er dabei einfach von links nach rechts marschiert. Um das aufzubrechen, haben wir Floßhilde in die Mitte genommen.«

Von ihrem kooperativen Eifer selbst überrascht, schaute sie Alexander Raven an. Sie fand es erschreckend, daß sechs in ihre Richtung genuschelte Wörter gereicht hatten, die Barrikaden der vergangenen Jahre zu unterwandern.

Auch Alexander Raven merkte, daß Cora und er sich ansahen. Er verschluckte sich. »Ah so, ja«, stammelte er, »ja, dann, dann sollten wir das auch beibehalten. Reginald, könntest du den dreien bitte helfen!«

Der Regisseur durchwühlte seine Hosentaschen nach einem Kaugummi. Er schraubte, drehte und würgte den Streifen, als gelte es, Laokoon den Schlangen doch noch zu entwinden. Cora drückte genüßlich ihre Zigarette aus. Gegen ihren Willen mußte sie lächeln. Für eine Sekunde spiegelten Alexander Ravens Augen ihr Lächeln wider, dann flohen sie zu dem Geschehen auf der Szene.

Mit der ungelenk-widerwilligen Unterstützung des Assistenten hatten sich die Sängerinnen auf ihre zugewiesenen Schaukeln gehievt. Elisabeth Raven-Winterfeld hielt sich stocksteif. Nicht die kleinste Regung am Regietisch entging ihren Blicken. Helga Härtel ließ ihre stämmigen Waden kreisen. Anna Santner blickte mit flatternden Lidern unter sich.

»Alexander«, zirpte diese zarteste der drei Frauen, »Alexander, das wird doch nachher auf der Bühne nicht noch höher? Ich glaube, damals war das nicht so hoch.«

»Anna, du weißt doch, daß ihr so hoch hängen müßt, damit Alberich eure Schaukeln nicht berühren kann und eure Beine – pardon: ich meine natürlich Schwänze – nur, wenn ihr sie herunterhängen laßt.« Der Regisseur versuchte, die Furcht der Sängerin wegzuscherzen. »Du willst doch nicht etwa in den niederen Gefilden herumdümpeln, wo dich dieser Schwefelzwerg nach Lust und Laune begrabschen kann, oder?«

Der ironische Ton schlug nicht an. Anna Santner klammerte sich noch fester an die beiden zentimeterdicken Stahltaue. »Ich glaube nicht, daß ich so singen kann«, flüsterte sie mit ersterbendem Sopran.

Reginald trat einige Schritte zurück, damit die Sängerin im Falle einer Ohnmacht nicht auf ihn stürzte.

Die Dramaturgin senkte ihren Blick. Bei den Hieroglyphen im Regiebuch war ihr wohler als bei den Frauenpsychen auf der Probebühne.

Alexander Raven setzte das sedierende Lächeln auf, das er in jahrzehntelanger Praxis eigens für komplizierte Sängerinnen entwickelt hatte. »Anna, ich weiß genau, daß du wunderbar singen wirst. Ich kann mich noch sehr gut erinnern: Du bist da oben das letzte Mal wie eine Trapezprinzessin rumgeschwebt.«

Wellgunde kicherte entwaffnet.

»Bei euch beiden ist alles in Ordnung«, fragte der Regisseur vorsichtshalber die anderen Damen. Sie nickten.

»Sehr gut, dann können wir ja anfangen.« Er beugte sich vor, stützte die Ellbogen auf und legte die Fingerspitzen aneinander. »Ich erkläre euch vielleicht noch mal ganz kurz, worauf es mir bei dieser Szene ankommt.«

Das Summen der Deckenbeleuchtung verstärkte die Stille, die sich in dem weiten Raum aufgespannt hatte. Der Regisseur tupfte seine Worte in ein weißes Rauschen hinein. »Was wir jetzt erleben, hier in dieser Szene, ist nicht einfach irgendein Anfang. Es ist mehr als das. Es ist sozusagen die Geburt der Tragödie. Versteht ihr? Der Riß, der immer schon durch die Natur geht, sprengt sich hier zum Abgrund auf. Wir sehen zu Beginn die Begierde und ihre Objekte. Alberich und die Rheintöchter. Alberich kann nicht anders: Er muß die Rheintöchter wollen. Und die Rheintöchter können auch nicht anders: Sie müssen Alberichs Begierde anstacheln. Aber ihre Natur läßt sie nur verführen, um sich zu entziehen. Das ist der ewige Widerspruch.« Alexander Ravens Blick glitt in die Ferne. »Die Begierde muß leer ausgehen, um Begierde zu bleiben. Die Tragödie bricht an dem Punkt auf, an dem Alberich die Entsagung nicht länger erträgt. Die erotische Begierde schlägt um in Machttrieb. In einen Machttrieb, der seine totale Erfüllung erpressen will. Alberich gerät bis zu dem Punkt, an dem er die Liebe für immer verflucht. Und nur damit erlangt er ja die Kraft, das Rheingold zum Ring zu schmieden. Das ist die bittere Ironie dieser ganzen Geschichte: Das Gold, das am Anfang, wenn die Rheintöchter damit spielen, Symbol der unschuldigen, zweckfreien Natur ist, wird von Alberich zum Instrument der absoluten Gewaltherrschaft verbogen.«

Der Regisseur holte seinen Blick ins Diesseits zurück. Der Reihe nach betrachtete er die drei Frauen, die ihm aufmerksam zugehört hatten. »Also, es ist wahnsinnig wichtig, daß wir genau diesen Wendepunkt richtig aufbauen. Wir müssen die erotische Spannung zwischen euch und Alberich bis zur Unerträglichkeit zuspitzen. Ihr könnt gar nicht aufregend, lasziv genug sein, ja? Jeder, der diese Szene mitansieht, muß spüren: Die Katastrophe ist unausweichlich, es wird hier gleich eine riesige Entladung geben. Wenn Alberich seine letzten Phrasen singt, da soll nicht nur bei ihm die Hose platzen.«

Während Teile des Damentrios kicherten, fingerte der Regisseur nach Coras Klavierauszug. Sie hatte die entsprechende Passage bereits aufgeschlagen. Er warf ihr einen dankbar-flüchtigen Seitenblick zu. »Alberich singt: *Denn hör es die Flut: So verfluch ich die Liebe!* Diese prallen Pfundnoten, die sich da aneinander hochreiben: Das ist wirklich die auskomponierte Maximalerektion.« Er wischte mit dem Handrücken über das Papier. »Und ich meine – was da anschließend in der Musik passiert, dieser Blechbläserschwall, wenn Alberich mit dem Gold davonstürzt – das ist nichts anderes als ein völlig verzweifelter Ersatzorgasmus.«

Der Regisseur lehnte sich auf seinem Stuhl zurück. »So, Rheintöchter, jetzt laßt euch was einfallen. Benutzt die Schaukeln. Benutzt eure Körper. Ihr müßt die Männer aufgeilen, daß sie winseln. Na, macht mal. Ich will was sehen.«

Alexander Raven atmete tief aus und begann, einen neuen Kaugummi zu kneten. Ohne die Augen von der Szenerie zu wenden, beugte er sich zu Cora hinüber. »Hast du irgendwas gefunden, was wichtig ist?«

»Ich weiß nicht recht, ich glaube, wir sollten das ganze

einmal in Ruhe sortieren. Die Chose ist ziemlich chaotisch. Die Grundabläufe sind mir einigermaßen klar. Bei den Feinheiten wirds dunkler. Kannst du dich zum Beispiel erinnern, daß Floßhilde Alberich in die Nase beißt? Nein? Ich nämlich auch nicht. Also entweder haben die damals heimlich weiterprobiert, oder hinter *Floß. bßt. Alb. i. Ns.* verbirgt sich was anderes. – Du rauchst nicht mehr?«

Cora hielt dem Regisseur ihre Schachtel hin. Einen halben Wimpernschlag lang blitzten seine Augen auf das Päckchen. »Äh wie? Äh nein.«

Die Dramaturgin steckte sich eine Zigarette an und zuckte die Achseln. Nachdenklich betrachtete sie das gelbe RAUCHEN-VERBOTEN-Schild am anderen Ende des Raums. In der alten Probebühne hatte kein derartiges Schild gehangen. Cora fragte sich, ob es der gesamtgesellschaftlichen Rauch-Hysterie der letzten Jahre geschuldet war, oder ob hier die gebrannte Oper den Qualm scheute.

Die drei Sängerinnen schaukelten sich Mut an. Immer höher flogen sie in den sachlichen Neonhimmel.

»Alexander, Alexander, schau mal!« Anna Santner hatte ihre Skrupel abgestreift und schwang mit gespreizten Beinen durch den unsichtbaren Rhein. »Alexander, ist das gut so?«

Der Regisseur wiegte skeptisch den Kopf. »Ne, Anna, das seh ich nicht. Aber was du davor mit deinen Armen gemacht hast, das war unheimlich schön. Behalte das. Ja, und versuch doch mal, dich ein bißchen seitlicher zu setzen, so à la Damensattel. Genau. Und laß die Beine zusammen. Vergiß nicht, bauchnabelabwärts bist du Fisch. Ihr kriegt auch noch Probenkostüme.« Alexander

Ravens Blick suchte Reginald, der neben dem jungen polnischen Sänger stand. Beide verfolgten das Damenturnen mit Argwohn.

»Reginald, hast du mitbekommen, wir brauchen unbedingt die Probenschwänze für die Rheintöchter. Am besten gleich heute nachmittag. Du kümmerst dich bitte darum, ja?«

Der Assistent eilte zu seinem Platz und machte eine Notiz in seinem gelben Buch.

Cora merkte, daß sie schläfrig wurde. Irgend etwas stimmte nicht in einer Kultur, in der Nixen zu mythischen Sexsymbolen aufgestiegen waren. Sollte es wirklich das höchste der Gefühle sein, einen Fisch zu vögeln? Wo lag der Reiz bei einem Liebesspiel, das mit Schuppenschwanz endete? Andersens Lösung, die kleine Meerjungfrau ihre Stimme gegen einen gespaltenen Unterkörper eintauschen zu lassen, leuchtete ihr noch ein. Was aber erhofften sich Wagners Mannen von den Rheintöchtern, an denen sie abperlten wie Wassertropfen? Um dies zu verstehen, mußte man wohl tatsächlich Entsagungsmetaphysiker sein. Oder Masochist. Cora gähnte. Vielleicht war es aber auch gar nicht so kompliziert. Vielleicht waren wackere Germanen einfach besonders scharf auf französischen Sex.

Die Nixendressur hatte Fortschritte gemacht. »Elisabeth! Elisabeth«, rief der Regisseur, »lehn dich noch ein bißchen weiter zurück, und versuch mal, dich nur mit einem Arm festzuhalten. Geht das? Ja, so gefällt es mir schon viel besser.« Sein Blick jagte hinter den Brillengläsern hin und her. »Großartig Helga, jawohl. Hol dem Seil einen runter. Genau. Leck es ab. Aber ganz langsam. Kannst du die Zunge noch weiter rausstrecken. Ja, phantastisch.« Der Regisseur lachte zufrieden. Er klatschte in die Hände. »Meint ihr, ihr seid so weit, daß wir die Musik dazunehmen können?« Die Damen nickten.

»Bitte, Herr, Herr –«, wandte er sich an den Mann am Flügel. »Vielleicht brauchen wir nicht das ganze Vorspiel.«

»Jouvain, Jouvain«, artikulierte Reginald stumm. Ohne einen Gesichtsmuskel zu bewegen, blätterte der Korrepetitor die Noten zurück. »Ich beginne acht Takte vor Einsatz Woglinde«, schnarrte er.

Mit *Weia! Waga!* sprang Elisabeth Raven-Winterfeld zum zweiten Mal an diesem Tag auf die verhuschten Sechzehntelläufe auf.

»Halt, Rheintöchter, könnt ihr noch mal einen Augenblick herhören«, versuchte sich der Regisseur gegen die wogenden Frauenstimmen durchzusetzen. Unbeirrt sangen die drei ihre Phrasen zu Ende. Irgendeine melodische Gottheit verbat Sängern, mitten in der Phrase aufzuhören.

»Wir müssen jetzt schauen, wie wir eure Bewegungen mit der Musik zusammenkriegen. Es ist absolut wichtig, daß ihr euch unabhängig von dem bewegt, was ihr singt. Ihr müßt eine Bewegungslinie für euch finden, die ihr dann ganz stur durchziehen könnt. Keine gestischen Verdopplungen der Musik. Ja? Gerade bei Wagner nicht. Denkt immer daran.«

Die Dramaturgin schloß die Augen. Seit vielen Jahren erlebte sie nun diese Springprozessionen. Sie war müde. Bleiern rauschte die Musik durch ihre Gehörgänge. Millionen von Tönen hatten sich in ihnen abgelagert. Eines Tages würden sie endgültig verstopft sein.

Sie kamen an der Stelle vorbei, an der sie abgebrochen hatten. Die Musik veränderte sich. Kantige Sechzehntelvorsprünge ragten aus dem Tonfluß hervor. Die Musik tröpfelte noch einige Takte weiter, dann versiegte sie ganz. Cora öffnete die Augen.

Der Regisseur blickte fragend vom Korrepetitor zum Klavierauszug und wieder zurück. »Was, was ist jetzt?«

Der Mann am Flügel erteilte die monotone Auskunft, daß dies eben Alberichs Einsatz gewesen war. Alexander Raven schob den angewachsenen Kaugummiklumpen zwischen die Backenzähne. »Ach so, ja dann, bitte, Herr, Herr –«

»Wolansky«, sekundierte Reginald.

Der junge Sänger erhob sich und blieb vor seinem Stuhl stehen.

»Von welcher Seite kommt er«, erkundigte sich der Regisseur. Cora gähnte und schaute ins Buch. »Hinten rechts«, sagte sie.

»Also, Herr Wolansky«, erklärte Alexander Raven, »Sie treten von rechts auf. Später im richtigen Bühnenbild haben Sie dann eine kleine Öffnung, aus der Sie herauskommen. Am Anfang halten Sie sich noch im Hintergrund. Sie sind zwar unglaublich geil auf die Rheintöchter, aber im Grunde Ihres Herzens wissen Sie ganz genau, daß Sie keine Chance haben. Erst wenn die drei Sie heranlocken, werden Sie unvorsichtig und trauen sich hervor. Ihnen muß der Geifer runterlaufen, wenn die erste Sie an ihre Flosse ranläßt. Ja? Betatschen Sie sie, küssen Sie die Schwänze ab, die die drei Ihnen hinhalten. Bis Sie merken, daß es nur ein grausames Spiel ist. Die drei reizen Sie wie – wie einen Hund, vor dessen Nase man mit einer Wurst wedelt, nur um sie dann wieder wegzuziehen, wenn er nach ihr schnappt. Ja? Genau so müssen Sie zwischen den Schaukeln hin- und herspringen. Werden Sie zum rasenden Köter! Steigern Sie sich in eine totale Vergewaltigungswut hinein!«

Wie ein Zinnsoldat hatte der Sänger den Ausführungen gelauscht. Auch jetzt stand er reglos vor seinem Stuhl.

Reginald räusperte sich. »Herr Raven, Sie sollten in Zukunft vielleicht darauf achten, ein wenig langsamer zu reden. Für Herrn Wolansky ist dies die erste Produktion hier im Ausland. Ich vermute, er konnte dem, was Sie gesagt haben, nicht ganz folgen.«

Alexander Ravens Augenbrauen schossen zusammen. »Was soll das heißen? Du meinst, er kann nicht richtig deutsch?«

»Nein, das würde ich so direkt nicht sagen«, korrigierte Reginald. »Ich bringe es ihm bei. Er zeigt täglich Progreß.«

Im Nervenkostüm des Regisseurs traten die ersten dünnen Stellen hervor. »Menschenskinder, wie soll ich denn mit so jemandem arbeiten! Das geht doch nicht!« Seine Hand donnerte auf die Tischplatte. Er brauchte einige Sekunden, bis er sich wieder im Griff hatte. »Welche Sprachen versteht er denn?«

Reginald hielt die Luft an. »Polni'ch und Russi'ch«, flüsterte er tonlos.

»Polnisch und Russisch«, brüllte Alexander Raven. »Mein Gott, das ist unmöglich. Das ist ja völlig unmöglich.« Er riß sich die Brille herunter und bedeckte seine Augen.

»Ist hier jemand, der polnisch oder russisch spricht«, fragte er mühsam beherrscht.

Sein Assistent warf dem Mann am Flügel bettelnde Blicke zu. »Ivan, du könntest doch übersetzen, oder?«

Der Korrepetitor schaute stur in seine Noten. »Was soll ich ihm sagen?« Seine Stimme klang ebenso hart wie sein Anschlag auf dem Klavier.

Alexander Raven trommelte nervös mit den Fingern. »Sagen Sie ihm, er soll von rechts auftreten, erst mal an der Seite bleiben und sich dann an die drei Frauen ranmachen. Alles weitere sehen wir später.« Er spuckte seinen Kaugummi aus und ballte die Faust.

Ivan Jouvain wandte sich in Russisch an den Sänger, der während der vorangegangenen Wortwechsel noch immer keine Muskelfaser bewegt hatte. Der junge Mann nickte militärisch.

»Können wir dann bei seinem Auftritt anfangen?« Alexander Raven knüllte leere Silberpapiere zusammen.

Der Korrepetitor ließ seine Finger durch die markanten Sechzehntel-Achtel-Motive hinken. Slawomir Wolansky hielt mit kehligem Bariton dagegen. *»Hehe! Ihr Nicker«*, sang er. *»Wie seid ihr niedlich, neidliches Volk! Aus Nibelheims Nacht naht ich mich gern, neigtet ihr euch zu mir!«*

»Zum Teufel, was macht der denn da? Das darf doch nicht wahr sein!« Alexander Raven versagte die Stimme.

Der Sänger war mit drei Ausfallschritten zu Anna Santner gestürzt und hatte diese an den Knöcheln gepackt. Er schüttelte ihre Beine, als wolle er unter dem leichten Sommerrock vermutete Maikäfer ernten. Die Sängerin strampelte und schrie.

»Das ist ja Wahnsinn! Nackter Wahnsinn!« Fassungslos starrte der Regisseur auf die Szenerie. »Um Gottes willen! Ich kann nicht mitansehen, was der da treibt. Hat dieser Typ jemals in seinem Leben auf einer Bühne gestanden?«

Coras Lethargie war plötzlich verflogen. »Vielleicht entspannt er sich, wenn wir die Rheintöchter mit drei Tölzer Sängerknaben besetzen«, sagte sie nachdenklich.

7

Wie die meisten Theaterkantinen, so besaß auch die Frankfurter Opernkantine den Charme einer Dorfkneipe im Luftschutzkeller. Der neue, eitergelbe Wandlack unterstrich das Bunkergefühl, vermochte den urigen Grundcharakter dieses Ortes jedoch nicht zu überdecken.

Die Dramaturgin betrachtete die belegten Brötchen, die sich auf der Reserveplatte neben der Küchendurchreiche langweilten. Sie war kurz davor, aus Mitleid eines zu bestellen. Einer der fossilen Frikadellen hatte sich Cora bereits erbarmt. Sie wollte gerade ihr Tablett vom Tresen heben, als sich eine rostige Stimme in ihren Rücken bohrte. »Mensch, Mädchen. Alt biste geworden.«

Cora fuhr herum. Ihr Blick signalisierte Mord. Unschuldige Bühnenarbeiter und Musiker fielen um wie Fliegen. Einzig ein kleines Weiblein mit dem Gesicht einer Dörraprikose lächelte, als die eisblauen Augen es trafen.

Die Züge der Dramaturgin erwärmten sich schlagartig. An der frisch gewichsten Plastikbegrünung vorbei stürmte sie auf die höhergelegene Raucherzone zu.

»Elli, altes Wrack!« Cora zog die angegraute Frau von ihrem Stuhl und drückte sie an sich.

»Sachte, Mädchen, sachte«, schnaufte diese zwischen den Brüsten der Dramaturgin. »Wär zwar ein schöner Tod, aber vielleicht warten wir damit noch ein bißchen.«

Lachend ließ Cora sie los. »Ich habe dich schon vermißt. Ich wagte gar nicht mehr zu hoffen, daß es dich noch gibt.«

»Wenns nach denen da oben ginge, gäbs mich auch nicht mehr.« Elli Schubert fingerte ihre Silberlöckchen zurecht, die bei dem herzlichen Angriff in Unordnung geraten waren. »Haben vor einem Jahr beschlossen, daß Souffleusen überflüssiger Luxus sind. Sehen kann man sie vom Zuschauerraum aus sowieso nicht, und wenn man sie dort hört, isses ein schlechtes Zeichen – also weg damit.«

»Wie bitte? Die haben dich rausgeschmissen?«

Die Souffleuse schnaufte. »Bellini hat mir großzügig angeboten, als Pförtnerin zu arbeiten, das gottverdammte Arschloch. – Wird ja sehen, wo er ohne mich bleibt. Ich sage dir: Wotan hat noch nicht *Vollendet das ewige Werk* gesungen und schaut schon verzweifelt zu meinem Kabuff. Aber da ist dann nur noch ein schwarzes Loch. – Na ja. Die Schnösel im Parkett merkens ja sowieso nicht, wenn der Kerl drei Abende lang *Wawawa* singt. Können die Bankersgattinnen in der Pause wenigstens beweisen, daß sie nicht umsonst Germanistik studiert haben, und was über Wagners Lautmalerei erzählen.« Die Souffleuse senkte den Blick auf ihre überdimensionale Lesebrille, die am neongrünen Band vor ihrem Busen ruhte.

Cora hatte sich gesetzt. »Ich habe mich schon die ganze Zeit gefragt, warum wir ohne Souffleuse probieren.« Sie ließ die Frikadelle über den Teller kullern. »Und was machst du jetzt?«

»Hab ich doch schon gesagt.« Die alte Dame hob trotzig ihr Glas. »Verdiene meinen Gnadenschnaps als Nachtpförtnerin.«

Die Dramaturgin schüttelte den Kopf. »Immer noch der gute Kirsch?«

»Sicher. Meine Leber hat sich daran gewöhnt. Bei was anderem würde die auf der Stelle zerfallen. Wenn so n armes Organ mal ein paar Jahrzehnte im gleichen Alkohol gelegen hat, soll mans da nicht mehr rausholen. – Wie läufts bei euch da oben?« Elli Schubert hatte zu lange im Unterirdischen gelebt. Alles, was sich jenseits ihrer Kellerwelt von Souffleusenkasten und Kantine abspielte, war für sie *da oben*.

»Geht so.« Cora machte sich daran, die Frikadelle zu zerlegen. »Ich kann noch nicht viel sagen. Wir haben ja erst angefangen mit den Proben. Irgendwie ist es schon komisch, das alte Zeug wieder aufzuwärmen. Ich komme mir vor wie eine Archäologin. Knochen ausbuddeln, abstauben, zusammensetzen und hoffen, daß es ein Dinosaurier wird. Im Augenblick sieht es allerdings noch nicht sehr beeindruckend aus. Vorläufig sollten wir das Ganze lieber *Auf der Suche nach dem verlorenen Ring* nennen.«

Elli schwenkte ihr leeres Schnapsglas in Richtung Tresen. Sie war die einzige Person, die in der Opernkantine Bedienungsservice genoß. »Wie gehts dem Herrn Regisseur«, erkundigte sie sich.

Cora rammte ihr Messer in die Rest-Frikadelle. »Da

mußt du Frau Raven-Winterfeld fragen«, knurrte sie. »Ich bin dafür nicht mehr zuständig!«

»So so. Hat sich der große Künstler also anderweitig vermählt.« Mit majestätisch knappem Kopfnicken nahm die Souffleuse den Kirsch in Empfang. »Winterfeld – ist das nicht diese kleine Haselmaus, die unsere Woglinde gesungen hat? Da will ich mal Hals- und Ehebruch wünschen.« Sie leerte das Glas. Leise hallte der Schnaps in ihrer Kehle nach.

Amüsiert betrachtete sie die Dramaturgin, deren Hände den grüngeringelten Stiel ihres Weinglases würgten. »Mädchen, sei froh, daß du den Kerl los bist. Hab früher auch immer geglaubt, ich bräucht so nen Hausbesorger. Konnte kein saftiger Männerarsch vorbeikommen, ohne daß mir das Wasser zwischen den Beinen zusammengelaufen ist. Na ja, Gott sei Dank ist jetzt Ruhe da unten.«

Cora paffte kommentarlos.

»Gibt prinzipiell zwei Sorten Männer«, dozierte Elli unaufgefordert weiter. »Die einen wollen ne Frau, die ihnen den Küchenboden schrubbt. Arschfritzen, aber harmlos. Viel schlimmer sind die andren, die dich auf einen Sockel heben und erklären, du wärst ihr Leben. In Wirklichkeit suchen die nämlich auch nur ne Putzfrau, und zwar eine für den Seelenhaushalt. Und glaub mir: Im Vergleich zu so nem sentimental-genialischen Männerhirn sind verschissene Unterhosen ein wahres Gottesgeschenk.«

Die Souffleuse zündete sich einen stinkenden Zigarillo an. »Übrigens, hast du eigentlich schon mal in eine Orchesterprobe reingehört«, fragte sie die ausdauernd schweigende Dramaturgin.

Cora blickte kurz auf. »Nö. Sollte ich?«

»Hab gestern mal vorbeigehorcht. Der rührt da einen Klangbrei zusammen, unser *gran maestro* – schlimmer als das Kartoffelpüree hier in der Kantine.« Wölkchen sammelten sich um das Haupt der ausrangierten Souffleuse. »Kinder, was waren das für Zeiten, als Haffner an diesem Haus dirigiert hat. Glaube, er ist der einzige Mann, für den ich immer noch durchs Feuer gehen würde.« Ihr Blick wurde glasig. »Neunundsiebzig. *Die Gezeichneten*. Erinnerst du dich? – Eigentlich war ich schon zu alt für die Carlotta. Der Kirsch und die Koloraturen haben sich auch nicht mehr so gut vertragen. Hätte nie gedacht, daß Haffner mir die Rolle noch zutraut.« Die alte Frau zeigte ein vergilbtes Lächeln. »War meine letzte Rolle vorm Abgang in den Kasten. Und mein größter Erfolg.« Ihr Blick zersprang. »Könnte den Mistkerl eigenhändig erwürgen«, brummte sie. »Dafür, daß er seinen Vertrag damals nicht mehr verlängert hat. *Das Chaos ist aufgebraucht*, hat er gesagt, *es war die beste Zeit.*« Sie wiegte den Kopf. »Wer weiß. Vielleicht hatte er recht, der alte Steinbeißer.«

Elli Schubert stülpte sich das leere Schnapsglas über den Daumen. »Dabei sah es nach den ersten fünf Jahren gar nicht so aus, als ob sich der Frankfurter Kulturmob jemals auf ihn einschießen würde«, redete sie in beschwingterem Ton weiter. »Weiß noch genau, wie er bei seiner Halbzeit-Pressekonferenz erklärt hat, er würde dieses Haus als Intendant erst verlassen, wenn keiner mehr im Zuschauerraum sitzt.« Sie lachte. »Zwischendurch hatte ers ja fast geschafft. Kann mich noch an Vorstellungen erinnern, wo wir die zwanzig Studenten ausm dritten Rang gebeten haben, sich runter ins Parkett zu setzen, damit wir auf der Bühne nicht so allein sind. – Glaube, er war der einzige Intendant, der das Premierenvolk regelmäßig dazu gebracht hat, sich zu prügeln.« Sie seufzte. »Und der einzige, der nach einem solchen Sieg der Oper auf immer ade sagt.« Die verwelkten Züge blühten auf. »Wäre ein Kometeneinschlag geworden, wenn er den Ring damals noch rausgebracht hätte. Konnte mich schon an den Proben nicht satthören. Wie mit dem Seziermesser ist er an diese Schwarte rangegangen. Ritsch. Ratsch. Auf einmal hast du das siebte Horn und das Kontrafagott gehört. Jedes winzige Detail hat er aus der Partitur ans Licht gezerrt. Wagner selbst hätte zum ersten Mal gemerkt, was er da eigentlich komponiert hat.«

Cora hatte dem Gedächtnisrauschen mit wachsender Wehmut gelauscht. »Du hast recht«, sagte sie langsam. »Haffner war absolut einzigartig. So präzise und klar hab ich den Ring nie wieder erlebt. Er hat damals wirklich hundert Jahre Bayreuthschlamm von der Partitur gekratzt. Es war ein ziemlich eisiger Wind, der durch das freigelegte Skelett gepfiffen hat. Schaurig – und wunderbar. – Im Grunde ist es völlig unmöglich, die Inszenierung jetzt ohne Haffner zu machen.« Die Dramaturgin schüttelte sich. »Obwohl – vielleicht ist das auch nur bornierter Unsinn.« Sie spürte, wie die alten Geschichten wieder hervorkrochen. Sie fragte sich, ob es ein Erinnerungsfernglas geben konnte, das nicht rosagetönt war.

Der Kantinenlautsprecher orderte drei Bühnentechniker ins Magazin. Auf der Uhr über dem Ausgang sprang der große Zeiger zum nächsten Balken. Cora kippte ihren restlichen Wein hinunter. »Elli, ich fürchte, ich muß dich verlassen. Ich habe schon seit zehn Minuten einen Termin mit Preuss. Er will mich wegen irgendeiner Sponsoring-Geschichte sprechen. Es gibt wohl Finanzierungsprobleme bei den Programmheften.«

»Viel Spaß wünsch ich.« Wie ein schläfriger Alligator tauchte die Souffleuse aus ihren Vergangenheitstümpeln auf. »Gehst du ihn in seiner neuen Regierungsetage besuchen? Hat sich da oben eingerichtet wie Adolf aufm Obersalzberg.« Sie schnaubte verächtlich. »Der Kerl ist der teuerste Rotstift, den Frankfurt je eingekauft hat. Muß noch viele Programmhefte wegkürzen, bis er sich amortisiert hat.«

8

Kanapees oder warmes Buffet? Seit Tagen rumorte diese Frage im Hirn des Generalmanagers. Tat es der Würde des Anlasses Genüge, kalte Schnittchen zu reichen, oder mußten bei einer so festlichen Wiedereröffnungs- und Premierenfeier nicht kulinarische Köstlichkeiten aller Art aufgeboten werden?

Hermann Preuss kaute nachdenklich an dem Bügel seiner schmalen, rahmenlosen Designerbrille. Er war kein Mann der Illusion. Aus eigenem Etat konnte sich die Oper ein großes Bankett nicht leisten. Die Kosten für den Ring waren ohnedies bereits explodiert.

Mittlerweile krampfte sich dem Generalmanager der Magen zusammen, wenn er Alexander Raven bloß in seiner Tür stehen sah. Säuerlich lächelnd erinnerte er sich des Planungsgesprächs, in dem es geheißen hatte: Wir machen keine richtige Neuinszenierung, sondern bringen den fertigen *Raven-Ring* heraus – damit es billiger wird. Mit den Einfällen des Regisseurs, mit denen dieser täglich zu ihm kam, hatte damals niemand gerechnet.

Gestern, nach einer Bauprobe für *Götterdämmerung*, hatte Alexander Raven beispielsweise verkündet, daß er für den Saal der Gibichungen – anstelle der schlichten Glasbauelemente – dreihundert Videomonitore bräuchte. Außerdem würden die Walkürenpanzer immer noch zu wenig glänzen, er hätte mit dem Waffenmeister über ein neues Material gesprochen. Der Ring sei zu klein, Nothung zu kurz, und so weiter, und so weiter. Im allgemeinen fand Preuss derartige Künstlerspinnereien reizend. Aber so wie die derzeitige Lage war, versauten sie ihm Etat und Laune.

Der Generalmanager sah nur zwei Möglichkeiten, das Gala-Bankett zu retten: Entweder er ließ die Gäste selbst bezahlen, oder aber die Zahl der Einladungen war strikt zu beschränken. Denn auf Sponsoren konnte er nicht mehr hoffen. Der wichtigste *Fördernde Patron* organisierte die große Feier zu Bellinis Fünfzigstem, der übrige Patronatsverein hatte für den Ring bereits ausgiebig geblutet, und Industrie und Banken der Stadt hatte Preuss so ausgequetscht, daß aus ihnen kein Pfennig mehr tropfte. Der Generalmanager betrachtete seine manikürten Finger.

Im Grunde seines Herzens war die Entscheidung bereits gefallen. Die Gäste selbst bezahlen zu lassen kam bei Lichte besehen nicht in Frage. Er konnte am Premierenabend doch nicht zu den Patronen, der Oberbürgermeisterin oder dem Herausgeber der *Frankfurter Allgemeinen* sagen, »Entschuldigen Sie, es ist mir schrecklich unangenehm, aber wir müssen Sie leider bitten, einen kleinen monetären Beitrag zu Ihrer Lachs-Brochette zu leisten.« Unmöglich. Preuss entfernte einen Hautfetzen, der am Nagelbett des kleinen Fingers hervorstand.

Also mußte man eine Premierenfeier mit wenigen machen. Die Gästeliste war radikal zu entrümpeln. Für Chor, Orchester, Technik und all das konnte eine getrennte Feier in der Kantine stattfinden. Solche Leute mochten es ohnehin lieber rustikal.

Mit einem Seufzer der Erleichterung streckte der Generalmanager seine seidenbehosten Beine aus. Er strich über das angenehm nach Politur duftende Walnußholz seines neuen, wohltuend übersichtlichen Schreibtischs. Spätes neunzehntes Jahrhundert. Er ordnete die zehn Brieföffner parallel zur vorderen Kante der Schreibtischplatte und betrachtete sein Werk. Brieföffner-Sammeln war seine Leidenschaft. Die kostbarsten Stücke bewahrte er zu Hause in einer Vitrine auf. Nach kurzer Überlegung drehte er die hiesigen Exemplare um neunzig Grad. Zwei verirrten Büroklammern half er in ihre Marmorschale zurück.

Das Bankett sollte der *Frankfurter Hof* ausrichten. Vielleicht war es besser, den Empfang überhaupt in das Hotel zu verlegen. Dann konnte der Rest für seine Feier das Café-Foyer hier im dritten Stock haben.

Preuss schnalzte mit den Fingern. Er öffnete die oberste Schreibtischschublade und holte eine in Nappaleder gebundene Korrespondenzmappe heraus. Im ersten Fach lag ein einzelnes champagnerfarbenes Blatt. Der Generalmanager setzte seine Brille auf die Nasenspitze und ließ sich die verschnörkelten Zeilen auf der Zunge zergehen.

Menü zur »Walküre«

Die klare Wildkräutersuppe »Waldweben«
Der Milchlammspieß »Nothung«
Der Baumkuchenscheit »Weltesche«

Gleich morgen wollte er veranlassen, daß den Ring-Abonnenten die Speisekarten zugesandt wurden. Der *maître de cuisine* des *Frankfurter Hofs* hatte die Pausengastronomie zur Chefsache erklärt. Hermann Preuss lehnte sich zurück. Er sah sich in seiner Entscheidung bestätigt, diesem Mann auch das Premierenbankett anzuvertrauen. Hochzufrieden stieß er die erste Kugel einer *Newtons Cradle* an. Seine Gedanken wiegten sich im Takt.

Ein trockenes Klopfen holte ihn aus seinen lukullischen Träumereien. Es war die Dramaturgin.

»Ah, Frau Starneck. Seien Sie mir gegrüßt.« Er erhob sich mit imperialer Geste. Seine Silhouette zeichnete sich gegen den Mainhintergrund ab.

Cora wanderte über den dunkelroten Teppich, der von der Tür zum Schreibtisch führte. Sie schüttelte die langfingrige Hand, die Preuss ihr hinhielt.

»Schön haben Sie es hier«, sagte sie nach einem längeren Blick aus dem Panoramafenster. »Wenn ich mir diese neue Chefetage so anschaue, dann hat es sich ja doch gelohnt, daß die Oper abgebrannt ist.«

Der Generalmanager räusperte sich halb pikiert, halb geschmeichelt. »Nun ja, die alten Räumlichkeiten waren in der Tat etwas bescheiden. – Aber setzen Sie sich doch bitte, Frau Starneck. – Wie kommen Sie mit den Proben voran? Alles bestens?«

»Abgesehen von diesem polnischen Novizen, den Sie uns als Alberich verkaufen wollen: ja.«

»Wie? Sie sind mit Herrn Wolansky nicht zufrieden? Signore Bellini hat ihn als junges, absolut vielversprechendes Talent empfohlen.«

»Das glaub ich Ihnen aufs erste Wort.« Cora verkniff sich ein schmutziges Grinsen. »Aber soll Raven sich mit Ihnen deswegen streiten.«

Preuss verzog höflich die Mundwinkel. Sein Blick fiel auf die offene Postmappe. »Schauen Sie mal, ich habe hier gerade die Ankündigungen für die Ring-Gastronomie.« Er streckte der Dramaturgin das champagnerfarbene Faltblatt entgegen. »Ist es nicht phantastisch?«

»Ganz phantastisch«, bestätigte Cora. »Wenn schon die Inszenierung aus der Mikrowelle ist, sollte wenigstens das Pausenbuffet einen *haut goût* haben.«

Preuss rümpfte die Brille auf seiner Nase zurecht. »Wie ich Ihnen bereits andeutete, ist es mir gelungen, die *Deutsche Bank* als großzügigen Sponsor für das Programmheft zu gewinnen. Sie hat sich bereit erklärt, die gesamten Herstellungskosten zu übernehmen.« Er machte eine triumphale Kunstpause. »Bei der Gestaltung der Programmbücher behalten Sie selbstverständlich vollkommen freie Hand. Die *Deutsche Bank* hat sich lediglich ausbedungen, daß Sie ihnen jeweils die Rückseiten der Hefte überlassen. Sehen Sie«, der Generalmanager reichte Cora ein Blatt herüber, »dies ist zum Beispiel der Entwurf für das *Rheingold*-Programm.«

Lieber Wotan, las Cora, Sie mussten Ihren Traum vom Eigenheim durch Menschenhandel und Diebstahl finanzieren. Mit unserer neuen Bausparför-

DERUNG WÄRE IHNEN DAS ERSPART GEBLIEBEN. REDEN WIR DARÜBER. DEUTSCHE BANK.

»Ist das Ihr Ernst?« Cora betrachtete den Mann auf der anderen Seite des Schreibtischs, als ob er ihr soeben den Prototyp eines abwaschbaren Klopapiers in die Hand gedrückt hätte.

»Wie«, Preuss ließ seine Nasenmuskulatur erneut spielen. »Wieso *mein Ernst?*«

Cora bemühte sich, die Fassung zu wahren. »Und bei *Siegfried* wird dann dem armen Lindwurm empfohlen, seinen Schatz nicht länger in einer Höhle zu horten, sondern mit den freundlichen Beratern der *Deutschen Bank* über Investmentfonds oder sonstige Kapitalanlagen zu reden.« Ihre aufgestaute Heiterkeit entlud sich.

»Frau Starneck«, sagte der Generalmanager scharf, »ich glaube, Sie müssen mir erklären, was so komisch daran ist, daß die *Deutsche Bank* Ihnen Ihr Programmheft bezahlt. Daß sie dafür ein gewisses Entgegenkommen auf unserer Seite erwartet, ist nur recht und billig. – Machen wir uns doch nichts vor: Die Zeiten sind vorbei, in denen sich die Theater ästhetischen Fundamentalismus leisten konnten. Wir müssen alle umdenken und Kompromißbereitschaft lernen. Auch ich kann nicht immer so, wie ich will. Glauben Sie mir das.« Preuss knallte seine Brille auf den Walnuß-Schreibtisch.

Die Dramaturgin wischte sich die Lachtränen aus den Augen. »Es tut *mir* leid. Sie haben völlig recht. Die Tage der subventionierten Theatersandkästen sind tatsächlich vorbei.«

Sie betrachtete das optische Prestigegerät, das sich vor ihr auf dem Schreibtisch spreizte. »Sagen Sie, haben Sie eigentlich mal darüber nachgedacht, für das Bühnenbild oder die Kostüme Sponsoren zu suchen? Ich fände es zum Beispiel eine vorzügliche Idee, irgendeinen Designer zu fragen, ob er nicht unsere Götter einkleiden will. Wenn ich das richtig mitbekommen habe, ist Raven mit den alten Kostümen ohnehin nicht mehr zufrieden. Ich glaube, *Boss*-Anzüge würden sich ganz zwanglos in die Inszenierung einfügen.«

Die Züge des Generalmanagers klarten auf.

9

Weiß und kalt ruhte der Kopf auf dem verschlissenen Samtkissen. Durch das Dachfenster fielen letzte Sonnenstrahlen. Die Hospitantin verriegelte die Tür. Ihre Kleider sanken auf den nackten Estrich. Langsam kroch sie über die speckige Matratze. Ihre Finger reckten sich nach dem Schädel. »Guten Abend«, raunte sie ihm zu. Sie küßte die blutleeren Lippen.

Im Nachbarzimmer stritten zwei Männer in kehliger Sprache.

Ein Seufzer mischte sich in den stummen Kuß. »Richard«, flüsterte das Mädchen, »deine Nase ist sagenhaft, aber beim Knutschen einfach immer im Weg.« Nachdenklich hielt sie den Kopf vor ihr Gesicht. »In irgend so ner griechischen Kirche hab ich mal Statuen gesehen, bei denen waren die Zehen vom vielen Küssen richtig weggelutscht. Was meinst du, soll ich deinen Zinken auch weglutschen?« Sie leckte über das erhabene Organ.

Der zweitgrößte deutsche Gesamtkunstwerker aller Zeiten schwieg gipsern.

»Schon gut. War ja nur ne Idee.« Gut gelaunt ließ Gwendolyn ihn auf das Kissen zurückfallen. Sie streckte sich neben ihm aus.

Im Nachbarzimmer war es still geworden.

Das Mädchen zupfte an ihrem Bubischnitt. Die nach vorn gebogenen Spitzen endeten kurz vor den Mundwinkeln. Sie war stolz auf ihre neue Louise-Brooks-Frisur. Sie fand, daß sie damit erheblich älter aussah. Dennoch vermißte sie ihren Zopf, auf dem sie sechzehn Jahre lang herumgekaut hatte.

»Du, Richard.« Der Meister starrte mit blinden Augen nach oben. Gwendolyn zog ihn zu sich heran. Gemeinsam betrachteten sie die Farbfetzen, die wie Fledermäuse von der Decke herabhingen. Die Glühbirne baumelte an einem durchgeschmorten Kabel. Es war eines der Frankfurter Zimmer, die ein Mädchen ohne Personalausweis mieten konnte. Gwendolyn fragte sich, ob ihr Vater inzwischen begriffen hatte, daß sie abgehauen war.

»Du, Richard.« Gwendolyn streichelte über das glatte Gesicht. Ihr Vater hatte sie dazu zwingen wollen, Abitur zu machen und Jura zu studieren. Für ihre einzig wahre Wagnerliebe hatte er nie Verständnis gehabt.

»Du, Richard. Ich bin so froh, daß wir hier sind. Du doch auch, oder?«

An dem Vormittag, an dem ihr Vater dahintergekommen war, daß sie statt in die Schule in die Oper ging, hatte er ihre gesamten Wagner-Platten zertrümmert. Einen gravierenden Schaden hatte er damit nicht angerichtet, denn sie hatte die Schallplatten bereits alle auf Cassetten überspielt. Die Vorsichtsmaßnahme hatte Gwendolyn ergriffen, nachdem ihr der Vater immer kategorischer verboten hatte, sich die Wochenenden im Zimmer einzuschließen, um achtundvierzig Stunden Ring zu hören. Obwohl sie die totale Vernichtung an jenem Vormittag noch einmal verhindert hatte, war ihr klar geworden, daß sie in diesem schnöden Haus nicht länger bleiben konnte.

Liebevoll kraulte sie den kalten Freund am Bakkenbart. Außer ihm hatte sie bei ihrer Flucht nur noch die Ring-Cassetten und -Klavierauszüge sowie Papas Schwarzgeld aus dem Wandtresor mitgehen lassen. Die große Freiheit hatte mit leichtem Gepäck begonnen.

Irgendwo flog eine Tür auf und krachte zu. Gwendolyn war sich nicht sicher, aber sie nahm doch schwer an, daß letzte Nacht jemand auf ihrem Flur erstochen worden war.

Sie kratzte sich. Ihre spärliche Zimmereinrichtung stammte aus dem Opern-Fundus. Auf dem weißen Liegestuhl hatte sich schon die Königin von Karthago geräkelt, unter dem wackligen Holzstuhl hatte schon Aida gekauert. Neben der Tür lehnte Parsifals heiliger Speer. Die Matratze hatte Gwendolyn in einem feuchten Kellerraum aufgetrieben. Seit einigen Tagen entdeckte sie überall am Körper winzige rote Punkte.

»Richard, hast du ein Schwein, daß dich die Viecher nicht mögen«, murmelte sie und spuckte sich auf den Oberschenkel.

Bei Gelegenheit wollte sie sich nach besserem Bettzeug umsehen. Einstweilen wickelte sie sich in den schwarzen Vorhangfetzen, nahm ihren steinernen Bettgenossen in den Arm und entschlummerte.

10

Der Regisseur hetzte den Gang herauf, als hinge ihm ein Rudel ausgehungerter Erinnyen an den Fersen. Die Dramaturgin löste ihre Hand von der Türklinke. Sie lächelte ihm entgegen.

»Es geht mal wieder alles drüber und drunter«, keuchte er. Der eisgraue Blick fuhr ihm in die Knochen. »Ich hoffe, du wartest noch nicht lange.« Ohne sie zu berühren, schob er Cora in sein Arbeitszimmer, drückte sich an ihr vorbei und flüchtete hinter seinen Schreibtisch.

Die Dramaturgin setzte sich auf die braune Couch und schlug die Beine übereinander.

»Es ist schrecklich«, sagte er nach einer gezwungenen Pause. »Wir hatten ja noch gar keine Zeit, miteinander ein paar Worte in Ruhe zu reden. Wie geht es dir?«

»Danke, ich kann nicht klagen.« Cora betrachtete die gelbe Topfpflanze auf dem Fensterbrett. In diesem Raum schienen die Uhrzeiger seit der Brandnacht für immer stehengeblieben zu sein.

»Haben sie dich einigermaßen anständig untergebracht«, fragte Alexander Raven steif. Er kratzte an der Schreibtischplatte. »Das Apartment, das sie mir gegeben haben, ist eine Zumutung. – Obwohl: Wahrscheinlich sollten wir froh sein, daß wir nicht mehr hier im Haus wohnen müssen.« Er verstummte betreten.

Cora schnupperte. Die Finger, mit denen sie über den rauhen Couchbezug gefahren war, rochen geselcht. Undeutliche Erinnerungsschwaden stiegen auf. Sie legte ihre Hände auf die Knie und blickte Alexander Raven ironisch an.

Der Regisseur pulte unter seinem Daumennagel. Ein Splitter hatte sich in das Fleisch gebohrt. Krampfhaft suchte er nach unvermintem Gesprächsterrain. »Ich habe gehört, du machst diesen Winter *Macbeth* an der *Bastille?* Mit Peter?«

Der Räucherkatengeruch aus dem Sofa war intensiver geworden. Leichte Übelkeit befiel die Dramaturgin. Sie versteckte ihre Hände unter den Oberschenkeln. »Ja. Danach einen *Maskenball* in San Francisco und *Totenhaus* in Genf.«

»Dann läuft ja alles ganz gut bei dir.« Angestrengt zerrieb der Regisseur den Splitter zwischen seinen Fingern. »Ich habe gehört, du bist nach New York gezogen?«

»Ja. Letzten Sommer.« Widerwillig erkannte Cora die verblichene Daguerreotypie, die über Alexander Raven an der Wand hing. Es war der Uraufführungs-Wotan, unter dessen mißgünstigem Blick Alexander und sie es das erste Mal miteinander getrieben hatten.

»Kleines *Loft* in *TriBeCa*«, sagte sie leise.

Der Regisseur nickte unbestimmt. Die Dramaturgin schaute zum Fenster hinaus. Eine Fliege schleppte sich über die Scheibe, schlug sich den Kopf an und fiel brummend auf das Sims zurück.

Alexander Raven klatschte in die Hände. »Hast du die Regiebücher dabei?« Er bemühte sich, frisch zu klingen.

»Ja sicher.« Cora bückte sich nach der schwarzen Lacktasche zu ihren Füßen.

»Es ist ein unwahrscheinliches Glück, daß sie noch da sind«, sagte er. »Ich habe das Gefühl, ohne sie stünden wir völlig im Dunkel.«

Coras Augenbrauen rutschten stirnaufwärts. »Was sind denn das für neue Töne? Früher hast du doch jeden zur Sau gemacht, der es wagte, dir ein Regiebuch unter die Nase zu halten. *Die Idee einer Inszenierung ist der offene Prozeß und nicht irgendwelche Festlegungsscheiße.* Erinnere ich mich richtig?«

»Aber genau das ist es doch, was jetzt von uns verlangt wird: Festlegungsscheiße. Ich habe mittlerweile den Eindruck, denen wäre es am liebsten, wenn wir die fertige Inszenierung ganz ohne Proben aus dem Hut ziehen würden. Die sind hier alle geil auf ihre *Eröffnungspremiere* wie die Jungfrau auf den Anstich.« Der Regisseur stand heftig auf. Er pantherte durchs Zimmer. »Im Grunde hatten wir das Ideal damals erreicht.« Seine Stimme senkte sich. »Was ist schon eine Aufführung gegen die Verbrennung einer Aufführung? Diese unglaubliche Kraft. Diese großartige Verschwendung. Das, was wir jetzt machen, ist doch nur noch kleinkarierte Verbraucherkacke.«

Die Dramaturgin grinste schwach. »Ich hatte an jenem Morgen nicht gerade den Eindruck, daß du vor Begeisterung zusammengebrochen bist.«

Der Regisseur blieb am Fenster stehen. Sein Blick zerfranste. »Ich bräuchte Zeit. Zeit und Ruhe, mich noch einmal hinzusetzen, noch einmal alles von Anfang an zu entwickeln. Dann erst wäre es wieder eine lebendige, eine ehrliche Arbeit. So wie wir jetzt probieren, bekomme ich kein Gespür mehr für meine Inszenierung. Ich höre mich reden, ich wiederhole meine alten Gedanken und finde in dem Moment auch alles richtig. Aber wenn ich es dann vor mir sehe, erscheint es mir wie ein Schattenriß.«

Die Dramaturgin schaute ihm lange zwischen die Schulterblätter. »Die Inszenierung war doch damals schon ein Schattenriß.«

Alexander Raven fuhr herum. »Was soll das heißen?«

Ihre Augen wurden schmal. »Wenn du im kosmischen Maßstab zeichnest, können nur schemenhafte Konturen entstehen. Das Große und Ganze wollten wir damals auf die Bühne stemmen: die unausweichliche Selbstentzweiung der Natur; den ewigen Kampf zwischen Gesetz und Individualität, zwischen Begierde und Entsagung; und während der neue Mensch den Horizont erklimmt, bricht die verfaulte Welt auseinander.« Sie lachte auf. »Wir haben Mumien in den Ring geschickt, und du wunderst dich, daß es ein lahmer Kampf geworden ist. Bevor wir diesen metaphysischen Mull nicht herunterreißen, wird nichts Spannenderes dabei herauskommen.« Sie schlug mit der Hand auf die Sofalehne. »Worum kreist denn dieses ganze Wagnersche Weltengetöse, wenn wir es einmal aus nüchterner Nähe betrachten? Es geht um Mord, Anstiftung zum Mord, Totschlag, Körperverletzung, Freiheitsberaubung, Brandstiftung, Diebstahl, Vertragsbruch, Frauenhandel, Heiratsschwindel, Hausfriedensbruch, Tierquälerei, Vergewaltigung und Inzest. Das einzig Kosmische am Ring ist das Gesamtstrafenregister seiner Helden. Warum weigerst du dich zuzugeben, daß diese übergewichtige Kopfgeburt in Wahrheit nur eine verschärfte Sex & Crime-Ballade ist? Schmeiß deine Parabeln und symbolischen Bühnenräume auf den Müll. Setz Wotan in die Chefetage eines Bankenturms, Alberich in den Heizungskeller, Siegfried in den *Health-* und die Rheintöchter in den *Sauna-Club*. Dann erst laß sie aufeinander losgehen.«

Alexander Raven wandte sich abrupt ab. »Mit diesem kastrierten Zeitgeistzynismus hast du ja damals schon geflirtet«, sagte er bitter. »Ich hätte nicht geglaubt, daß du ihm irgendwann so restlos erliegen würdest. Meinetwegen kannst du Mozart zwischen U-Bahn-Schacht und Coffeeshop spielen lassen, aber aus dem Ring wirst du mit mir kein Mafia- oder Wallstreet-Epos machen.« Angestrengt starrte er an der vertrockneten Topfpflanze vorbei. Seine Hände zuckten. »Mir scheint es auf Dauer eine ziemlich schale Befriedigung, in jeder Oper krampfhaft die Seifenoper zu enttarnen.«

Cora lächelte verhangen. »Aus der hohen Kunst ist ein Fesselballon geworden«, sagte sie. »Ein Fesselballon, der nur deshalb noch steigt, weil Leute wie du weiter Heißluft in ihn hineinblasen.«

Der Regisseur drehte sich um. Sein Blick brannte. »Sie stellen sich nach wie vor, die großen Fragen. Ihr spielt die abgeklärten Ironiker. Aber in Wahrheit seid ihr wie der Fuchs mit den Weintrauben.« Er schüttelte langsam den Kopf. »Mir machst du nichts vor, Cora. Nur weil ihr keine einfachen Antworten gefunden habt, denunziert ihr die Fragen. Das ist kein Sieg, kein Fortschritt. Das ist vorauseilende Kapitulation.«

»Und ihr«, entgegnete die Dramaturgin kalt, »ihr standhaften Künstler, was macht ihr mit den *großen Fragen?* Ihr sitzt um sie herum wie um ein Lagerfeuer, an dem ihr euch die fröstelnden Seelen wärmt.«

Es wurde so still im Zimmer, daß das Springbrunnengeplätscher aus dem Park zu Wasserfallrauschen anschwoll.

Cora blinzelte und strich sich eine schwarze Strähne aus der Stirn. »Ich glaube, wir sollten jetzt ein wenig arbeiten«, sagte sie trocken. »Die Zeiten sind vorbei, in denen wir dafür bezahlt wurden, Welträtsel zu lösen.«

11

Präkambrische Stille lag über dem Orchestergraben. Kaum hörbar begannen die Bässe mit ihrem Kontra-Es. Fagotte schichteten die leere Quint aufs tote Fundament. Nur zögernd gab das Archaikum erstes fossiles Leben frei. Acht Hörner tasteten sich nach und nach unbehauene Dreiklänge empor, erschufen nacktes, reines Es-Dur. Arthropoden, Seefedern, Quallen und Stromatolithen lösten sich langsam aus dem Urgrund. Mit schneller strömendem Es-Dur leiteten die Violoncelli ins Paläozoikum hinüber. Kambrium, Ordovizium: Jahrmillionen rauschten vorbei. Brachyopoden und Echinoderme regten sich in den Wassern. Holzbläser und Streicher mischten sich in das Schöpfungstreiben. Das musikalische Silur zeugte reiche Meeresfauna. Flöten hauchten den Fischen Leben ein. Oboen- und Klarinetten-Sechzehntel schossen zu leuchtenden Korallenriffen zusammen. Unablässig sprudelte es in fruchtbarem Es-Dur. Das Devon verging in Sekunden und räumte die Erde dem neuerungsreichen Karbon. Mit den Violoncelli krochen Amphibien und erste Reptilien ans Land. Fremdartige Wasserhybriden tauchten in der Erdgeschichte auf. Munter plätschernde Violinen begrüßten das Mesozoikum und erlösten die Kontrabässe vom ursteinernen Orgelpunkt.

Benito Bellini legte den Kopf zurück und lauschte in den dämmrigen Zuschauerraum. Er hatte darauf bestanden, die heutige Probe nicht im neuen Orchesterprobenraum, sondern hier, im renovierten Saal abzuhalten.

Weich rollten die Wogen über die leeren Stuhlreihen hinweg. Ungehindert liefen sie die blauen Wände entlang. Sanft brachen sie sich an den holzverkleideten Rängen. Hingerissen blickte der Intendant zu den akustischen Messinggittern an der Decke empor. Er liebte sie bereits jetzt, wo der Glasfaser-Sternenhimmel, den sie schirmten, noch nicht leuchtete.

Bellini beendete das morgendliche Klangbad und klopfte mit dem Taktstock auf das Pult.

»*Grazie!* Danke! *Signore! Signori!* Danke!« Er hob die rechte Hand. »Den Anfang, bitte, *da capo*!«

Der musikalische Ozeanriese stampfte noch einige Sextolen weiter, bevor seine unzähligen Klappen, Saiten und Ventile zum Stillstand kamen. Am Bremsweg des Orchesters bemaß sich die Autorität des Dirigenten.

Bellini schenkte seinen Musikern ein madonnenhaftes Lächeln. »*Signore! Signori!* Nicht schlecht. Gar nicht schlecht. Aber: Meine lieben *fagotti* und *bassi*! Die ersten Takte! Wie oft soll ich es Ihnen sagen? Bitte, spielen Sie dort nicht einfach irgendeinen Ton!«

Der Maestro senkte die Spitze seines extra langen, extra schweren Wagner-Taktstocks auf die Partitur. »Wenn Sie in Ihre Noten schauen: Es heißt *tranquillo in moto sereno*, ruhig heitere Bewegung. Die Musik muß fließen. Sie sind der Rhein. Ein großer, breiter Strom. Was ich eben von Ihnen gehört habe, das war nur ein dünnes Rinnsal.«

Eine Fagottistin lachte auf. Der Blick des Dirigenten übte milde Nachsicht. »Also, geben Sie alle ein wenig Vibrato, *non troppo*, *ma un poco*, und die *bassi*, bitte, einen etwas dichteren, geschmeidigeren Bogenstrich. Kann ich das haben? *Per favore*!«

Der Erdgeschichtszähler surrte zur Null zurück, die Musiker setzten ihre Bögen und Mundstücke an, und auf des Maestros Zeichen begann die *Rheingold*-Ouvertüre zum zweiten Mal.

In Bellinis Hand wurde der Dirigentenstab zur Schlange. Mit weichen Gesten zeichnete er die Wellen vor, die das Orchester kolorierte.

»Gut, *bene*, behalten Sie das«, rief er im Rhythmus seiner Schläge. Ohne zu stocken, pulste der Takt weiter, während Bellini sich abwandte. Über die Schulter flüsterte er seinem neuen musikalischen Assistenten knappe Anweisungen zu. Der junge Mann, der einsam in der ersten Reihe des Zuschauerraums saß, lächelte, nickte und notierte wenige Worte in der Partitur auf seinem Schoß. Edler Eifer, stumme Sorgfalt spannten seine Züge. Mit Wohlgefallen betrachtete Bellini das blasse Gesicht. Blind gab er den Hörnern ihren Einsatz.

Eine unwillige Furche sprang zwischen seinen Brauen auf. »*Signori corni*!« Bellinis Aufmerksamkeit schnellte zum Orchestergraben zurück. »Spielen Sie das nicht so sicher! Sie müssen dieses Motiv fragender nehmen!« Die Augen des Maestro funkelten. »Eine bedeutende Frage! Eine wichtige Frage! Sie sind die *creatori del mondo*. Auch wenn Sie es schon tausendmal gespielt haben! Spielen Sie dieses Motiv, als ob Sie es jetzt im Augenblick erfinden würden!« Seine linke Hand ballte die Worte, die rechte spießte sie auf.

»*Si, così è già meglio!* Aber es kann noch tastender, noch vorsichtiger sein! Baaaaa-ba-baaaaa-ba-baaaaa-ba-baaaaaa«, sang der Dirigent seinem Orchester vor.

»Baaaaa-ba-baaaaa-ba-baaaaa-ba-baaaaaa«, echoten die Hörner eins nach dem andren.

Die Musik brandete auf. Bellini krümmte, entfaltete und streckte sich mit den Tönen. Immer schneller schoß er auf den Klangwogen dahin. Klarinettengischt spritzte ihm ins Gesicht. Kontrabaßstrudel zogen ihn in die Tiefe. Schweißperlen glitzerten auf seiner Stirn. Doch es gelang ihm nicht abzubrechen, haltzumachen, um nach seinem Handtuch zu greifen. Unbarmherzig riß ihn der Wagnersche Mahlstrom fort.

12

Eine blonde Talkshowratte moderierte auf dem Regionalkanal die neuesten Nachrichten aus dem Frankfurter Bahnhofsviertel.

Cora überlegte, ob sie nicht doch lieber Elli anrufen und mit ihr auf Sauftour gehen sollte. Durch den letzten Ringversuch waren sie von einem Rausch aus Alkohol und Begeisterung getragen worden. Nächtelang hatten sie sich erst die Weltanschauungen, dann die Biergläser um die Ohren geschlagen. Doch die eingespielte Trinkermannschaft gab es nicht mehr. Der Regisseur als Ehemann nippte nur noch coffeinfreien Kräutertee. Und die alten Assistenten waren in alle Winde zerstreut. Die Idee, mit dem jetzigen einen heben zu gehen, erschien Cora so vielversprechend, wie einen Abend beim Gesprächskreis der homosexuellen Freimaurer unter dreißig zu verbringen. Die Zeit der kollektiven Promilleerlebnisse war vorbei.

Die Dramaturgin stand auf und klopfte sich die Depressionsflusen von der Schulter. Sie beschloß, die doppelte Dosis Aufmunterung, die sie sich für heute abend verordnet hatte, einzuhalten. Die schon vor längerem gelieferte Pizza wünschte ihr *Buon Appetito*.

Ekel sprang Cora an, als sie den Karton öffnete. Ein Dutzend Peperoni fläzte sich auf fettigem Tomaten-Käse-Bett. Sie hatte eine Apollo ohne Peperoni bestellt. Mehrmals hatte sie betont, daß sie die Pizza *ohne Peperoni* haben wollte. Sie haßte diese impotenten Einweckschoten, die sich für scharf hielten. Hatte sie immer gehaßt. Mit spitzen Fingern entfernte sie das flaue Gemüse und warf es auf den Pappdeckel.

Die Talkshowratte war damit beschäftigt, haarsträubende Geschichten ans Licht zu zerren. Sie hatte ihre Beißerchen in einen Mann gehauen, der seine eigene Nichte an ausländische Geschäftspartner verschachert hatte, um seine Schulden zu bezahlen, später dann einen anderen Geschäftspartner um eine halbe Million betrogen und mit diesem Geld die Nichte zurückgekauft hatte. Die Nichte war wieder bei ihren Eltern, der Onkel auf Hafturlaub. Zusammen saßen sie heute abend im Fernsehen.

Cora zog ein Achtel aus der gereinigten Pizza. Es gelang ihr, die schlaff herabhängende Spitze abzubeißen, bevor ihr der verbliebene Belag auf den Schoß rutschte.

Neben dem Telefon lag noch immer das Reklameblatt der Pizzeria *La Dolce Vita*. Cora malte ein großes rotes Kreuz auf die Vorderseite und ließ den so markierten Zettel liegen. Jeden Tag flatterte ihr die Werbung irgendwelcher Pizzamafiosi in den Briefkasten. Der *Dolce Vita* wollte sie kein zweites Mal ins Netz gehen.

Die Mattscheibe beschlug. Der Onkel bereute, die Nichte schluchzte, der Onkel schluchzte, die Nichte verzieh, und die Talkshowratte strahlte in satter kathartischer Zufriedenheit.

Cora kämpfte mit dem robusten Käsebelag, als ihre zweite Bestellung an der Tür klingelte. Sie zappte die letzten großen Menschheitstragödien in den Orkus zurück.

Im Treppenhaus war es dunkel.

»Hi, ich bin der Steffen«, verhieß ein schneeweißes Gebiß.

Cora wischte sich einen Käsefaden vom Kinn. »Freut mich. Komm rein.«

Der elastische Jüngling tänzelte um sie herum in den Flur. Wohlerzogen erkundigte er sich, ob er die Schuhe ausziehen solle.

Die Dramaturgin ließ ihren Blick an seinen Waden hinunterklettern und nickte. Sie kehrte zu ihrem angebissenen Jammerfladen zurück. Der junge Mann folgte barfüßig.

»Dauert nicht mehr lange«, kaute sie. »Zieh dich ruhig schon mal aus.«

Cora knetete kleine Kugeln aus dem Teigrand, während sie beobachtete, wie sich ihr Hausbesuch mit einem Griff das weiße T-Shirt über den Kopf streifte und einhändig lässig die Jeans aufknöpfte. Immerhin sah er besser aus als die Pizza. Sie fegte die Reste ihres desolaten Abendmahls vom Tisch. Der junge Herr glitt heran und legte seine warmen Handflächen auf ihre Hüften. Mit unendlich braunem Dackelblick zog er ihr das Hemd aus der Hose.

Cora schüttelte den Kopf. »Ausziehen kann ich mich

alleine. Aber vielleicht könntest du dich derweil ein wenig um dich kümmern.«

Der Jüngling lächelte ergeben. Die Dramaturgin verfolgte das rasch entstehende Werk mit Erleichterung. Den ganzen Tag war sie von männlichen Laiendarstellern umringt. Wenigstens nachts wollte sie einen Profi. Schon seit längerem hatte sie sich mit keinem Hobbyficker mehr eingelassen.

Sie schälte sich aus ihren Kleidern, kickte den zusammengerollten Slip vom Fußgelenk und machte es sich auf dem Tisch bequem.

Ihr später Gast präsentierte sich wie der Rekrut beim großen Zapfenstreich. Zwischen ihren Schenkeln ging er in die Knie. Seine Zunge hielt, was sein Schwanz versprach. Auch seine Handarbeit ließ keine Wünsche offen. Seit den Häkelschlüpfern ihrer Großmutter hatte Cora nichts Besseres mehr erlebt.

In ihrem sanft geschüttelten Hirn begannen die Gedanken zu flippern. Grundlegende Einsichten waren ihr stets beim Vögeln gekommen.

Sie schoß die kleine Silberkugel an einigen abgewetzten Männchen vorbei. Hier gab es nichts mehr zu punkten. Die Kugel rollte durch ein Tor, über dem das Gesicht von ihrem letzten Beziehungsversuch strahlte. Sie hatte sich redlich bemüht. Doch der Mann war ihr zu glücklich gewesen. Glückliche Männer sollten bei glücklichen Kühen weiden. Die Kugel rollte ins Aus.

Das zweite Geschoß trudelte durch verschlungenere Hirnwindungen. Umsonst bemühte sich Cora, es aus dem Labyrinth hervorzulocken und auf gerade Bahnen zu lenken. Dieser Hirnstollen war als Endlager gedacht. Was hier ruhte, sollte keine Rolle mehr spielen. Wie ferngesteuert taumelte die Kugel auf ihr dunkles Ziel zu.

Cora öffnete die Augen. Sie wollte nicht mitansehen, was in ihrem Schädel ablief.

Vor ihr schwitzte der Callboy. Sie fuhr mit ihren Händen über das hübsche, glänzende Gesicht. Kein seelischer Extremsportler, der mit hochalpinem Ehrgeiz von einem Gipfel der Verzweiflung zum nächsten stürmte. Kein von sich selbst Erschöpfter, bei dem es einzig noch aus den Tränensäcken tropfte.

Cora zog den Callboy zu sich auf den Tisch. Sie drehte ihn auf den Rücken, setzte sich rittlings und grub ihre Zähne in das zarte, unbehaarte Brustfleisch.

Sie wollte an ihrem Entschluß festhalten, sich die verknoteten Männer ein für allemal aus dem Kopf zu schlagen. Aus der Geschichte mit Alexander hatte sie gelernt, daß man gordische Männer nur mit dem Schwert lieben konnte. Was diesen jedoch nicht daran hinderte, heute abend wieder durch ihre Gehirngänge zu spuken.

Cora spannte ihre Schenkel und gab dem Callboy die Sporen. Sie versuchte sich auf seine wohlgeformten Ohrläppchen zu konzentrieren.

Der Fehler von Alexander war nicht, daß er sich in die Erkenntnis verschossen hatte, die Erde sei ein kalter Planet. Antarktische Lebensgefühle hielt Cora für die einzig realistischen. Sein Fehler war, daß er sich zu einem Heimchen am Herd geflüchtet hatte, anstatt sich ein paar wärmere Unterhosen zu kaufen.

Cora und ihr Callboy fielen in Trab.

Um Beziehungskisten wirksam unter die Erde zu bringen, mußte man sie des natürlichen Erschöpfungstodes sterben lassen. Euthanasierte Liebschaften liefen Gefahr, als ewige Zombies umherzuirren.

Der Callboy galoppierte mit Cora davon. Alexander und die anderen Leichen verschwanden in einer Staubwolke. Vor ihnen öffnete sich freies Gelände. Kein Laut außer dem gleichmäßigen Getrappel der Tischbeine. Am Firmament begann es zu funkeln. Immer tiefer flogen sie in die Nacht hinein. Das Himmelsgewölbe bekam Risse. Die Erde zitterte. Trümmer stürzten herab. Tot ritten sie ins Ziel.

Cora rollte sich von Mann und Tisch.

»Das Geld liegt da drüben«, murmelte sie, bevor sie auf das Bett zuwankte. Wilder Schlaf fiel über sie her, kaum daß sie sich ausgestreckt hatte.

Der stumme Lustdiener schlüpfte in seine Kleider, steckte die drei blauen Scheine ein und verließ die Wohnung. Zurück blieb eine Gummihaut, die ihr Leben auf einem erkalteten Stück Pizza aushauchte.

13

Drei Flossen wiegten sich munter im Takt. Die Rheintöchter schunkelten. Mit ihren Schwanzspitzen kitzelten sie Alberich an der Nase. Floßhilde holte aus und verpaßte dem Nibelungen eine rasselnde Maulschelle. Die Nixen brachen in kreischendes Gelächter aus. Sie wollten mit Alberichs Kopf Wasserball spielen. Der bleiche Sänger trat zur Seite.

Anna Santner schrie entnervt auf. »Jetzt bleib doch endlich mal stehen! Kapierst du? Hier! Stehenbleiben!« Sie hatte mit ihrer Schwanzflosse ins Leere geschlagen.

Um ein Haar wäre sie von ihrer Schaukel gestürzt. Slawomir Wolansky nickte stumm.

Ihre Augen funkelten vor Zorn. »Alexander«, fauchte sie, »Alexander, so geht das nicht. Ich breche mir noch den Hals, wenn der hier immer abhaut.«

Der Regisseur saß allein an dem langen Tisch, die Schultern nach vorn geschoben, den Kopf gesenkt. Er hatte es aufgegeben, in das szenische Geschehen eingreifen zu wollen. Er ließ es über sich ergehen wie einen kalten Novemberregen. Seine Stimme klang hohl. »Anna, bitte! Ich weiß, daß es mit ihm nicht einfach ist. Aber wir müssen das durchstehen. Gestern bei der Einzelprobe war er schon ganz gut. Er muß jetzt das richtige Timing mit euch lernen.«

»Das hat doch alles keinen Sinn«, zeterte die Sängerin. »Wir haben diese verdammte Szene hundertmal probiert, und es wird immer schlimmer! Ich mache da nicht mehr mit! Wer bin ich denn! Soll ihm doch irgendeine Statistin die Beine hinhalten!« Sie sprang von ihrer Schaukel und schlug der Länge nach hin. Sie hatte den Fischschwanz vergessen.

»Dieses Scheißkostüm!« Sie heulte auf wie eine Sirene. »Ich mag nicht mehr! Das ist doch alles Mist!« Mit beiden Fäusten traktierte sie das Podest.

Cora hatte unbemerkt die Probebühne betreten. Sie warf einen flüchtig erstaunten Blick auf die tobende Flußjungfrau und setzte sich neben den Regisseur. »Was ist denn hier los? Irgendwas nicht in Ordnung?«

»Nichts ist in Ordnung.«

Die Dramaturgin mußte sich hinüberbeugen, um die gemurmelten Worte zu verstehen.

»Dieser Dilettant raubt uns allen den letzten Nerv.

Bellini soll endlich mal herkommen und es sich selber ansehen. Vielleicht begreift er dann, wieso ich einen anderen Alberich brauche.«

Die Dramaturgin zuckte die Achseln. »Scheiß auf Alberich.« Sie schaute suchend über den leeren Tisch. »Verrat mir lieber, wo die Regiebücher sind.«

»Was?« Alexander Raven schien erst jetzt zu realisieren, daß Cora eingetroffen war.

»Ich habe gefragt, wo die Regiebücher sind.«

»Woher soll ich das denn wissen? Für die Regiebücher bist doch du zuständig.«

Der Lautstärkepegel am Regietisch war in Sekunden hochgeschnellt. Die Sirene am Boden drosselte ihr Schluchzen. Die beiden anderen Fischfräuleins saßen auf ihren Stangen, als erwarteten sie den Tierpräparator.

Die Dramaturgin schnaubte. »Vielleicht ist dir trotz mangelnder Zuständigkeit schon mal aufgefallen, daß ich bisher nach jeder Probe die Klavierauszüge in deinem Zimmer gelassen habe.«

Der Regisseur ruckte mit dem Kopf. Er schaute haarscharf über Cora hinweg. »Was? In meinem Zimmer? Das ist ja ein irrsinniger Leichtsinn. Du weißt doch, daß da jeder reinmarschieren kann, seitdem diese Idioten die alten Schlösser ausgebaut haben, ohne neue einzubauen.«

»Und du glaubst doch nicht ernsthaft, daß einer diese vergammelten Schwarten klaut.« Cora lachte durch die Nase. »Wo steckt eigentlich Reginald?« Sie feixte. »Der Gute hat sicher die ganze Nacht mit den Dingern im Bett gesessen, die Inszenierung gebüffelt und deshalb jetzt verschlafen. Du wirst sehen: Ab heute nachmittag hast du den Assistenten deines Lebens.«

Alexander Raven brüllte los. »Ach was! Hör mir mit Reginald auf! Ich will, daß du die Regiebücher wieder herbeischaffst! Und zwar sofort! – Scheiße, wieso sitzt du hier eigentlich noch rum!«

Die Dramaturgin streckte die Beine aus und lehnte sich auf ihrem Stuhl zurück. Sie wickelte sich eine Strähne um den Finger. »Ohne mich würden deine teuren Bücher schon seit Jahren in der Hölle schmoren«, sagte sie leise, aber scharf. »Darf ich dich daran erinnern, daß du in jener Nacht nicht mal mehr in der Lage warst, deinen eigenen Arsch – geschweige denn sonst irgendwas – aus der Oper zu retten. *Ich* bin noch mal zur Probebühne hoch und hab diese vier Schwarten – übrigens zusammen mit einer anständigen Rauchvergiftung – rausgeholt. Also halt jetzt – *bitte* – das Maul!«

Alexander Raven war weiß geworden.

14

Schweißgebadet schreckte Reginald in die Höhe. Es hatte geklopft. Unüberhörbar an der Tür geklopft. Panisch fuhr sich der Assistent übers Gesicht. Er war eingeschlafen. Draußen wurde es bereits dunkel. Seine Hände verhaspelten sich bei dem Versuch, gleichzeitig die Haare zurückzustreichen, das Hemd zuzuknöpfen und in die Hose zu stopfen. An der Tür des GMD-Zimmers klopfte es zum zweiten Mal.

»Ja-ha, es ist offen«, rief er von der Galerie hinunter. Die Tür sprang mit trockenem Knacken auf. Er hörte entschlossene Schritte. Fieberhaft suchte er nach seinen Lederslippern. Er schob den Arm zur Seite, der vom schwarzen Ledersofa baumelte.

»Sekunde, ich komme«, rief er, während er in den linken Schuh schlüpfte.

»Reginald«, schnarrte eine bekannte Stimme.

Der Assistent runzelte die Stirn. Mit drei Schritten war er an der Galeriebrüstung. »Ach, du meine Güte«, rutschte es ihm heraus, »Ivan, du bist es. Was willst du denn hier?« Er stolperte die Stufen hinunter.

Der Korrepetitor kam ihm bereits entgegen. »Ist Benito da?« Vergeblich versuchte er, einen Blick in den toten Winkel der Empore zu werfen.

»Nein. Gott sei Dank, nein.« Reginald versperrte ihm den Weg. »Und ich glaube, es ist besser, du gehst, bevor er kommt«, sagte er eindringlich.

»Ich muß mit ihm sprechen.« Eisern umklammerte Ivan Jouvain das Treppengeländer. Er entdeckte Reginalds nackten Fuß. »Du bist sicher, daß er nicht da oben ist«, fragte er langsam.

Der Assistent kratzte sich mit den nackten Zehen am Schienbein. »Ganz sicher«, sagte er.

Der aus der Gunst gefallene Kapellmeister schaute ihn finster an. »Es kann so nicht weitergehen. Dieser Terror dauert jetzt schon über einen Monat. Jedes Mal, wenn ich ihm über den Weg laufe, schaut er durch mich hindurch, als ob ich Luft für ihn wäre. Wie ein Gespenst fühle ich mich.«

»Ivan, sei doch vernünftig!« Reginald faßte den größeren Mann an der Schulter. »Deine Lage ist entsetzlich, ich weiß, aber habe noch ein wenig Geduld mit ihm. Gib ihm noch ein, zwei Wochen, um sich wieder zu beruhigen.«

Der Korrepetitor schüttelte ihn ab. »Nein, wir müssen diese Geschichte so schnell wie möglich aus der Welt schaffen. Ansonsten kann ich hier nicht mehr bleiben. Lieber ein Ende mit Schrecken, als dieser Schrecken ohne Ende. Wenn er sich nicht versöhnen läßt, dann habe ich an diesem Haus keine Zukunft mehr. Ich will nicht den Rest meines Lebens am Klavier sitzen. Ich will wieder mit dem Orchester arbeiten, ich will wieder dirigieren.«

»Ivan, du hast ja vollkommen recht.« Ohne daß dieser es merkte, drängte ihn Reginald die Treppe hinunter. Er redete auf ihn ein wie auf einen Suizidanten am offenen Fenster. »Ich kann deine Sorgen wirklich nachvollziehen. Aber du mußt auch sehen: Du hast ihn sehr verletzt.«

Die beiden Männer hatten das untere Stockwerk erreicht.

Ivan Jouvain stampfte auf. »Das ist doch absolut lächerlich! Er kann mir doch diese alberne Affäre mit Joanna nicht sein Leben lang nachtragen. Himmel, es war nur ein harmloses Vergnügen. Es hat mir nichts bedeutet.«

»Ich bin froh, daß du das so sagst. Vielleicht ist es gut, wenn ich zuerst mit ihm darüber rede.« Reginald legte seinen linken Arm um den Korrepetitor, während er den rechten unauffällig nach der Türklinke streckte. »Du machst dir gar kein Bild davon, wie sehr ihn diese Sache getroffen hat.« Er blickte seinen Kollegen kumpelhaft an. »Es war aber auch wirklich taktlos von dir, es ausgerechnet hier zu tun. Er ist nun einmal extrem empfindlich, was diesen Punkt anbelangt. Weißt du, er sieht die Dinge nicht so gelassen wie wir.« Schulterklopfend bugsierte er Ivan in den Türspalt.

Aus dem Nachbarzimmer drangen zart gewundene Melismen. Ein Sopran übte Brünnhildes Friedensmelodie.

Der Kapellmeister zuckte die Achseln. Sein linker Fuß war bereits im Gang. »Woher soll ich denn wissen, daß es für ihn eine Glaubensgeschichte ist, mit wem ich ins Bett steige. Wenn ihm so viel daran liegt, werde ich mir in Zukunft Frauen verkneifen. Wenn damit für ihn die Welt wieder in Ordnung ist.«

Verbindlich lächelnd überwachte Reginald, daß auch der zweite Fuß vom hellen Teppich auf das melierte Linoleum hinübertrat. »Ja, Ivan, ich denke, du solltest etwas vorsichtiger sein. Und laß zuerst mich mit ihm reden. Ich kenne ihn besser als du. Vertrau mir.«

Mit einem nachdrücklichen Ruck zog der Assistent die Tür ins Schloß. Schwer atmend lehnte er sich gegen das Holz.

Über dem Galeriegeländer erschien das verschlafene Gesicht Slawomir Wolanskys.

15

Gwendolyn schrak zusammen. Sie hatte nicht damit gerechnet, zu dieser nächtlichen Stunde noch jemanden anzutreffen. Sie murmelte eine flüchtige Entschuldigung, wollte das Licht wieder ausmachen und sich durch den Türspalt zurückziehen, als sie sah, daß die Frau vor ihr keinen Kopf hatte. Mit der Hand am Lichtschalter blieb sie stehen.

»Na so was«, gluckste sie. »Fricka, du blöde Kuh! Da hast du mich doch tatsächlich erschreckt.«

Sie machte einige Schritte um das rot glitzernde Cocktailkleid herum. Vorwurfsvoll schüttelte sie ihren Bubikopf. »Du bist doch wirklich die allerletzte Schnalle. Nicht mal hier kannst du Wotan in Ruhe lassen. Meinst du, er vögelt weniger in der Weltgeschichte rum, wenn du ständig hinter ihm herschleichst? Und außerdem: Wie willst du denn in deinem Zustand was verhindern? So ohne Kopf und Arme.« Die Hospitantin hob den Rock an. »Einbeinig bist du auch noch.« Verächtlich ließ sie den pailettenbesetzten Stoff herabfallen.

Die Kostümwerkstatt war ein sonderbares Schlachtfeld. Auf langen Tischen türmten sich formlos weiche Kadaverberge. Stählerne Nähmaschinenarme ragten kantig hervor. Wie um Aasgeier zu verscheuchen, waren überall nackte, nur mit dürftigen Stoffetzen behängte Rümpfe aufgestellt. Zwei Dutzend kopfloser Helden und Heldinnen säumten den verwaisten Kampfplatz.

Gwendolyn schaute sich um. Ihr Herz begann zu flattern, als sie am anderen Ende des Raums entdeckte, wonach sie suchte. Hastig schritt sie das zurechtgestutzte Spalier aus Göttern und Walküren, Wälsungen und Gibichungen, Rheintöchtern und Nibelungen ab. Die Herrenanzüge und Abendroben, Damenkombinationen und Ledermonturen, Smokings und Fellhosen glitten an ihren Augenwinkeln vorbei. Ihr Blick eilte voraus zu der blauen Figur.

Ehrfurcht bremste Gwendolyn, je näher sie der Erscheinung rückte. Drei Fußlängen vor ihr blieb sie stehen. »Da bist du ja«, flüsterte sie. Ihre Hände zitterten, als sie den königsblauen Kunst-Samt berührte. Mit feuchten Fingern fuhr sie die Goldstickereien entlang.

Stich für Stich zeichnete sie die Sternbilder nach, die Wotans Göttermantel übersäten. Obwohl er gerade erst genäht war, schien er bereits Jahrtausende zu Staub geschleift zu haben. Andachtsvoll hob sie ihre künftige Bettdecke von der Schneiderpuppe.

Die plötzliche Dunkelheit traf Gwendolyn wie ein Schlag ins Genick. Sie schrie auf. Der schwere Umhang rauschte zu Boden. In Erwartung eisern zupackender Hände begann sie um sich zu schlagen. Es dauerte eine Weile, bis sie begriff, daß es nur die nächtliche Opernfinsternis war, die sie überrascht hatte. Um Mitternacht wurde im ganzen Haus das Licht abgestellt.

Die Hospitantin machte einige unsichere Schritte. Das einzige Geräusch in der Kostümwerkstatt war ihr eigener keuchender Atem. Drohend schwarz erhoben sich die Kadaverberge. Es war so dunkel, daß Tote unbemerkt ins Leben hätten zurückkehren können. Die geköpften Gestalten, deren Konturen Gwendolyn mehr erahnte als sah, flößten ihr mit einem Mal Furcht ein. Den Gedanken, in der Schneiderei zu übernachten, ließ sie fallen, noch bevor sie ihn ernstlich gefaßt hatte. Fieberhaft tastete sie sich in die Richtung, in der sie den Ausgang vermutete. Wotans Mantel blieb am Boden zurück.

Gwendolyn lehnte sich wimmernd gegen eine Wand. Sie vermochte nicht mehr zu sagen, wie lange sie schon in dem mal stickigeren, mal kühleren, aber immer gleich aussichtslosen Schwarz umherirrte. Zeit und Raum hatten sich in dem Opernlabyrinth verflüchtigt. Nach unendlichen Gängen war sie zuletzt Treppen gestiegen, richtungslose Stufen, die weder hinauf- noch hinabführten. Ihre Hände hatten sich taub getastet. Ihre Fingerspitzen waren blutig. An rauhem Beton hatte sie sich Ellbogen, Stirn und Wangen aufgeschrammt. Etwas Warmes, Klebriges sickerte ihr in die Augen. Verzweifelt sank sie auf den kalten Steinboden.

Fremde Schritte geisterten durch das Treppenhaus. Es gab einen dumpfen Schlag. Metallgeländer vibrierten. Eine heisere Männerstimme fluchte. Gwendolyn hörte ihr Herz wie einen Amboß hämmern. Die Schritte tappten langsam weiter. Die Gedanken verkeilten sich in ihrem Kopf.

»Hallo? Ist da wer?« Sie hatte nicht schreien wollen, aber ihre Stimme explodierte in dem tiefen Schacht. Etwas Schweres polterte Stufen hinunter. Einige Herzschläge lang blieb es totenstill.

»Hallo? Ist da wer«, fragte Gwendolyn noch einmal vorsichtiger.

Irgendwo stöhnte es. »Wer ist da?« Die Männerstimme rang nach Atem.

»Ich. Gwendolyn. Die Hospitantin. – Herr Raven, sind Sie das? Haben Sie sich verletzt?«

»Nein, das heißt: ja, ich bin es«, zischte die Männerstimme. »Sie haben mich zu Tode erschreckt. Ich hätte mir das Genick brechen können. Was zum Teufel machen Sie hier?«

Gwendolyn atmete aus. Ihr Herz sprang in sein gewohntes Metrum zurück. »Ich versuche, aus diesem beschissenen Labyrinth rauszukommen.«

»Und wieso sind Sie in dieses *beschissene Labyrinth* überhaupt reingeraten?« Die Stimme zitterte zwischen Panik und Wut. »Die Probe ist doch seit Stunden aus.«

»Ich saß die ganze Zeit aufm Klo fest. Dünnpfiff«, erklärte Gwendolyn ohne zu zögern. »Als es dann plötzlich dunkel geworden ist, da hab ich so einen Schreck gekriegt, daß sogar der Dünnpfiff aufgehört hat. Na ja, und seitdem versuch ich, hier irgendwie rauszukommen.« Sie seufzte. »Und was machen Sie hier?«

»Ich habe noch gearbeitet«, gab die Stimme so knapp wie mürrisch zurück.

Gwendolyn seufzte wieder. »Da sitzen wir ja ganz schön in der Tinte. Haben Sie einen blassen Schimmer, wo wir sind?« Sie hörte, wie sich ein unbeholfener Körper am Geländer aufrichtete.

»Wir sind hier im hinteren Treppenhaus«, sagte es aus der Tiefe. »Ich bin im dritten Stock, und Sie müßten, wenn ich das richtig höre, irgendwo zwischen viertem und fünftem sein. Das Problem ist, daß wir hier wahrscheinlich gar nicht rauskommen. Mir ist gerade eingefallen, daß die Tür da unten zumindest früher immer abgeschlossen war.« Die Worte hallten in unterschiedliche Richtungen. »Es ist aber auch wirklich unfaßbar, daß hier nirgends die Notbeleuchtung an ist«, fluchte es. »Ich fürchte, wir müssen hoch in den sechsten Stock und dann vor zur Haupttreppe. Warten Sie, ich komme rauf zu Ihnen. Können Sie mir genauer sagen, wo Sie sind?«

Die Hospitantin kicherte. »Sie sind lustig. Ich fühl mich ungefähr so, als ob ich die ganze Nacht Blinde Kuh gespielt hätte.«

»Dann reden Sie wenigstens weiter«, knurrte es. »Irgendwas. Sonst stürze ich noch über Sie drüber.« Die Schritte setzten sich schwerfällig in Bewegung.

Gwendolyn schlang ihre Arme um die angewinkelten

Beine und überlegte. »Meinen Sie, es geht in Ordnung, wenn ich singe?«

Von unten ertönte ein ungehaltener Pfiff. »Meinetwegen können Sie auch grunzen.«

»Also okay. – *Auf, Loge! Hinab mit mir*«, sang Gwendolyn mit flachbrüstigem Kinderalt. »*Nach Nibelheim fahren wir nieder: gewinnen will ich das Gold.*«

Die Schritte waren verstummt. Dröhnendes Lachen erschütterte den Schacht.

»Jetzt sind Sie dran«, erklärte das Mädchen unbeirrt. »Sie müssen den Loge singen. – Oder wollen Sie lieber den Wotan übernehmen? Dann singe ich eben Loge.«

Die tiefere Stimme lachte noch immer. »Ich fürchte, ich bin nicht ganz so textsicher wie Sie.«

»Das macht nix. Ich helf Ihnen weiter, wenn Sie hängen.«

»Nein. Wirklich nicht.«

»Doch, doch. Ich versprech auch, daß ich keinem was verraten werde. Großes Indianer-Ehrenwort. Also noch einmal!«

Gwendolyn wiederholte Wotans unmelodiöse Zeilen.

»*Die Rheintöchter riefen dich, so dürfen Erlösung sie hoffen*«, antwortete es halbherzig aus dem unteren Stockwerk.

»*Erhörung*. Nicht *Erlösung*«, korrigierte sie. »Aber egal. *Schweige Schwätzer! Freia, die gute, Freia gilt es zu lösen.*«

»*Wie du befiehlst, führ ich dich gern*«, stolperte die zweite Stimme weiter. »*Steil hinab steigen wir durch den Rhein?*«

»*Nicht durch den Rhein!*«

»*So schwingen wir durch die Schwefelkluft: dort schlüpfe hinein!*«

»*Ihr andren harrt bis Abend hier: verlorner Jugend erjag ich erlösendes Gold*«, schmetterte Gwendolyn inbrünstig. Feierliche Stille senkte sich über das Treppenhaus.

Sie klatschte in die Hände. »Prima! Das war doch schon ganz prima.«

Das dunkle Lachen stieg unaufhaltsam höher. »Verraten Sie mir bitte eines: Warum um alles in der Welt hat eine junge Frau wie Sie seitenweise Wagner im Kopf?«

»Ich kann den ganzen Ring auswendig«, sagte Gwendolyn mit bescheidenem Stolz. »Alle Rollen. Wollen Sie noch was hören?«

Es lachte abermals. »Ich bin geneigt, es Ihnen auch so zu glauben – nach dem, was Sie mir gerade geboten haben.«

Gwendolyn tastete über ihre Stirn. Ihr Pony war steif wie ein vertrockneter Öllappen. »Weiß auch nicht, warum ich das kann«, sagte sie leicht verwirrt. »Kam einfach so. Irgendwann. Ich hab nämlich immer alle Rollen mitgesungen – wenn ich zu Hause den Ring gehört hab.« Sie versuchte, die verfilzten Strähnen zu zerteilen. »Sie können mir auch irgendeine Stelle vorsingen, und ich sag Ihnen dann, welche es ist, ja?«

Die rauchige Stimme war in Gwendolyns Nähe angekommen. »Ich glaube, uns bleibt nachher noch genügend Zeit zum Wagner-Raten. Wir sollten jetzt erst einmal schauen, daß wir uns irgendwie erwischen.«

Gwendolyn spürte, wie sich das Schwarz um sie herum zusammenschob. Sie kauerte sich enger an die Wand.

»Finden Sie nicht auch, daß wir uns nach allem, was passiert ist, das Du jetzt redlich verdient haben«, raunte es über ihrem Kopf. Sie hörte, wie eine Hand die Wand entlangschabte. »Ich bin Alexander.«

»Ich bin Gwendolyn«, flüsterte sie.

Die Stimme schwenkte auf sie zu. »Ich glaube, ich kann deine Körperwärme schon spüren. Streck mir deine Hand hin. Sitzt du oder stehst du?«

»Ich sitze«, wisperte Gwendolyn. Die Luft geriet in Bewegung. Ein warmer Hauch streichelte ihren nackten Oberarm. Sie stieß einen spitzen Schrei aus. Die Hand zuckte zurück.

»Was ist passiert«, raunte es neben ihrem Ohr.

»Du hast mich gekratzt.«

»Entschuldige. Das muß mein verdammter Ring gewesen sein. Ich habe mich neulich auch schon geschnitten. Irgendeine Kante ist messerscharf. Warte, ich ziehe ihn aus, bevor ich dich noch mal kratze.«

Gwendolyn zuckte kaum mehr zusammen, als die fremden Finger ihr Gesicht das zweite Mal berührten. Mit ergebenem Seufzen gestattete sie ihnen, über ihren Hals tiefer zu gleiten.

16

Wie alle Menschen, die sich vom Diesseits so beengt fühlen wie von einer Zwanzig-Quadratmeter-Sozialwohnung, so beschäftigte sich auch Benito Bellini die meiste Zeit mit der Zeit nach seiner Zeit. Er wußte, daß er einen besonders harten Kampf mit der Ewigkeit auszufechten hatte. Vincenzo, der Belcantokomponist, mußte ausgelöscht werden. Im Weltgedächtnis war nur für einen Bellini Platz.

Neunundvierzig Plattenaufnahmen hatte der Maestro bereits eingespielt. Und vor Jahren schon hatte er damit begonnen, die kostbaren Klangdokumente aus den vergänglichen Rillen des Vinyl in die ewigen Bits der Compact Disc hinüberretten zu lassen. Photographien seiner selbst versah Bellini gewissenhaft mit Ort und Datum. Abgelegte Fräcke bewahrte er in zedernholzverschalten Schränken auf, die genauen Zeiten, die sie an seinem Körper verbracht hatten, notierte er auf kleinen Papierstreifen an den Bügeln. Dirigierpartituren und Taktstöcke warteten in Glasvitrinen auf den Tag des jüngsten Gerichts.

Bellini fühlte jedoch, daß dies allein nicht ausreichte, um sich ewiges Feuer einzuhauchen. Es mußte noch etwas Verborgenes geben, eine verschlossene Schublade, die sich dem Weltauge erst nach seinem Tod öffnen würde.

In jüngeren Jahren hatte er sein postum zu lüftendes Privatleben im Tagebuch geführt. Seit einiger Zeit gab er der brieflichen Form den Vorzug. Am liebsten teilte er seine Innenansichten einem Pariser Intendantenfreund mit. So auch in dieser lauen Augustnacht.

»Liebster, teuerster Freund! *Carissimo!*«

Das Fenster war weit geöffnet, ein weißer Lilienstrauß stand auf dem Schreibtisch. Bellini pustete einige Blütenstaubkörnchen vom Briefpapier. Er nippte ein letztes Mal an seinem Champagner.

»Seit Tagen brenne ich darauf, Dir endlich schreiben zu können, um Dich an meinem unendlichen Glück teilhaben zu lassen. Wie oft in der letzten Zeit waren es schwarze, traurige Gedanken, von denen ich Dir berichten mußte, und die ich bei Dir in so lieben, so gütigen Händen aufbewahrt wußte. Doch seitdem ich am Ring arbeite, ist mein Unglück vorbei. Dieses Werk! Es ist alles so groß, so wahr, so schön! Ich spüre die Welt um mich herum versinken.

Heute habe ich *Rheingold* geprobt, die vierte Szene. Ich bin ganz eingetaucht in diese Musik. Es ist alles richtig, was Wagner dort komponiert hat, jede Note, aber keine Stelle vermag mich so zu berühren wie Alberichs Fluch. Dieser sparsame und doch unendlich sprechende Klang der Vernichtungssynkopen! Erinnerst Du Dich an jenes *fortissimo*, wenn Alberich durch seine steigenden Terzen hindurch endlich C-Dur erreicht, das Orchester ganz auf einen Paukenwirbel zurückgenommen ist, und dann abermals die Klarinetten dazwischenfahren? Es ist der erschütterndste Sext-Akkord, der erschreckendste Neapolitaner, den je ein Mensch gesetzt hat! Wie fühle ich mich dort verstanden! In diesen Takten steht die Welt still, blicke ich durch die Musik hindurch auf etwas ganz Tiefes, Tragisches. Mich ergreift ein Schauer, wie wenn ich in den schwarzen Spiegel eines Teiches blickte und unten, auf dem Grunde – *mich* entdeckte! Was sage ich! *Misere Parole!* Es ist mehr als das, viel mehr als ich mit meinen armen Worten zu beschreiben vermag. Oh, wie ich Alberichs tödliche Verzweiflung spüren kann! Sie pocht in jedem Takt, es ist sein Blut, es ist mein Blut, das durch die Streicher rauscht, wenn der vernichtende Nibelung hinab in seine Schluchten stürzt.«

Bellinis Füllfederhalter stockte. Der Maestro las den letzten Satz noch einmal durch. Vernichtet. Es mußte *vernichteter* Nibelung heißen. Ein feines Lächeln durchlief seine Züge. Der Fehler war prophetisch. *Vernichtet? Vernichtend?* Am Ende gab es keinen Unterschied. Bellini nahm einen Schluck Champagner und fuhr fort, die schlanken, nach links geneigten Buchstaben aufs Papier zu setzen.

»Endlich weiß ich wieder, wofür ich lebe, wofür ich meine Kunst mache. Die dunklen Zeiten der Hoffnungslosigkeit weichen zurück. Schon beginne ich zu vergessen, wie ich die letzten Jahre vegetieren mußte. *Lohengrin* – eine große Oper, gewiß! *Der Fliegende Holländer* – wunderschöne Musik, ohne Zweifel! Aber was sind sie gegen den Ring! *Ninnoli!* Kleine Artigkeiten für Kinder! Nur im Ring fühle ich mich *ganz* begriffen, finde ich *all* meine Freude und Traurigkeit, *all* meine Ängste und Träume in der Musik wieder. Es ist ein so inniges, köstliches, seltenes Gefühl! In den schwarzen Jahren der Entbehrung, wie oft stand ich am Abgrund, streckte ein kalter Tod schon seine Hände nach mir aus. Doch jetzt bin ich erlöst. Der Ring und ich: Wir sind ganz eins!

Liebster! Nun habe ich Dir so viel von mir erzählt! Aber ich weiß, daß Du mich verstehst, Du Bester von allen.

Addio, lieber Freund, ich umarme Dich tausendmal, m*ille, mille baci*

Dein Benito

P. S.: Kannst Du mir noch einmal verzeihen? Ich vergaß, Dir für die herrlichen *tartufi* zu danken, die Du mir geschickt hast! *Mille, mille grazie*! Reginald hat damit eine wunderbare *pasta* zubereitet.

Derselbe

P. P. S.: Ich muß Dir noch eine unglaubliche Geschichte erzählen, die letzte Woche unserem armen *bambino* geschehen ist. Reginald war beim *dentista*, und – *non ci crederai!* – er hat seine neue Goldplombe verschluckt! Den ganzen Tag saß er mit dem Teesieb *in quel certo posticino*|... ich habe Tränen gelacht. *Poverino! È tanto squisito!*

Ebenderselbe

P. P. P. S.: Ich habe in Frankfurt einen neuen italienischen Schneider entdeckt. Er macht sehr dünne, leichte Baumwollhemden. Jetzt für den Sommer sind sie einfach *l'ideale*. Ich lasse Dir drei von ihnen zusenden.

Wiederum derselbe

P. P. P. P. S.: Ich sehe Dich doch an meinem Geburtstag? Die große Feier findet abends im *Frankfurter Hof* statt. Ich habe gehört, Zanassian wird sich darum kümmern. *È un'uomo d'oro!*

Noch einmal derselbe

P. P. P. P. P. S.: Die Probleme mit Ivan, von denen ich Dir vergangenen Monat schrieb, spitzen sich zu. Ich fürchte, ich muß mich endgültig von ihm trennen.

Zum letzten Mal derselbe«

Benito Bellini las seinen Brief durch. Zufrieden entfernte er das Blaupapier, legte die Durchschrift in eine flache Schachtel mit dem Etikett *Lettere LXVII*, faltete das Original und steckte es in einen gefütterten Umschlag.

17

Im Zuschauerraum herrschte geschäftiges Halbdunkel. Unablässig klappten die vorderen Türen. Geduckte Gestalten huschten am Orchestergraben entlang, vereinzelte Figuren glitten durch die leeren Sitzreihen. Hinter dem geschlossenen roten Samtvorhang hämmerte es metallisch, Fahrwerk- und Gewindemotoren brummten. Gedämpfte Rufe stiegen zu den leeren Rängen empor. Alles arbeitete auf den magischen Moment hin, in dem sich Bühne und Orchester zum ersten Mal vereinigen sollten.

Der Regisseur und sein Stab hatten sich in der achten Reihe hinter einem hölzernen Pult installiert. Mit hektischen Gesten diktierte Alexander Raven Reginald den Probenplan für den kommenden Tag. Auf dem Sitz zu seiner Rechten lauerte Gwendolyn, einen Bleistift fest umklammert, bereit, die Kritikbrocken zu notieren, die er ihr während dieser ersten Bühnen-Orchester-Probe hinwerfen würde.

Die Dramaturgin saß einige Reihen hinter den anderen. Sie war tief in das blaue Polster gesunken, ihre angewinkelten Knie drückten gegen das helle Holz des Vordersitzes. Die heimlichen Blicke, die zwischen Regisseur und Hospitantin hin- und herflatterten, waren ihr nicht entgangen.

Aus dem Orchestergraben wehte babylonisches Stimmengewirr. Motive, die in der Partitur einander nie begegneten, kreuzten sich zu unzeitgemäßer Zufallsmusik. Der Feuerzauber verzischte im Wellenspiel. Violoncelli leisteten Vernichtungsarbeit an Wotans

Verträgen. Rheingoldfanfaren übertrumpften den Herrscherruf. Wagnertuben schritten im gravitätischen Choralklang nach Walhall, während ein einzelnes Horn verbissen durchs Schmiedemotiv stolperte. Paukenwirbel beendeten den mißlungenen Liebesbann einer Klarinette.

Der Konzertmeister klopfte auf sein Notenpult. Der erste Oboist gab den Kammerton. Nach und nach pendelten sich die Bläsergruppen ein. Der Konzertmeister übernahm. Mit stoischem Bogenstrich fing er an, die Streicher auf die gemeinsamen Hertz einzuschwören. Ein immer reibungsloseres Unisono wuchs aus dem zerklüfteten Graben.

Benito Bellini erteilte seinem Assistenten in der ersten Reihe letzte Anweisungen, nahm aus dessen Händen den Taktstock, den er keinem Orchesterwart anvertraute und schwang sich zu seinem eingestimmten Instrumentarium hinab. Die Lichter im Saal erloschen vollständig. Nur zwei kleine Lämpchen am Regiepult leuchteten aus der Dunkelheit. Gewaltig erhob sich der Vorhang über dem Graben.

In die geschwärzte Stille hinein senkte sich das verhaltene Kontra-Es der Bässe. Behutsam ließ Bellini die schon tausendmal erhitzte Ursuppe aufköcheln. Aus dem Handgelenk heraus schlug er die stehenden Anfangstakte, drosselte seine Gebärden, bis das Vorspiel erste, zähe Blasen warf. Der Klang begann zu brodeln. Die Ouvertüre gelangte an den Punkt, an dem es sie drängte, Szenisches auszuscheiden.

Alexander Raven donnerte mit der Faust auf das Holzpult. »Vorhang! Vorhang«, brüllte er. Der rote Samt stellte sich taub. Der Regisseur griff zu seinem Mikrophon. Verstärkt brüllte er noch einmal: »Vorhang! Verdammt, wo bleibt der Vorhang!«

Der Dirigent wiederholte deutlicher das Zeichen, das den Vorhang lüften sollte. Das schwere Tuch wich keinen Zoll. Majestätisch hielt es seine Falten zusammen.

Nun brüllte auch er zur roten Samtwand hinauf. Im Orchestergraben faßte Verwirrung um sich. Einige Musiker verstummten. Andere folgten blind dem Taktstock.

Im Vorhang zeichneten sich Bewegungen ab. Unsichtbare Hände zerwühlten die Falten, bis sich der Stoff einen Spaltbreit öffnete. Der Bühnenmeister trat an die Rampe und begann wie im Stummfilm zu reden.

»Wie? Was ist«, schrie Alexander Raven gegen den immer noch siedenden Orchesterklang an. »Ich verstehe kein Wort.«

Mit einer einzigen Geste brachte Bellini die restlichen Instrumente zum Schweigen.

Das hohe Stimmchen des Bühnenmeisters vermochte dessen Sätze dennoch kaum in die achte Reihe des Zuschauerraums zu tragen. »Mer müsse da wieder irschendein Problem im Compjuder habbe«, bemühte er sich zu erklären. »Weil an der Übertragungs-Elektrik kanns nach menschlischem Ermesse eischentlisch net liesche. Irschendwas in dem Reschner, der den Vorhang steuern tut, is net in Ordnung. Dabei hat unser Informatiker in der letzt Woch extra die Tschip all noch emal abgetscheckt. Isch was wirklisch net, was da nu widder los sei kann.«

Reginald wand sich mit schmerzverzerrtem Gesicht auf seinem Platz. Gwendolyn knabberte an ihrem Bleistift. Alexander Raven lauschte angestrengt. Die Adern an seinen Schläfen zeichneten sich wie unverputzte Kabel ab. »Ja und was heißt das für uns? Wie lange dauert es, bis Sie diesen Vorhang aufbekommen?«

Der Bühnenmeister winkte lachend ab. »Ei, heut kriesche mer den nimmer uff.«

»Das darf doch nicht wahr sein«, brüllte der Regisseur außer sich. »Das ist ja völlig unmöglich! Sie haben mir doch gestern noch versichert, Sie hätten die Probleme jetzt endlich alle behoben. Wir sind inzwischen mehr als eine Woche im Verzug. Nur weil es im ganzen Haus anscheinend niemanden gibt, der fähig wäre, diese verdammte neue Bühnentechnik in Betrieb zu nehmen. Das ist doch unglaublich! Wo bin ich denn hier? In einem Kasperletheater?«

Der Bühnenmeister hob beschwichtigend die Hände. »Ei, Herr Rave, jetzt reschese sisch doch net gleisch widder so uff. Mer versuche ja, alles so schnell wie möschlisch flott zu mache. Aber hexe könne mer halt noch net.«

»Es muß doch irgendeinen Weg geben, diesen Vorhang manuell zu öffnen«, krachte Alexander Ravens Stimme aus den Lautsprechern. »Damit wir wenigstens diese Probe durchführen können.«

Der Bühnenmeister schüttelte kategorisch den Kopf. »Manuell nachreschele läßt sisch mit dere neue Teschnik gar nix mehr. Isch hab dem Hans damals beim Wiederuffbau ja gleisch gesecht, daß des e Schnapsidee is, mit dem ganze Hei-Teck-Ferlefanz. Aber uff misch hat ja kaner horsche wolle.« Er kratzte sich mit zwei Fingern im Nacken. Das schneller werdende Zucken seiner Augenbrauen kündete davon, daß sein Bastlerinstinkt erwachte.

»Die einzische Möschlischkeit, die isch momendan seh, is, daß mer versuche, den Vorhang irschendwie mit Seilen in den Schnürbode enuffzupacke«, schlug er vor. »Weil uff der Rückseit – von dem Vorhang – da sin ja so Schlaufe. Damit ließe sisch irschendwas konstruiere. Zugehe tut er dann freilisch nimmer. Wann Ihne für heut reische tät, wann er uff is, könnte mer des versuche.«

Knappe zwei Stunden später kehrte das Ensemble auf die Bühne und in den Zuschauerraum zurück. Fleißige Bühnenarbeiter hatten mit Hilfe von langen Hakenstangen und Tauen die vierhundert Quadratmeter Vorhang weitestgehend weggeschnürt. Lediglich auf der rechten Seite wehte ein ungebändigtes Stück des roten Samts in die Bühne hinein. Die dicken Stoffwülste, die sich an den Portalrändern entlangwanden, sahen aus, als ob eine Armee Liliputaner über sie hergefallen wäre.

Cora saß allein in der vorletzten Reihe und betrachtete das Bild, das sich ihrem Auge darbot. Der abgeschmackte Spruch *vom entzaubernden Blick hinter die Kulissen* fiel ihr ein. Zur falschen Zeit genügte der Blick in die Kulissen. Sie fühlte sich wie an dem Weihnachtsvorabend, an dem sie als Kind heimlich ihrer Mutter beim Geschenke-Verpacken zugesehen hatte.

Die Schaukeln für die Rheintöchter senkten sich aus dem Schnürboden herab. Mit verdrehten Hälsen einhellig johlend, verfolgten die Orchestermusiker, wie drei Bühnenarbeiter die gehbehinderten Nixen aus der Gasse trugen und auf ihre Stängchen hievten. Zwei der Damen winkten mit den Flossen. In dem flutenden

Arbeitslicht verströmten sie die Erotik von Schaumstoffpuppen. Langsam fuhren die Schaukeln mit ihnen nach oben.

Die Dramaturgin schloß die Augen. Abermals wurde es still im Saal, und abermals kroch das Kontra-Es aus dem Graben. Cora bemühte sich, Bellinis elegisch gedehnter Ouvertüre etwas abzulauschen. Spurlos rauschte der opake Klang an ihr vorbei. Von den Abgründen, die sich unter Haffners Händen hier einstmals aufgetan hatten, hörte sie nichts.

Alexander Ravens Stimme gab die Bühne frei. Cora öffnete die Augen.

Das richtig ausgeleuchtete Anfangsbild traf sie mit unerwarteter Wucht. In weiten Bögen schwangen Woglinde, Wellgunde und Floßhilde unter der stählernen Erdkuppel. Ihre Schwänze schillerten in dem schwachen, wassergrünen Licht. Die hautengen, am Busen aufgepolsterten Oberteile erzeugten die Illusion vollendeter Frauentorsi. Die hüftlangen Silberperükken umflossen sie wie kaltes Feuer.

Die Dramaturgin ertappte sich dabei, wie sie an die vordere Kante des Sitzes rutschte. Die alte Liebe zuckte in ihrem Magen. Sie starrte auf die Bühne, wie sie vor Jahren zum letzten Mal auf eine Bühne gestarrt hatte.

Je leichtschwänziger die Nixen durchs Wasser schwebten, desto beklemmender drückte der Stahldeckel auf sie herab. Je sinnlicher sie sich gebärdeten, desto abstrakter erschienen sie. Die quicken Silberfischlein geronnen zu Bleifiguren. Die Sex-Ikonen erstarrten zum verzweifelten Erotikzitat.

Auf einmal wußte Cora wieder, warum diese Inszenierung so sein mußte, wie sie war. Warum es falsch war, den Ring der Lächerlichkeit überführen zu wollen. Er war nicht lächerlich. Er war unerträglich.

Unter ihrer glänzenden Oberfläche verriet die Szene alles über Wagners Krankheit. Nicht erst, wenn er in der *Götterdämmerung* Brünnhilde auf den Scheiterhaufen schickte, brannte er sein vom Fleische befreites Liebesideal. Die erotische Endlösung schimmerte bereits hier, auf dem Grunde der Wasserspielchen.

Die Dramaturgin warf einen knappen Blick zum Orchestergraben. Sie fragte sich, ob Bellini merkte, wie sehr die Bühne seiner musikalisch heilen Welt spottete.

Sie schnalzte ärgerlich, als Slawomir Wolansky an die Rampe stapfte. Der polnische Sänger mimte den Alberich zu Tode. Obgleich seine Brust nackt war und sein Unterkörper in engen Fellhosen steckte, bewegte er sich wie in wallendem Sackleinen. Im Laufe der szenischen Proben hatte sich Cora daran gewöhnt, den Sänger einfach zu übersehen. Jetzt kam er ihr wie ein tödlicher Virus vor, der das ganze Bild zersetzte. Sie streckte die Hand aus, um den befallenen Teil aus ihrem Gesichtsfeld zu schneiden. Angestrengt blinzelte sie über ihre Fingerkuppen hinweg.

In immer weiter geschwungenen Bögen flogen die Rheintöchter durch die finstere Bühnenhöhle. Ihre Körper zerschweiften zu silbrigen Pinselstrichen. Cora hielt die Luft an. Woglinde verließ am vorderen Wendepunkt ihre gezirkelte Bahn, stieg noch ein kleines Stück höher und fiel wie eine Sternschnuppe in die Tiefe.

Notenständer krachten, Instrumentenholz splitterte, Musikerkehlen gellten. Lautlos glitt die gefallene Flußjungfrau vom Schoß eines Bratschisten. Ihre linke Hand krampfte sich um ein gekipptes Notenpult.

Die Dramaturgin war aufgesprungen. Eine sich überschlagende Stimme brüllte nach Licht. Schreckensstarr erhob sich Alexander Ravens Silhouette aus der vorderen Reihe. Er schüttelte Gwendolyn ab, die sich wie eine verängstigte Meerkatze an ihn geklammert hatte.

»Elisabeth«, schrie er hilflos, »Elisabeth!«

Keiner der Musiker wagte es, die gestrandete Nixe zu berühren. Der Bogen des Bratschisten hatte sich in ihren linken Busen gebohrt. Aus der Wunde quoll blutiger Schaumstoff.

18

Die Kronleuchter im Bankettsaal des *Frankfurter Hofs* zerstäubten ihr Licht über der illustren Festtagsversammlung. Zweihundert handverlesene Gäste, Spitzen der Gesellschaft, säumten die damastgedeckten Tafeln. An den Wänden standen die Kellner so steif wie die Servietten auf den silbernen Platztellern. Buketts aus Feuer-, Schwert- und Fackellilien loderten mit den versprengten Damenroben um die Wette. Manikürte Finger rollten die zerbrechlichen Stiele der Champagnerkelche. Gepflegter *Small Talk* schwirrte durch die Luft.

Nur ein einziger Gast entzog sich dem heiteren Nichts. Alexander Raven saß seine gesellschaftliche Pflicht im geliehenen Smoking ab. Erst heute morgen hatte man seine Frau aus dem Hospital entlassen. Er hatte den Abend am Krankenbett verbringen wollen.

Mit feinem Klang heischte ein ans Rotweinglas geschlagener Löffel um Aufmerksamkeit.

Egolf Zanassian, Gastgeber der splendiden Feierlichkeit, wuchtete sich hoch. Der massige Mann mit den zierlichen Extremitäten strahlte heller als der Lüster auf seinem Tisch. Zanassian war der Pottwal, der im Frankfurter Immobilienbecken selbst die Haie plattdrückte. Egolf war der Schöngeist, der beim Tristan-Akkord in Tränen versank. Bei einem Anlaß wie diesem konnte sich seine Doppelnatur voll entfalten.

Das Notizblatt zitterte, als der empfindsame Tycoon seine Ansprache begann.

»Es ist eine große Freude für mich, Sie alle heute abend hier begrüßen zu dürfen! Doch gestatten Sie mir, einen Mann ganz besonders und ganz persönlich willkommen zu heißen, den Mann, zu dessen Ehrung wir uns zusammengefunden haben: Signore Benito Bellini.«

Der Saal applaudierte. Zweihundert leuchtende Blikke schwenkten weg von den Rednerlippen und bündelten sich im Gesicht des Jubilars.

»Hochgeschätzter Signore Bellini!« Egolf Zanassians Worte gingen unter im Spektakel der Hände. Er setzte noch einmal an. »Hochgeschätzter Signore Bellini! Wenn wir uns heute abend hier versammelt haben, um Sie zu ehren, so hat dies seinen Grund nicht einzig darin, daß Sie fünfzig Jahre Ihres Lebens vollendet haben. Auch nicht einzig und allein darin, daß es fünfzig aufsehenerregende, künstlerisch und kreativ pralle Jahre sind, auf die wir an diesem Tag – gemeinsam mit Ihnen – zurückblicken dürfen. Etwas anderes ist es, das Sie über all diese herausragenden Qualitäten hinaus in das Zentrum unserer Bewunderung rückt. Als Bürger von Frankfurt sind wir, bin ich Ihnen zu ganz besonderem Dank verpflichtet. Erlauben Sie mir, das, was ich meine, zunächst mit einem ewig gültigen Wort Friedrich Schillers auszudrücken: ›In der Not allein bewährt sich der Adel großer Seelen.‹ – Hochgeschätzter Signore Bellini«, fuhr Zanassian nach einer andächtigen Pause fort, »der Adel Ihrer großen Seele hat sich bewährt. Unerschrocken und kompromißlos haben Sie unserer Stadt in einer Zeit beigestanden, die seit den Nachkriegsjahren wohl ihre schwärzeste war. Obgleich das Opernhaus verwüstet lag, haben Sie keine Sekunde gezögert, Ihr Amt als Intendant dennoch anzutreten. Trotz bisweilen widrigster Bedingungen haben Sie – während all der Jahre des mühsamen Wiederaufbaus – den Glauben in Ihre Mission nie verloren. Ohne jemals zu wanken, wahrhaft unermüdlich haben sie dafür gekämpft, daß die Oper in dieser Stadt nicht verstummt. Der verheerende Brand, der uns sprach- und mutlos machte: Ihren Willen, Ihre Entschlossenheit hat er angefacht. Das sinnlose Verbrechen, welches das kulturelle Leben unserer Stadt mitten ins Herz traf: Ihren Enthusiasmus, Ihre Begeisterung konnte es nicht töten. Woran uns die Geschichte schon so oft zweifeln, ja verzweifeln ließ: Sie haben gezeigt, daß die Flammen der Schönheit und der Passion die Flammen der Barbarei zu besiegen vermögen.«

Wogen der Begeisterung schlugen über Lobendem und Gelobtem zusammen.

»Ich glaube, jeder in diesem Saal wird mir zustimmen, daß wir es in erster Linie Ihrem unbeirrbaren menschlichen und künstlerischen Engagement verdanken, wenn wir in wenigen Wochen die Wiedereröffnung der Oper Frankfurt erleben. Gestatten Sie mir deshalb, Ihnen im Namen des Magistrats, der Stadtverordnetenversammlung sowie des Patronatsvereins der Oper Frankfurt dieses bescheidene, symbolische Geschenk als Zeichen unserer tiefen Dankbarkeit zu übermitteln.«

Die Flügeltüren des Bankettsaals öffneten sich, und vier junge Kellner schritten herein. Sie trugen ein Tablett. Fließender Stoff bedeckte den glatten quaderförmigen Gegenstand, der auf ihm ruhte. Die vier jungen Kellner blieben mit ihrer verhüllten Fracht vor Zanassian und Bellini stehen. Zentimeterweise ließen sie die Bahre auf einen Tisch hinab, den zwei andere Kellner beigestellt hatten. Der Laudator wartete, bis die Träger wieder abgetreten waren. Mit großer Geste lüftete er das Tuch. Unter schützendem Glas türmte sich ein kunstvolles Marzipangebilde.

»Hochverehrter Signore Bellini! Ich überreiche Ihnen hiermit die wiedererrichtete Oper Frankfurt, die dank Ihnen und gemeinsam mit Ihnen ihren Geburtstag feiern darf. Möge für Sie und dieses Haus nun ein halbes Jahrhundert anbrechen, das frei ist vom Leid, nicht aber von der Glorie des vergangenen.«

Egolf Zanassian hob sein Champagnerglas. »Wollen wir in diesem Sinne den Trinkspruch ausbringen: Auf Benito Bellini, auf die Oper, auf die Musik! Wie sinnlos wäre ein Leben ohne sie!«

Tränen schimmerten in den dunklen Augen des Intendanten, als er Egolf Zanassians Hände umfaßte und unter nicht enden wollendem Applaus schüttelte.

»Liebe, liebe Freunde! Mir fehlen die Worte. Ich bin überwältigt. Das ist die größte Freude, die Sie mir machen konnten. Die größte Ehre, die Sie mir erweisen konnten. Ich verspreche Ihnen: All mein Blut werde ich dafür geben, mich ihrer würdig zu erweisen. Tausend, tausend Dank! Ich werde das nie vergessen.«

Ergriffen berührte Bellini die gläserne Haube, unter der die Oper um so viel reiner und filigraner saß als unter der Frankfurter Dunstglocke. Er stand stumm, unfähig, die Augen von dem detailgetreuen Marzipanmodell zu lösen.

Gustave Beauval, Intendant der Pariser *Bastille* und von eben dort angereist, legte den Arm um seinen langjährigen Freund und engen Vertrauten. Er raunte ihm ins Ohr: »Benito, ich gratuliere. Ich glaube, daß du seit Wagner der erste Intendant bist, dem man ein Opernhaus geschenkt hat.« Die beiden Männer lachten.

Das Festmahl wurde derweil unauffällig eröffnet. Die Heerscharen der Servierpinguine sorgten dafür, daß alle zweihundert Gäste gleichzeitig die Suppentassen vor sich fanden. Die Böden der durchscheinenden Gefäße waren mit einer *bisque de palourdes* dezent bedeckt.

Egolf Zanassian schlürfte die raffinierte Venusmuschelsuppe, ohne sie eines genaueren Blickes gewürdigt zu haben. Seine ganze Aufmerksamkeit verzehrte die große, knochige Frau an seiner Seite. Gemeinsam mit der internationalen Opernwelt hatte er Jessica Johnson-Myer vor einigen Jahren bei den Bayreuther Festspielen entdeckt. Seither war sie seine private Gottheit. Die Amerikanerin dankte es ihm, indem sie ihm dabei half, sein Geld in Kultur zu waschen. Auch jetzt noch, wo sie längst zu einer der bestbezahlten Wagner-Sängerinnen aufgestiegen war, gewährte sie ihrem potenten Verehrer die Befriedigung, eine Künstlerin zu finanzieren.

Gustave Beauval tauchte die vorderste Spitze seines Silberlöffels in den hellen Sud und kostete. Das Süppchen vermochte seine mitleidige Anerkennung zu gewinnen. »*Pas mal.* Dafür, daß wir in Frankfurt sind, *pas du tout mal.*«

Jessica Johnson-Myer grinste. Ihr überproportioniertes Gesicht spannte sich dadurch noch weiter auf. »Gustave, ich glaube, wir sollten wieder einmal zusammen *Burger* essen gehen.«

»Jessica, *au nom de Dieu!* Erinnere mich bitte nicht daran! Ein zweites Mal wäre das Ende einer wunderbaren Freundschaft.«

Die Sängerin warf ihre rote Lockenmähne in den Nacken. Aus ihrer Kehle perlte Champagnerlachen. Ihr hochkarätiges Diamantcollier funkelte. »*Oh Golfy, and I thought you were the worst Snob I ever knew.*« Sie leckte ihren Löffel ab und stupste damit Zanassians feinflügelige Nase. Die Züge des Tycoons zerschmolzen wie Butter unter Steppensonne.

Bellini hob in künstlicher Verzweiflung die Hände. »Gustave, was soll man tun! Seien wir froh, daß sich Jessica immerhin abgewöhnt hat, vor jeder Arie *yippiyeah* zu schreien.«

Die Sängerin lachte mit den Männern gemeinsam. Ironische Anspielungen auf ihre Lasso- und *Country*-Vergangenheit trafen sie nicht. Im Gegenteil, sie war sogar stolz darauf, daß man ihr den hochdramatischen Sopran nicht an der Wiege gesungen hatte. Nie hatte sie ein Hehl daraus gemacht, daß sie auf einer Rodeo-Farm in Waxahachie, Texas, aufgewachsen und daß der *Honky-Tonk*-Schuppen ihres Onkels das Startloch ihrer musikalischen Laufbahn gewesen war.

Jessica Johnson-Myer musterte den Maestro gelassen. »Es stammt eben nicht jeder von einem berühmten Komponisten ab, Benito.«

Die Replik wehte eine zarte Verstimmung in Bellinis Miene. Doch die schwarzen Wolken vermochten sich nicht lange auf seiner Stirn zu halten. Die Feiertagslaune blies sie hinweg und ließ ihn wieder mit den anderen lachen.

Zanassian tupfte sich den Mund. »Meine Herren, Sie haben in allen Punkten recht. Jessica das kleine Einmaleins unserer abendländischen Zivilisation beizubringen hat mich mehr Mühe gekostet, als mein Windspiel das Dezimalrechnen zu lehren. Aber dafür ist sie die berückendste Wilde, die je aus diesem schrecklichen Kontinent zu uns gekommen ist.« Er hauchte der Sängerin einen Kuß in das klaftertiefe Dekolleté ihres Volantskleides.

Jessica Johnson-Myer versetzte seinen Hängebäckchen einen Klaps. »Golfy, ich finde, das Abendland benimmt sich heute abend sehr schlecht. Ich bin eine verheiratete Frau! Was soll denn Mr. Johnson denken!«

Obwohl ihre namensgebende Ehe mit dem Waffenfabrikanten Johnson schon einige Vermählungen zurücklag, nannte die Sängerin stets ihn als ihren Gatten. Seitdem ihr der Manager aus Publicitygründen davon abgeraten hatte, jedes Jahr die erste Hälfte des Nachnamens zu ändern, und diese also nicht mehr den aktuellen Stand der Eheschließungen widerspiegelte, hätte Jessica Johnson-Myer stets nachdenken müssen, mit wem sie gerade verheiratet war. Da ihr dies zu anstrengend erschien, war *Mr. Johnson* zum Synonym für ihren jeweiligen Gatten geworden.

Immer schneller flogen die Scherzworte zwischen ihr, Zanassian, Bellini und Beauval hin und her. Sie lachten solo oder im Duett, bildeten wechselnde Terzette, aber die meiste Zeit stieg ihr Gelächter im volltönenden Quartett empor.

Die Heiterkeitswogen brachen sich an dem steinernen Regisseur, der nur wenige Stühle vom Zentrum der Feierlichkeit entfernt saß. Mit widerwilligem Interesse beobachtete er den Star seiner Inszenierung. Mit halbem Ohr hörte er seiner Tischnachbarin, der neuen Frankfurter Kulturdezernentin, zu. Renate Krösch klärte ihn auf, wie wichtig es war, den Ring *gerade* und *endlich wieder* in Frankfurt zu spielen. Er nickte stumm und bückte sich nach der Serviette, die den fahrigen Händen der Kulturdezernentin zum wiederholten Mal entfallen war. Appetitlos zerquetschte er die letzten Venusmuscheln.

Cora Starneck hatte man am Rande der Festgesellschaft angesiedelt, wo die Berufs- und Amtstitel etwas weniger exklusiv, die Biographien etwas weniger extravagant, die Gespräche etwas weniger exaltiert waren. Ein Offenbacher Großmetzgereibesitzer und einfaches Mitglied des Patronatsvereins erzählte ihr lautstark, wie er als *junger Bursch* jeden Abend den Vorhang in der alten Frankfurter Oper gezogen hatte.

Die Dramaturgin wedelte mit ihrem leeren Weinglas. Der überkorrekte Ganymed weigerte sich beharrlich, die Flasche *Puligny-Montrachet* auf dem Tisch zu lassen. Er schenkte ihr nach und schwebte mit seinem teuren Tropfen weiter.

Die Servierpinguine räumten die Suppentassen so unauffällig ab, wie sie den Zwischengang, eine *caille rôtie sur frisée*, auftrugen.

Jessica Johnson-Myer starrte entgeistert auf den Teller, der plötzlich vor ihr stand. Sie hob die caille aus ihrem Salatnest und ließ sie vor Zanassians Gesicht baumeln. »Golfy, bitte, was ist das!« Die Beinchen des Vogels waren so dürr, daß die Sängerin sie mit spitzem Daumen und Zeigefinger halten konnte.

Der Mäzen schaute seine Göttin besorgt an. »Jessica, stimmt irgend etwas nicht? Dies ist eine Wachtel.«

»So? Eine *Wacktel?*« Mrs. Johnson-Myer legte das Tierchen auf sein Salatbett zurück. »*Strange word*«, murmelte sie. »Ich glaube nicht, daß ich diese *Wacktel* essen will.« Sie leckte ihre rotbenagelten Finger. Ihr Blick wurde feucht. Sie deckte den nackten Vogel mit einem anderen Salatblatt zu.

»Aber Jessica, was hast du denn?« Unverständnis plusterte Egolf Zanassians Züge auf. »Probiere die Wachtel doch wenigstens einmal. Es ist eine echte Köstlichkeit.«

Unterdrückte Tränen kräuselten die Stimme der Sängerin, die sich auf der Bühne niemals ein Tremolo erlaubte. »Ich kann nichts essen, was früher einmal gesungen hat.«

Dem weichen Riesen blieb der Mund offen.

»Oh Jessica«, stieß er hervor. »Du bist einmalig! Einfach unbezahlbar! Das ist der phantastischste Witz, den ich seit Jahren gehört habe!« Er brach in vulkanisches Gelächter aus. »Würde am liebsten schon zum Frühstück blutige Steaks essen, aber weint, weil auf ihrem Teller ein gebratenes Federvieh liegt.« Er spie die Silben einzeln hinaus. »Übrigens, ich glaube, Wachteln singen gar nicht.« Sein Körper bebte. »Signore Bellini«, schnaufte er, »Signore Bellini! Wissen Sie, ob Wachteln Singvögel sind?«

Der Maestro schmunzelte fein, während er seinen Bissen zu Ende kaute. »Mein lieber Herr Zanassian! Ich habe leider noch nie einen Vogelchor dirigiert. Ich kann es Ihnen nicht sagen.«

Gustave Beauval quittierte die Frage mit einem abwesenden Lächeln. Ihn beschäftigte das Jünglingssortiment, das sich für den nachfolgenden Festakt im engeren Kreis anbot. Sein Blick schweifte über die Gästereihen. Nicht allzu viele Gesichter saßen faltenlos auf den schwarzen oder weinroten Fliegen. An einem falten-, aber auch fliegenlosen Gesicht blieb er hängen.

Ivan Jouvain, Bellinis geschaßter Assistent, rang an der Tür mit dem *maître d'*. Sein hellblaues, kurzärmliges Sommerhemd war zerknittert und weit aufgeknöpft. Dunkle Ringe unterstrichen seine schönen Augen.

Es gelang dem Kapellmeister, sich loszureißen. Kielwellen der Unruhe folgten ihm, als er auf den Maestro zuschlingerte. »Guten Abend, Benito, herzlichen Glückwunsch zum Geburtstag!« Seine Worte schaukelten wie Korkstückchen in Alkoholdünung.

Bellinis Miene wurde kälter als der weiße Burgunder, an dem er nippte. »Ivan, das ist wirklich bezaubernd von dir, aber ich kann mich nicht erinnern, daß du eingeladen bist.«

»So?« Der Kapellmeister schwankte. »Ein merkwürdiger Zufall. Ich kann mich auch nicht erinnern.«

Der Maestro winkte einen Kellner herbei. »Würden Sie bitte so freundlich sein und den Signore hinausbegleiten!«

»Selbstverständlich. Sofort.« Der Servierpinguin tippte Ivan Jouvain sachte an den Oberarm. Der Kapellmeister schlug zu.

Schreie gellten durch den Saal. Die ausgefeilte Tischordnung geriet aus den Fugen. Glas und Porzellan gingen zu Bruch. Ein Kerzenleuchter kippte um und tränkte das schwere Tafeltuch mit Wachs. Aus der Nase des Kellners lief Blut. Mühsam richtete er sich auf. An seinem Ärmel klebten Salat- und Wachtelreste. Stammelnd entschuldigte er sich beim Feuilleton-Chef der *Frankfurter Allgemeinen Zeitung*, auf dessen Teller er gestürzt war.

Ivan Jouvain hatte nach einer zu Boden gefallenen Gabel gegriffen. Die Waffe fest umklammert, näherte er sich Bellini. Sein Knockout-Schlag hatte ihn nüchtern gemacht. »Benito, ich lasse mich von dir nicht abservieren wie ein Essen, das dir plötzlich nicht mehr schmeckt! An diesem Bissen sollst du ersticken!«

»Ivan, ich warne dich.« Der Maestro zitterte zornesbleich. »Du wirst auf der Stelle verschwinden!«

Unaufhaltsam, Schritt für Schritt verringerte der Kapellmeister den Abstand, der den Intendanten vor ihm schützte.

Bellinis Stimme kippte. »Jemand schaffe mir diesen Wahnsinnigen aus den Augen! Subito!«

Die umliegenden Herzen pochten gedämpfter. Keine Wimper regte sich mehr. Die ausgelassene Stimmung war geliert.

Ivan Jouvain höhnte. »Vielleicht hättest du dir statt dieser Schoßhündchen lieber einen richtigen Wachhund zulegen sollen.« Er war nur noch zwei Armlängen von Bellini entfernt. Die vier silbernen Gabelzinken blitzten. Der Maestro riß die Hände vors Gesicht. Der Kapellmeister holte aus.

Der Schrei, der an der hohen Decke zerschellte, ließ

die Kronleuchter erbeben. Benito Bellini starrte mit ungläubig geweiteten Augen auf seinen ehemaligen Assistenten. Die Züge des jungen Mannes waren im Schmerz häßlich verzerrt. Mrs. Johnson-Myer aus Waxahachie stand unmittelbar hinter ihm. Sie hatte seinen Unterarm gepackt und mit eisernem Griff zwischen die Schulterblätter gedreht.

Die Sängerin lächelte. »So, wir sind jetzt *a good little boy* und gehen nach Hause.« Sie bog die Finger auf, die sich um die Gabel gekrampft hatten, legte das Besteck beiseite und steuerte den Kapellmeister in Richtung Ausgang.

Anfangs verhalten, dann immer lauter begannen die Gäste zu lachen. Als Mrs. Johnson-Myer ihren Gefangenen über die Schwelle schob, sprühten die Goldzähne Funken.

Mit haßglänzenden Augen blickte der Kapellmeister zurück. »Du verdammte Hure, das wird dir noch leid tun! Euch allen wird es noch leid tun!« Er rannte davon. Seine Worte verzischten im johlenden Applaus.

Zweiter Aufzug

»... harten Sturm
sollst du bestehn|...«

Brünnhilde, *Die Walküre*, 2. Aufzug

19

Es war eine blutige Geschichte. Ein junger Mann hatte die geliebte Schwester aus der Wohnung des Ehemanns entführt. Tagelang hatten sich die beiden im Bahnhofsviertel versteckt. Dennoch war es dem Ehemann gelungen, sie aufzuspüren. Im darauf folgenden Kampf hatten er und der Bruder sich gegenseitig erstochen. Die Frau hatte fliehen können. Von ihr fehlte jede Spur.

Elisabeth Raven-Winterfeld schrak hoch. Es hatte an der Tür geklingelt. Instinktiv bückte sie sich nach der Zeitung, die ihren Händen entglitten war. Der Stich in ihrem linken Busen ließ sie erstarren. Sie biß sich auf die Lippen. In ihrem vom Bühnensturz gequetschten Brustkorb flammten die Schmerzen wieder auf. Ihr Arm, der in einer Schlinge lag, um die ausgerenkte Schulter zu entlasten, verkrampfte sich. Es klingelte erneut an der Tür. Elisabeth Raven-Winterfeld wischte sich über die blessierte Stirn.

Sie erwartete niemanden. Seit Tagen schon war kein Krankenbesuch mehr vorbeigekommen. Mühsam schlich sie zur Wohnungstür und lugte durch den Spion. Es war nichts zu sehen. Doch schwere Absätze polterten das Treppenhaus hinunter. Sie öffnete die Tür. Ein kleines, rot eingewickeltes Päckchen lag auf dem Fußabstreifer.

Die Sängerin trat einen Schritt zurück.

Das letzte Mal, daß ihr ein unbekannter Fan etwas vor die Tür gelegt hatte, war in Gießen gewesen. In der Spielzeit, in der sie am dortigen Stadttheater die Brünnhilde gesungen hatte. In Frankfurt war sie seit Jahren nicht mehr aufgetreten. Woher sollte ein anonymes Präsent kommen? Unschlüssig starrte sie auf das Päckchen. Das furchtbare Geräusch, mit dem das Schaukelseil gerissen war, knirschte wieder in ihren Ohren.

Vorsichtig, mit steif gehaltenem Rumpf ging Elisabeth in die Hocke. Sie betrachtete das ominöse Geschenk aus der Nähe. Es hatte die Größe von zwei Streichholzschachteln. Die Oberseite war leicht gewölbt. Ein Goldbändchen wand sich um das matt schimmernde Papier.

Die Sängerin glaubte sich zu erinnern, daß Briefbomben in großen, wattierten Umschlägen verschickt wurden. Das Päckchen war sicher zu klein, um Zündmechanismus und Sprengstoff zu beherbergen. Dennoch vermied sie jede abrupte Bewegung nicht allein wegen ihres lädierten Oberkörpers, als sie das Schächtelchen aufhob und in die Küche trug.

Sie setzte es auf dem Eßtisch ab. Neben dem Backofen entdeckte sie einen Bratspieß. Mit seiner Spitze touchierte sie die Verpackung. Nichts geschah. Sie stieß heftiger zu. Millimeterweise zog sie die Goldschleife auf. Beherzter entfernte sie die Klebestreifen. Sie bog die knisternde Geschenkfolie auseinander. Eine dunkelblaue Schmuckschatulle kam zum Vorschein.

Furcht und Neugier kreuzten in Elisabeth abermals die Klingen. Ihre Hände rangen miteinander. Die einsatzbereite Rechte siegte. Die Sängerin hielt den Atem an und drückte den winzigen Metallknopf an der Vorderseite des Futterals. Mit einem trockenen Knacken sprang der Deckel auf.

20

Das Telefon auf der Probebühne plärrte. Alexander Raven verhedderte sich in seinem labyrinthischen Satzgebilde, kehrte nochmals zum letzten klaren Komma zurück, fand den richtigen Faden abermals nicht und verstummte. Mit enervierter Handbewegung scheuchte er Reginald an den Apparat. Das Gebrüll riß ab.

»Weil, was jetzt hier in dieser Szene passiert, ist unheimlich wichtig. Es ist das Zentrum des Rings, der Schlüssel zum ganzen Drama«, versuchte er den verfransten Gedanken zusammenzufassen. »Hier entscheidet sich alles. Wotan wird sich zum ersten Mal wirklich über sich selber klar. Und in dieser verzweifelten Klarheit erkennt er auch, daß er unrettbar verloren ist, daß sein Ende kommen muß und kommen wird. Im Grunde fängt die Götterdämmerung hier in dieser Szene an.«

Der Regisseur heftete seinen Blick auf Jochen Sywoll. Der große, voluminöse Sänger, der bislang ohne persönliche Anteilnahme zugehört hatte, rückte sich gerade. Die Hospitantin, die schräg hinter ihm saß, schwang ihre Beine von der Vorderlehne.

»Schon im *Rheingold* haben wir gesehen, daß Wotan hilflos ist, sich selbst entfremdet«, sagte Alexander Raven speziell zu dem Sänger. »Er findet sich in seiner selbstgeschaffenen Götterwelt nicht mehr zurecht. Der scheinbar so mächtige Gott ist von Anfang an ein Spielball. Von Anfang an ist ihm unbehaglich bei all dem, was er da tun muß: Seine eigene Schwägerin an Fafner und Fasolt ausliefern, um den Bau von Walhall zu bezahlen; den Nibelungenhort und Alberichs Ring rauben, um Freia damit wieder auszulösen – bei all dem ist ihm unbehaglich, aber er weiß noch nicht, was wirklich mit ihm los ist. Er hält seine Herrschaftsfassaden aufrecht. Er zieht in Walhall ein. Das haben wir bisher gesehen.«

Der Sänger nickte mit seinem fleischigen Schädel. Alexander Raven redete fieberhaft weiter. »Im *Rheingold* glaubt Wotan noch, sein ganzes Problem wäre Alberich. Er denkt, daß er seine Macht, daß er sich retten kann, wenn er verhindert, daß der Nibelung den Ring von Fafner zurückerobert. Erst hier, in dieser Szene, begreift Wotan, daß seine Welt, daß er selbst sein Problem ist. Mit einem Schlag wird ihm klar, daß der Sündenfall nicht erst stattgefunden hat, als Alberich die Liebe verflucht und damit das Prinzip kalter schrankenloser Macht in die Geschichte einführt – denn eigentlich hat Alberich dieses Prinzip gar nicht *eingeführt*, sondern er hat es nur *offengelegt*. Wotan sieht, daß der Sündenfall von Anfang an in seinem eigenen, von ihm selbst errichteten System eingebaut war. Ja? Der Gott sieht, daß er bei der Erschaffung seiner Welt einen Konstruktionsfehler gemacht hat. Er erkennt, daß er nicht frei handeln kann, daß er nicht frei ist, um zu lieben, daß er sich selbst den Zwängen unterwerfen muß, mit denen er seine Herrscherrolle zementiert hat. Wie sagt er gleich?« Der Regisseur fingerte nach dem nagelneuen Klavierauszug, der sich noch unwillig vor Cora spreizte. Die Dramaturgin schob ihm das Buch hin, hielt die widerspenstigen Seiten fest und tippte auf den Anfang einer Textzeile.

»*Das sind die Bande, die mich binden: der durch Verträge ich Herr, den Verträgen bin ich nun Knecht*«, las Alexander Raven vor. Er stieß das Buch zurück. »Wotan hat sich in seinem eigenen Machtnetz verstrickt«, sagte er eindringlich. »Mit einem Mal begreift er, daß er selbst es ist, der sein Ideal schon längst verraten hat. Nicht erst Alberich hat das Bündnis von Macht und Liebe zersprengt. Der Gott, der durch Liebe herrschen wollte, muß erkennen, daß er gescheitert ist.« Hektisch blätterte der Regisseur in dem Klavierauszug. Wortlos langte Cora zu ihm hinüber und schlug die richtigen Seiten auf. Er dankte es ihr mit einem verhuschten Seitenblick.

»*Was ich liebe, muß ich verlassen, morden, wen je ich minne, trügend verraten wer mir traut*«, deklamierte er Wort für Wort. »In diesem Satz, da drückt sich Wotans ganze, maximale Verzweiflung aus. Wenn Wotan diesen Satz ausspricht, sieht er die Götterdämmerung bereits am Horizont, will er nur noch seinen Untergang. – Das müssen wir zeigen.«

Alexander Raven lehnte sich auf seinem Stuhl zurück. Jochen Sywoll wischte sich mit einem kleinen Taschentuch den Schweiß von der Stirn.

»Herr Raven, verzeihen Sie«, stach eine vorsichtige Stimme in das Vakuum hinein.

»Herrgott, was ist denn?« Der Regisseur warf den Kaugummi auf den Tisch, den er unbemerkt aus seiner Hosentasche gezogen hatte.

Reginald scharrte verlegen mit den Füßen. »Ihre Frau ist am Telefon.«

»Du siehst doch, daß ich hier mitten in einer ganz wichtigen Arbeit bin«, schnauzte der Regisseur. »Sag ihr, daß ich jetzt unmöglich mit ihr reden kann. Ich rufe sie nachher in der Pause zurück.«

Er steckte den Kaugummi in den Mund und wandte sich wieder dem Sänger zu.

»Am Anfang der Szene tollst du zusammen mit Brünnhilde auf der Schaukel herum«, begann er in profanerem Arbeitston. Er klopfte auf den Klavierauszug. »Die Verzweiflungsekstase, in die du dich dann am Ende hineinsteigerst, die hat Wagner ja ganz allmählich und präzise aufgebaut. Wotan erfährt den totalen Absturz gerade deshalb, weil wir ihn in der Einleitung so ausgelassen und sorglos sehen wie nie zuvor – und übrigens auch nie mehr wieder. Das hier ist die einzige Szene im Ring, in der Wotan ganz bei sich selbst, ganz in sich geschlossen ist. Die äußeren Zwänge, die inneren Zerrissenheiten: all das scheint er hier für kurze Zeit überwunden zu haben. Diesen absoluten Frieden will ich sehen, ja? Es ist ein beinahe kindisches – ein naives Glück, das Wotan hier, in Gegenwart seiner Lieblingstochter erlebt. Verstehst du?«

Jochen Sywoll nickte und vergrub seine Hände in den schweren Falten des Probenkostüms.

»Ja, der Mantel«, hakte der Regisseur sogleich ein. »Der wird jetzt in dieser Szene ganz wichtig. Im *Rheingold* konntest du ihn ja nicht anziehen, ohne daß die Göttergattin ihn dir sofort wieder heruntergerissen und die Fussel vom Smoking geklopft hat. Hier, bei Brünnhilde, kannst du deinen geliebten Fetzen jetzt endlich einmal in Ruhe tragen. Zumindest am Anfang.« Alexander Raven lachte und knatschte mehrere Male auf seinem Kaugummi herum. »Weißt du, ich stelle mir die Szene ungefähr so vor, wie wenn sich ein Transvestit heimlich im Spiegel bewundert. Und auf einmal platzt seine Frau herein. Genau das ist es ja, was dir dann passiert. Wenn Fricka angestürzt kommt, haben wir also die doppelte Peinlichkeit. Sie erwischt dich nicht nur in flagranti mit der Walküre – wobei das allein ja noch nicht allzu schlimm wäre, denn daß du lieber mit deinem unehelichen Töchterchen spielst als mit ihr, das hat sie ja mittlerweile geschluckt. Aber daß du den alten Feudel wieder anhast, den sie schon hundertmal zum Müll geworfen hat, das geht eindeutig zu weit. Und das weißt du. Deshalb reißt du dir den Mantel ganz schnell und schuldbewußt herunter, wenn Brünnhilde dich warnt, daß Fricka im Anmarsch ist. Ja? Aber es nützt dir nichts mehr. Du findest keinen Platz, wo du ihn verstecken kannst. Du mußt an dieser Stelle vollkommen panisch werden. Vielleicht knüllst du den Umhang zusammen und setzt dich drauf. Und Fricka zerrt ihn dann bei eurem Streit wieder hervor und haut ihn dir um die Ohren. Wir müssen ausprobieren, was am besten funktioniert.«

Alexander Raven faßte sich an die Stirn. Gwendolyn lächelte ihm quer durch den Saal zu. Er beugte sich seitlich zu Cora hinüber. »Fällt dir was Wichtiges ein, was ich vergessen habe«, flüsterte er.

Die Dramaturgin kratzte sich am Kinn. »Weiß nicht« murmelte sie, »aber irgendwie fehlt noch der ganze Anfang. Kann es sein, daß Wotan auf der Schaukel sitzt und Brünnhilde ihm von hinten Schwung gibt?«

Der Regisseur schüttelte den Kopf. »Wotan auf der Schaukel? Das ist völlig falsch. Brünnhilde sitzt auf der Schaukel, und Wotan schubst sie an. So herum.«

Cora ließ die unbeleckten Seiten des Klavierauszugs durch ihre Finger rieseln. Sie zuckte die Achseln. »Ich bin mir sicher, daß in dieser Szene Wotan auf die Schaukel gehört. – Aber mach erst mal mit Brünnhilde weiter, vielleicht wird es uns danach klarer.«

Alexander Raven brummte. Er blickte zu der Sängerin, die kaum kleiner neben Jochen Sywoll saß und ihre roten Fingernägel studierte. Gwendolyn blätterte in ihren Noten.

»Mrs. Johnson-Myer, kommen wir nun zu Ihnen« fing er begeisterungslos an. Er gab sich einen Ruck. »Brünnhilde ist ja die einzige wirklich positive Figur im ganzen Ring«, sagte er zum rechten Ohr der Sängerin.

Jessica Johnson-Myer schenkte ihm ein Lächeln, das die harte Schule der Kieferorthopädie glänzend gemeistert hatte.

»Brünnhilde ist die einzige, die nicht die Liebe zugunsten von Macht verrät, sondern umgekehrt ihre Macht und am Schluß sogar ihr eigenes Leben für die Liebe hingibt«, erklärte Alexander Raven der Wand im Rücken der Sängerin. »Aus Liebe zu Siegfried, aus Liebe zu ihrem noch ungeborenen Neffen riskiert sie, vom eigenen Vater verstoßen zu werden. Und tatsächlich läßt sie sich dann von Wotan erniedrigen, läßt sich von ihm in der Feuerburg einschläfern, nur um so auf Siegfried zu warten.« Er schaute die Sängerin trotzig an.

Jessica Johnson-Myer warf ihre Locken zurück. Ein ironischer Zug spitzte ihr Lächeln.

Alexander Raven spuckte seinen Kaugummi aus. Für wenige Sekunden schloß er die Augen. Er legte die Fingerspitzen aneinander, um sich zu sammeln. »Die große Idee einer Liebe«, sagte er angestrengt, »einer Liebe, die über das eigene Leben hinausgeht: Erst Brünnhilde löst sie ein.« Er starrte stur vor sich hin. »Woran Wotan gescheitert ist, was für ihn nur Utopie war: Brünnhilde verwirklicht es. Und indem sie es verwirklicht, zeigt sie aber auch, daß diese Utopie tödlich ist. Dadurch entsteht ja erst der tiefe Fatalismus, mit dem der Ring endet.« Sein Blick ging ins Leere. »Ein Leben ohne absolute Liebe ist nicht wert, gelebt zu werden – das ist Wotans *ennui*, Wotans Überdruß. Eine Welt, in der die Utopie realisiert ist, kann jedoch nicht bestehen.« Er sprach so langsam, als müsse er sich seine Gedanken erst selbst erklären. »Denn die Wahrheit der absoluten Liebe ist der Liebestod. Der Weltenbrand am Schluß vom Ring ist also nicht nur die Vernichtung einer lebensunwerten Welt – wie Wotan sie geplant hat. Indem Brünnhilde das Feuer entzündet, indem sie selbst in die Flammen geht, um den Verrat zu sühnen, den Siegfried – wie all die anderen – an der Liebe begangen hat, wird der Untergang zur realisierten Utopie.«

Alexander Raven blinzelte in die Runde, die seinen Ausführungen unterschiedlich weit gefolgt war. Cora kritzelte etwas in den jungfräulich durchschossenen Klavierauszug. Jessica Johnson-Myer trommelte mit ihren langen Fingernägeln. Jochen Sywoll war seitlich weggesackt. Gwendolyn betrachtete ihn nachdenklich.

Der Regisseur rieb seine Schläfen, als suche er dort den Hebel, der ihn in die banale Probenwirklichkeit zurückschalten würde.

21

In der Kantine roch es nach Bratwurst und Sauerkraut. Elli Schubert hing verschlafen hinter einem Schnapsglas. »Mädchen, was isn dir widerfahren«, gähnte sie. »Strahlst ja heute so ne fundamentale Erleuchtung aus.«

Die Dramaturgin setzte sich. »Tag, Elli. Ich hatte das Vergnügen mitzuerleben, wie Wagner von Alexander zum feministischen Fatalisten geschlagen wurde.« Sie nahm einen ordentlichen Schluck Rotwein.

Die Souffleuse verzog das Gesicht.

Cora leerte ihr Glas bis zu dem Punkt, an dem man sich streiten konnte, ob es halb voll oder halb leer war, und begann gestenreich zu erklären. »Also: Alexander hat erkannt, daß Wagner erkannt hat, daß Männer nicht lieben können. Weil: Immer wenn sie für eine Frau ihren Kopf riskieren wollen, stellt sich ihnen der verflixte Selbsterhaltungstrieb in den Weg. Frauen umgekehrt können lieben, weil ihr Selbsterhaltungstrieb einen vornehmen Schritt zurücktritt, wenn sie für einen Mann ins Feuer rennen. Ergo sind für Wagner Frauen die besseren Menschen. Das ist sein *Feminismus*. Der Liebe als solcher nützt das letztlich aber nix, denn all die guten Frauen sind ja nicht mehr zu haben, wenn sie verbrannt sind. Das ist Wagners *Fatalismus*.«

Ein schräges Grinsen furchte sich durch das Gesicht der Souffleuse. »Verrätste mir auch noch, was dich an diesem höheren Schwachsinn so glücklich macht?«

Die Dramaturgin kippte ihren restlichen Wein hinunter. »Es ist gut, wenn Alexander mich von Zeit zu Zeit daran erinnert, warum es mit uns schiefgegangen ist«, sagte sie. »Ich war schon fast wieder dabei, seinem verkrachten Charme zu erliegen.«

22

Die Schmuckschatulle war anklagend aufgeklappt. Ein schmaler goldener Ring stach aus rotem Samtpolster hervor.

Alexander Raven hob seine Hände. »Elisabeth, ich sage dir doch: Ich habe keine Ahnung, was dieser Unfug soll. Jawohl, ich habe *meinen Ehering* in letzter Zeit öfter mal ausgezogen. Weil ich mich an dieser verdammten Kante ständig geschnitten habe. Ich muß ihn irgendwo im Theater liegengelassen haben. Weiß der Teufel, welcher Psychopath ihn da gefunden hat.«

Das Gesicht der Gattin blieb verriegelt wie ein Tresor. Der Regisseur stieß einen entnervten Seufzer aus. »Elisabeth«, versuchte er es abermals. »Mach aus diesem läppischen Schabernack doch keine Staatsaffäre. Vielleicht ist es ja auch vollkommen harmlos. Hast du schon mal daran gedacht, daß es einfach nur ein ehrlicher Finder gewesen sein könnte, der den Ring hier vorbeigebracht hat?«

»Bitte«, schnappte die Sängerin mit eisiger Stimme. »Verkauf mich nicht auch noch für dumm. Ein *ehrlicher Finder.*« Sie lachte hart auf. »Der Ring ist nicht alles. Das hier war dabei.« Sie schleuderte den kleinen weißen Zettel auf den Tisch, den sie in ihrer rechten Faust verborgen hatte.

Alexander Raven griff nach dem zerknüllten Papier. Er runzelte verärgert die Stirn, als er die beiden maschinengetippten Zeilen las. »Was soll das«, fragte er.

Die Sängerin hatte ihre Augenbrauen zu schwarzen Balken zusammengezogen. Die Blessuren in ihrem Gesicht leuchteten violett. »Ich glaube, es ist eher an mir, diese Frage zu stellen.«

»Himmelherrgott! Elisabeth«, brauste der Regisseur auf. »Ich kann dir nicht mehr sagen, als ich dir schon zehnmal gesagt habe: Ich weiß von nichts. Und ich habe mit dieser ganzen Angelegenheit nichts zu tun – außer daß ich es gewagt habe, hin und wieder meinen wetzenden Ehering abzulegen.«

Elisabeth Raven-Winterfeld erhob sich und ging zur Spüle. Sie starrte in das glänzende Alubecken. »Alexander«, sagte sie, »laß uns doch endlich aufhören mit diesem unwürdigen Versteckspiel! Wir wissen beide ganz genau, wer der *ehrliche Finder* oder besser gesagt: die *ehrliche Finderin* ist.«

Der Regisseur schloß die Augen. »Elisabeth« drohte er, »fang – *bitte* – nicht wieder damit an! Die Sache zwischen Cora und mir ist Schnee von vorgestern. Sie ist meine Dramaturgin. Und nichts weiter. Deine Eifersucht ist dein Problem.«

Die Kaffeetasse in Elisabeths Hand zersprang. »Natürlich«, flüsterte sie, »alles hier ist mein Problem! Ich kann mir das Genick brechen! Ich muß mich verhöhnen lassen! Und du tust so, als wäre nichts geschehen! Denn es ist ja alles nur mein Problem!« Sie warf die Scherben in das Spülbecken. Blut tropfte hinterher.

Tief gekränkt schaute Alexander Raven seine Frau an. »Soll ich Cora aus der Produktion rauswerfen, nur damit du mir endlich glaubst, daß es zwischen uns aus ist?«

»Ja. Wirf sie raus.« Die Sängerin preßte den blutenden Handballen auf ein Küchenhandtuch.

Der Regisseur stand schroff auf. Der Stuhl stürzte um.

»Das ist völlig unmöglich«, sagte er. »Ich brauche sie. Jetzt, wo die Regiebücher verschwunden sind, mehr denn je. Oder willst du mir etwa dabei helfen, meine Inszenierung zusammenzuflicken?«

Elisabeth beugte sich über die Spüle. »Sie hat es ja geschickt genug eingefädelt, sich unentbehrlich zu machen«, sagte sie bitter. »Ich muß zugeben: Die Geschichte mit den Regiebüchern war ihr bester Einfall.«

»Was soll das heißen!« Der Regisseur blieb an der Schwelle stehen.

In gequälter Zeitlupe drehte sich seine Frau zu ihm herum. »Alexander, selbst wenn du nicht wahrhaben willst, daß deine teure Cora mich terrorisiert, damit ich ihr das Feld räume – du kannst mir nicht erzählen, daß du an jenem Vormittag nichts gemerkt hast. Diese Frau hat die Bücher selbst verschwinden lassen. Niemand sonst. Und die süffisante Show, die sie dann auf der Probe abgezogen hat, diente nur einem einzigen Zweck: dir zu zeigen, daß du ihr ausgeliefert bist.«

Alexander Ravens Stimme verhärtete sich. »Das sind allesamt vollkommen haltlose, groteske Unterstellungen. Cora bedeutet die Inszenierung ebensoviel wie mir. Sie würde nichts unternehmen, was die Aufführung ein zweites Mal gefährden könnte.«

Es wurde still in der Küche. Das feine Sirren der Deckenlampe schwoll bedrohlich an. Die Fliege, die schon den ganzen Abend zwischen Fenster und Gardine brummte, bekam ihr Solo.

»Alexander«, sagte Elisabeth leise. »Sei ehrlich. Warum bist du hierher zurückgekehrt? Warum? Nachdem du stets gesagt hast, daß du den Ring kein zweites Mal mehr anpacken willst.«

Der Regisseur schwieg. Die Sängerin drehte umständlich den Wasserhahn auf. Das Schweigen ließ sich nicht hinunterspülen.

»War es, um die Geschichte mit *ihr* zu Ende zu bringen«, fragte sie. »Um euer *gemeinsames Kind* doch noch auf die Bühne zu heben?«

»Elisabeth«, sagte eine versteinerte Stimme. »Ich will nicht mit dir darüber reden. Du verstehst das nicht.«

Die Sängerin betrachtete ihre aufgeschnittene Hand. »Ich verstehe sehr wohl, daß du gerade dabei bist, wegen dieser verfluchten Frau und dieser verfluchten Inszenierung dich und unsere Ehe zu ruinieren. Seitdem wir hier in Frankfurt sind, bist du jeden Tag nervöser, grauer geworden. Schau dich doch einmal im Spiegel an. Wie ein Gespenst schleichst du herum. Alexander, ich mache mir Sorgen um dich. Um uns. Was ist los mit dir? So wie in den letzten Wochen habe ich dich noch nie erlebt.«

Sie warf das blutige Küchenhandtuch auf den Boden. »Ich hasse ihn«, flüsterte sie. »Dieser Ring hat uns nichts als Unglück gebracht.«

23

Dem Orchester blies ein rauher Wind entgegen. Gewitterwolken türmten sich am Horizont. Düsternis umwehte Benito Bellinis Miene, als er seinen Stab zum Vorspiel der *Walküre* hob.

Violinen und Bratschen tremolierten wie Pappelwald.

Die bodenständigeren Streichinstrumente kämpften sich durch das aufgewühlte Sturmmotiv.

»Halt! Die *bassi* alleine!« Der Maestro stampfte wütend auf. »Was ist das! Ich habe Ihr Gehalt nicht erhöht, damit Sie nur noch die Hälfte der Noten spielen! Quintolen haben fünf Töne, und ich will *jeden* Ton hören! A-a-a-a-bá, bá, bá, bá, bá; a-a-a-a-bá, bá, bá, bá, bá«, peitschte er die Rhythmen. Schwerfällig stolperten ihm die Kontrabässe hinterher.

»Halt«, brüllte er wieder. »Wer ist da zu langsam? Bitte, spielen Sie einzeln!« Er ruckte seinen Kopf in Lauschposition.

Die Bassisten blickten finster über die breiten Schultern ihrer Instrumente.

»Keine Diskussionen«, schnarrte der Dirigent. »Fangen Sie an! Bitte, Herr Fink!«

Widerwillig zückte der Musiker seinen Bogen. Die Stahlsaiten zitterten unter den ruppigen Strichen.

»Gut, der nächste«, winkte Bellini ab.

Der zweite Bassist stürzte sich in die wilde Hatz.

»Gut, der nächste!«

Der dritte Bassist stürzte sich in die wilde Hatz.

»Halt«, donnerte der Maestro dazwischen. »Hören Sie nicht, daß Ihre Quintolen schleppen! Wozu hat Gott Ihnen Ohren gegeben? Zum Hören oder zum Sitzen? Denken Sie etwas schlanker, auftaktiger. Bitte!«

Gnadenlos wie ein Feldwebel ließ Benito Bellini den dritten Bassisten durch das sture Ostinato exerzieren.

Der Maestro klopfte ab. »*Bene, tutti da capo*«, rief er. Die vorgeführten Kontrabässe funkelten ihn vernichtend an.

24

»Cora, ich muß mit dir reden.« Alexander Raven saß hinter seinem Schreibtisch und starrte durch den zerbröckelnden Fliegenschiß zum Fenster hinaus. Die gegenüberliegenden Häuser waren Lichtjahre entfernt.

Wortlos klopfte die Dramaturgin eine Zigarette aus ihrer Schachtel.

»Es kann so nicht weitergehen«, sagte er kalt.

Cora zündete sich die Zigarette an. »Was? Wieso? Die letzten Proben liefen doch einigermaßen. Findest du nicht?« Sie setzte sich mit halbem Hintern auf die Tischkante.

Alexander Raven schnitt sie. »Stell dich – *bitte* – nicht dümmer, als du bist!«

Sie gab sich Mühe, nicht ironisch zu klingen. »Ich fürchte, ich *bin* dümmer, als ich bin«, sagte sie. »Ich habe nicht die leiseste Ahnung, wovon du sprichst.«

»Dann werde ich eben deutlicher«, knurrte der Regisseur. »Ich muß dich dringend auffordern, Elisabeth in Ruhe zu lassen.«

Sie schaute ihn überrascht an. »Es tut mir wirklich leid, anscheinend ist bei mir heute Tag der Hirnfinsternis: Ich habe immer noch keinen Schimmer, wovon du redest.«

Sein Blick floh den ihren wie einen gleichgepolten Magneten. »Hör auf, die Scheinheilige zu spielen! Die Rolle steht dir nicht! Du weißt ganz genau, daß ich von diesem albernen Päckchen rede, das du Elisabeth geschickt hast.«

»Bitte? Ich – habe Elisabeth ein Päckchen geschickt?«

Fragezeichen aus Zigarettenrauch stiegen zur Zimmerdecke auf. »Und was war drin – in meinem Päckchen?«

»Cora, mach dich nicht lächerlich! – Oder ist die große Geradlinige, die früher glaubte, jedes Problem ließe sich im Nahkampf aus der Welt schaffen, nun doch feige geworden?« Für wenige Sekunden polte der Regisseur seinen Blick um. Die beiden Augenpaare blitzten sich an.

»Verdammt noch mal, sag mir jetzt endlich, was los ist!« Cora stand auf. Der Schreibtisch erbebte.

»Elisabeths Unfall. Da hat jemand nachgeholfen.« Alexander Raven wandte sich wieder ab. »Die Schaukeln sind nur wenige Tage zuvor vom TÜV abgenommen worden. Das Seil ist nicht von selber gerissen. Und gestern hat ein Mensch mit ausgesuchtem Humor Elisabeth meinen Ehering vor die Tür gelegt. Kommentar: *Verflucht sei dieser Ring ... bis in meiner Hand den Geraubten wieder ich halte*. Ich glaube, ich brauche dir weiter nichts zu erklären. Erinnerst du dich jetzt?«

Die Dramaturgin lachte auf. »Das ist – absurd.«

»Jawohl, es ist absurd. Aber es ist die Wahrheit«, sagte er eisig. »Du versuchst, Elisabeth aus der Produktion hinauszuekeln.«

Coras glühende Zigarettenspitze drehte sich in seine Richtung. »Hättest du die Güte, mir auch noch zu verraten, warum ich mich an deiner Allerwertesten vergreife?«

In seine Stimme klirrte antarktische Kälte. »Dein Stolz hat es bis heute nicht verkraftet, daß ich dich damals verlassen und Elisabeth geheiratet habe.«

Die Dramaturgin zog tief an ihrer Zigarette.

»Nein, nein, mein Lieber.« Sie lächelte schwach. »Ich

muß dich enttäuschen. Seit den Tagen, in denen ich dir nachgeheult habe, ist viel Wasser den Main hinuntergeflossen. An deinem ehelichen Aas mache ich mir die Finger nicht mehr dreckig.« Sie formte einen langgezogenen Rauchkringel. »Und außerdem: Wenn ich mich wirklich an dir rächen wollte, so müßte ich im Gegenteil dafür sorgen, daß dir dieses Schattengewächs überhaupt nicht mehr von den Fersen weicht. Diese Schlingpflanze quält dich mit ihrer – mit ihrer unqualifizierten Bewunderung und dumpfen Ergebenheit doch viel mehr, als ich es jemals könnte.«

»Cora, ich warne dich –« Alexander Ravens Blick irrte panisch durch den Raum. Seine Augen schillerten grün vor Wut.

Die Dramaturgin fixierte ihre abgebrannte Zigarette. »In deinem beeindruckenden Abschiedsbrief hast du mir damals geschrieben, daß du nicht anders handeln könntest. Daß du dich so entscheiden mußtest, wie du dich entschieden hast. Mittlerweile ist mir klar geworden, welch höherer Zweck den Helden fortgerufen hat.« Sie zerquetschte ihren Zigarettenstummel. Glut- und Tabakkrümel spritzten aus dem flachen Aschenbecher heraus. »Du hast mir immer erklärt, du stündest an einem Abgrund – und könntest es nicht verantworten, mich mit hinabzureißen.« Sie lachte höhnisch auf. »Die Wahrheit ist anders herum, mein Lieber. Mit mir konntest du es dir nicht leisten, am Rande deiner mystischen Abgründe selbstverliebte Pirouetten zu drehen. Das ist alles. Du wußtest: Wenn du bei mir abstürzt, fange ich dich nicht auf. Deshalb bist du abgehauen.« Die Dramaturgin erstickte die letzten schwelenden Glutkörner. »Aber nun ist ja alles wieder in Ordnung. Nun hast du ja wieder dein allzeit bereites weibliches Sprungtuch unter dir. – Doch Vorsicht: Eines Tages reißt das Sprungtuch, und dann wirst du merken, daß auf dem Grunde deiner neblig verklärten Schluchten auch nur Beton ist.«

Kaltes Schweigen pfiff durch die Kluft, die ihre Worte aufgesprengt hatten.

Alexander Ravens Stimme zitterte. »Ich gehe jetzt«, sagte er tonlos.

Cora lachte abermals auf. »Ich sehe, du bist deinen alten Methoden treu geblieben. Abgänge waren ja schon immer deine große Stärke. Aber heute tue ich ausnahmsweise das gleiche: Ich gehe ebenfalls – und zwar zurück nach New York. Ich habe die Schnauze endgültig voll. Von dir, von Wagner und von all den anderen plärrenden Männerbabys, die es als persönliche Beleidigung empfinden, daß die Erde ihnen den Rücken zukehrt. Bringt euren Scheiß ohne mich zu Ende!«

Die Tür krachte ins Schloß. Wotan stürzte aus seinem Bilderrahmen. Alexander Ravens Hände krampften sich um die volle Zigarettenschachtel, die Cora auf dem Schreibtisch liegengelassen hatte.

In dieser Nacht kehrte der Regisseur an den Hals seiner ältesten Geliebten zurück. Die Lichter in seinem Arbeitszimmer waren bis auf eines gelöscht. Kaum wagte er es, ihr ins klare Auge zu schauen. Doch seine Furcht verflog, je länger er sie ansah. Mitleidsvoll stand sie vor ihm, vorwurfsfrei nach all den Jahren, abermals bereit, sich ihm zu schenken.

Seine Finger zitterten, als er ihren Bauch berührte. Seine Hände umfaßten ihren schlanken Hals. Sie öffnete sich ihm, und ihre reine, siebenundfünfzigprozentige Seele ergoß sich in seine ausgedörrte Kehle.

25

Der Generalmanager pfefferte wütend die Zeitung auf den Tisch. Zum fünften Mal hatte er das Interview mit der Kulturdezernentin durchgelesen, und zum fünften Mal war ihm die Galle hochgekocht. Noch bei ihrem letzten Treffen hatte Renate Krösch ihm zugesichert, die Haushalts-Nachforderungen für die beginnende Spielzeit würden bewilligt. Und nun mußte er aus der Zeitung erfahren, daß die Stadt ihr *finanzielles Konsolidierungsprogramm* ohne Zugeständnisse durchziehen wolle. Ein munteres *Weiter so* in der Subventionspolitik könne es nicht geben.

Hermann Preuss lachte sarkastisch auf. Ohne die verlangten neun Millionen würde es gar kein *Weiter so* mehr geben. Bei ihrem jetzigen Etat konnte die Oper gleich nach der Eröffnungs-Premiere wieder schließen.

Mit Leichenbittermiene starrte er auf das Telefon. Vergeblich hatte er den ganzen Vormittag versucht, die Kulturdezernentin an die Strippe zu kriegen.

Ein rüdes Klopfen hinderte den Generalmanager daran, abermals zum Hörer zu greifen. Noch bevor er die Luft eingesogen hatte, um ein säuerliches *Ja bitte?* zu näseln, flog die Tür auf.

Unausgeschlafen und unrasiert stolperte der Regisseur über den roten Läufer.

»Herr Preuss«, stieß er zornig hervor, »Herr Preuss!

Was Sie mir da andrehen wollen, ist unmöglich! Vollkommen unmöglich!«

Angeschlagen machte er vor dem wuchtigen Schreibtisch Halt. »In meiner Inszenierung werden die Walküren weder Lanzen aus dem *Troubadour*, noch aus *Turandot*, noch aus sonstwoher tragen. Sondern einzig und allein die Speere, die ich entworfen habe. Und die der Waffenmeister nach meinen Skizzen anfertigen wird.«

Er mußte sich auf der Tischplatte abstützen, um das labile Gleichgewicht zu wahren.

Der Generalmanager musterte ihn mit einer Mischung aus Degout und Erbarmen. »Es tut mir leid, Herr Raven! Aber Herr Geifel wird Ihre Speere nicht anfertigen. Ich habe sämtlichen Werkstättenleitern die Anweisung gegeben, Arbeiten für den Ring nur noch nach Rücksprache mit mir auszuführen. Dabei wird es bleiben.«

»Bitte?« Der Regisseur blickte ungläubig hoch. Seine Augen blinzelten entzündet. »Es stimmt also tatsächlich: Ich muß in Zukunft erst bei Ihnen um Erlaubnis fragen, bevor ich den Werkstätten einen Auftrag geben darf?«

»Nun, diese Formulierung scheint mir doch etwas überzogen.« Hermann Preuss lächelte maliziös. »Es wäre mir bedeutend wohler, wenn Sie es in der Weise auffassen würden, daß wir uns einfach bemühen, bessere Koordinationsstrukturen herzustellen.«

»*Koordinationsstrukturen*«, höhnte Alexander Raven und patschte mit schweißiger Hand auf den Walnuß-Schreibtisch. »Entweder bin ich der Regisseur, oder Sie sind es. Ich bin weder gewohnt noch willens, mich *koordinieren* zu lassen.«

»Herr Raven.« Der Generalmanager brachte seine Brieföffner in Sicherheit. »Sie können sicher sein: Es liegt mir gänzlich fern, Ihre künstlerische Autorität unterminieren zu wollen. Aber wir haben den Etat für diese Produktion bereits um eine sechsstellige Summe überschritten. Das Wasser steht uns ohnehin schon bis zum Hals. Der gesamte Spielbetrieb ist gefährdet. Als Generalmanager bin ich verpflichtet, in einer solchen Situation die Notbremse zu ziehen.«

Er ließ ein silbernes Stilett zwischen seinen Fingern wippen. »Und seien wir doch mal ehrlich: Kein einziger Zuschauer wird merken, ob diese Lanzen nun fünf Zentimeter länger oder breiter sind.«

Alexander Raven stieß sich vom Schreibtisch ab. »Es geht hier nicht um fünf Zentimeter, Herr Preuss«, knurrte er kehlig. »Es geht um Kompetenzen. Und darum, was man unter einer Inszenierung versteht. Ob man nach einer künstlerischen Aussage, nach einer ästhetischen Einheit strebt – oder ob man aus der Bühne einen Ramschladen machen will.«

Beide Männer zuckten zusammen. Das anthrazitgraue Telefon klingelte schrill.

26

Acht Walküren warteten auf die Mobilmachung. Noch taten Gerhilde, Ortlinde, Waltraute, Schwertleite, Helmwige, Siegrune, Grimgerde und Roßweiße ihren Namen keine Ehre an. In den schlichten schwarzen Hosen und Oberteilen, die erst kurz vor den Hauptproben aus Leder sein würden, glichen sie eher der Puppen-

Spielgruppe am Frankfurter Volksbildungsheim denn Wagners gefürchtetem Kampfgeschwader.

»Wie? Mona, was hast du gesagt?« Jochen Sywoll kniff die Augen zusammen und preßte das Handy enger ans Ohr. Der Apparat verfing sich in dem Ärmel seines provisorischen Göttermantels. »Du, ich kann dich nur ganz schwer verstehen. Was?« Angestrengt trichterte der Sänger seinen Baß in das zierliche Gerät hinein. Die Walküren waren dazu übergegangen, sich mit Tratsch und Klatsch auf die bevorstehende Schlacht einzupeitschen.

»Ja, Mona, die Probe fängt gleich an«, brüllte der Sänger durch eine achtstimmige Lachsalve hindurch. »Du, es hat jetzt wirklich keinen Sinn – nein – ich rufe dich später zurück. Also tschüß, bis dann.« Eine weitere Lachsalve detonierte hinter seinem linken Ohr. Seufzend drückte er die Antenne in das Handy hinein. Er wünschte, die Probe, die ihn zum alleinigen Truppenbefehlshaber erheben würde, möge tatsächlich bald beginnen.

Gwendolyn lehnte mit überkreuzten Beinen an der Wand. Sie zwirbelte die Spitzen ihrer *Flapper*-Frisur. Geneigten Kopfes betrachtete sie den Sänger.

Der rampenlichtverwöhnte Jochen Sywoll merkte lange Zeit nicht, daß er beobachtet wurde. Erst als sein Blick zufällig die Wand streifte, entdeckte er die Hospitantin. Er rückte sich gerade, heftete beide Hände an den Mantelrevers und lächelte ihr gönnerhaft zu.

»Diese Warterei ist manchmal ganz schön lästig, nicht wahr«, dröhnte er durch das Frauengetöse hindurch. Wotans forsche Töchter kamen langsam in Fahrt.

»Ach, geht so«, sagte Gwendolyn. Mit dem Anschein harmloser Zufälligkeit flanierte sie in seine Richtung.

»Bist du das erste Mal bei so einer Opernproduktion dabei«, fragte er sonor, nachdem sie sich neben ihn gesetzt hatte. »Ich darf doch du zu dir sagen?«

»Klar darfst du. Ich bin Gwendolyn.« Sie streckte ihm die Hand hin.

»Ich bin Jochen«, gab er großzügig zurück. »Irgendwie kommst du mir bekannt vor. Hast du vielleicht mal hier im Kinderchor mitgesungen?«

»Nö,« Die Hospitantin schüttelte entschieden den Bubikopf. »Kann aber sein, daß wir uns einfach so über den Weg gelaufen sind. Ich hab mich früher immer hintenrum, durch den Pförtnereingang, in den Zuschauerraum reingeschmuggelt. Außerdem hab ich manchmal heimlich bei Proben zugeguckt.«

»Aha, so ist das also«, lachte der Sänger. In Ermangelung weiterer Gesprächsideen machte er sich daran, das Handy in seiner ledernen Umhängetasche zu verstauen.

Gwendolyn verfolgte jeden der umständlichen Handgriffe, als gehörten sie zum priesterlichen Hochamt.

»Sag mal, bist du eigentlich gern Wotan«, fragte sie forschend.

»Ja«, brummte der Sänger, »es ist schon eine meiner liebsten Rollen.«

»Nein, ich meine, ob du wirklich gerne Wotan *bist.*«

Jochen Sywoll sah sie verwundert an.

Schwer bepackt kam Reginald auf die Probebühne gewankt. Unter den einen Arm hatte er sich neun Lanzen geklemmt, mit dem anderen schleifte er einen scheppernden Sack. Am Regiepult setzte er seine Lasten ab.

Das Speerbündel fiel wie ein Riesenmikado auseinander.

Alexander Raven schrak aus seiner dumpfen Versenkung hoch.

»So, da wären wir«, ächzte der Assistent. »Das müßte eigentlich alles sein.«

Der Regisseur schwieg. Er fuhr sich über die räudigen Bartstoppeln. Widerwillig betrachtete er die Zigarette, die sich in seine Hand geschlichen hatte.

Reginald öffnete den Sack. »Bei den Helmen waren das die einzigen, von denen wir neun gleiche Exemplare gefunden haben«, sagte er und legte einen feldgrauen Stahlhelm auf den Tisch. »Sie sind aus dem Riefenstahl-Abend, den Kresnik hier mit dem Ballett gemacht hat«, fügte er hinzu. »Wenigstens für die Proben geht das doch, oder?«

Alexander Raven spuckte Tabak aus. »Warum auf einmal so skrupulös«, spottete er schlechtgelaunt. »Warum denn nur für die Proben? *Walküren in Riefenstahlhelmen!* Das ist doch genau das, was wir schon immer sehen wollten!«

»Ist irgend etwas nicht in Ordnung«, fragte Reginald verunsichert.

»Nein, nein«, säuselte der Regisseur übertrieben, »es ist alles in Ordnung. Wie kommst du nur auf die Idee, hier könnte etwas nicht in Ordnung sein!« Er schwenkte seine Zigarette über den Stahlhelm, zögerte eine Sekunde und aschte auf den Boden.

»Reginald, schaff dieses Zeug wieder weg«, befahl er unleidlich. »Ich will diesen Schrott nicht vor meiner Nase haben.«

Er atmete aus. Seine Hand sank auf den Nachbarstuhl. Die Sitzfläche war kalt. Er betrachtete die feuchten Spuren, die seine Finger auf dem dunklen Holz hinterließen.

Die Hospitantin lachte am anderen Ende des Saals. Unter ihr Gekicher legte sich bauchiges Männergelächter. Alexander Raven blickte auf. Das Mädchen und Jochen Sywoll hockten in einer Ecke. Der Regisseur führte seine Zigarette an die Lippen. Mit einem innig definitiven Zug verabschiedete er sich von ihr.

Er klärte seine Stimme. »Gwendolyn«, rief er an den acht lärmenden Frauen vorbei, »Gwendolyn, kannst du bitte mal herkommen?«

Die Hospitantin riß sich von ihrem Götterdarsteller los. Ohne Eile schlenderte sie auf das Regiepult zu. »Ja? Was gibts«, fragte sie freundlich erstaunt.

Der Regisseur kratzte verlegen an der Tischplatte. »Ich dachte nur –«, begann er stockend, »weil – Cora wird bei den Proben nicht mehr dabeisein. Und da dachte ich, vielleicht könntest du mir jetzt ein wenig helfen.«

Die Hospitantin schaute ihn großäugig an.

27

Fünf lange rote Fingernägel lagen auf dem Schminktisch. Krallen gehörten nicht zum Waffenarsenal der Walküren. Jessica Johnson-Myer begann, ihre rechte Hand abzurüsten. Sie repetierte den Text für die anstehende Szene.

»*War es so schemäilich, was ich verbrach, daß mein Verbrechen so schemäilich du bestrafst? – Oh, shit!*« Die

Sängerin warf den sechsten Fingernagel auf den Tisch. Sie blickte ihrem Spiegelbild tief in die Augen. »*Schemäilich? Schemäilich? Schemäilich*«, äffte das Bild sie nach. »*Schmäilich.*«

Sie griff nach einem mit Lösungsmittel getränkten Wattebausch, um ihre angeborenen Fingernägel von den Klebstoffresten zu reinigen. »*My God, what a fuckin' word! Schmählich*!« Überrascht hob sie den Kopf. »*Schmählich*« wiederholte sie, »da bist du ja, dummes Wort. *Schmählich! Schmäh-schmäh-schmählich*«, intonierte sie in fallendem Dreiklang.

Zur Belohnung ließ sie ihre Stimme zwei Oktaven hinaufschnurren, erlaubte ihr einige Sprünge auf dem dreigestrichenen C und ließ sie glissandierend wieder in die Tiefe rutschen. Mit entspannter *sotto voce* begann sie zu singen.

»*War es so schmählich, was ich verbrach, daß mein Verbrechen so schmählich du bestrafst? War es so niedrig, was ich dir tat, daß du so tief mir Erniedrigung schaffst? War es so ehrlos, was ich beging, daß mein Vergeh'n nun die Ehre mir raubt?*«

Jessica Johnson-Myer trat ans Fenster und öffnete es in Kippstellung. »Zu viele Fragen«, murmelte sie. »Es ist nicht gut.« Im Park setzte sich ein Junkie seinen Nachmittagsschuß.

Leise summend nahm sie die schweren Diamantohrringe ab, die Zanassian ihr vor ein paar Tagen geschenkt hatte. Sie legte sie zu den Fingernägeln.

»*O sag, Vater! Sieh mir ins Auge! Schweige den Zorn, zähme die Wut, und deute mir klar die dunkle Schuld, die mit starrem Trotze dich zwingt zu verstoßen dein trautestes Kind!*«

Sie stützte ihr Kinn auf die gefalteten Hände. »*Zu verstoßen dein trau-tes-tes Kind*«, artikulierte sie stumm in den Spiegel hinein. »*Trau-tes-tes Kind.*«

Die Sängerin zog einen Rittersporn aus dem üppigen Strauß, den ihr gleichfalls der Tycoon verehrt hatte. Mit der langen Dolde kitzelte sie sich im Nacken. Sie riß einige dunkelblaue Blüten ab und warf sie in die Luft.

Neben der Vase stand seit heute mittag die Champagnerflasche eines anonymen Anbeters. Jessica Johnson-Myer wickelte sich eine Locke um den abgerüsteten Finger und betrachtete die Flasche. Nachdenklich zupfte sie an der roten Strähne.

»*Clicquot, Clicquot*«, sinnierte sie in elegisch kleinen Terzen, »*Merry Widow*«. Sie brauchte auf ihre Stimmbänder keine übertriebene Rücksicht zu nehmen. Sie waren robust wie Rodeozügel.

Die Sängerin schaute sich nach einem Glas um. Über dem Waschbecken entdeckte sie einen Zahnputzbecher.

»*Well*, laßt uns noch ein wenig gurgeln«, sagte sie zu der Witwe. »*Guuur-göllln*«, wiederholte sie in röhrendem Brustton. »*Strange language!*« Sie schüttelte die rote Lockenpracht.

Mit drei Griffen zog Jessica Johnson-Myer der *Veuve Clicquot* das goldene Folienkäppchen ab, schraubte ihren Drahtverschluß auf und entkorkte sie. Sie prostete der Flasche zu.

Den ersten Becher stürzte sie in einem Zug hinunter. Den zweiten leerte sie in gemütlicheren Etappen. Rundum zufrieden leckte sie sich die rotglänzenden Lippen und lehnte sich auf ihrem Stuhl zurück. Ihr doppeltes Rülpsen klang, als ob eine Kirchturmglocke zwei geschlagen hätte.

Die Sonne brannte auf die Fensterscheiben. Es war ungewöhnlich still im Haus. Kein gedämpft quengelnder Tenor, kein blökendes Horn, kein winselndes Cello. Der Sängerin wurde nach Mittagsschlaf zumute. Sanfte Müdigkeit lähmte ihre Bewegungen. Widerstandslos gab sie der Schwerkraft ihrer Lider nach. Ein kleiner texanischer Dorfladen, der seine Rollgitter zur Siesta schließt. Jessica Johnson-Myers Kopf sank auf die Brust. Ein Seufzer aus längst vergangenen Tagen stieg in ihr auf. Die Sängerin lächelte. Ihr Lieblings-Mustang döste neben ihr. Sie spürte einen warmen Hauch im Nacken. Langsam drehte sie sich um. Ein gewaltiges weißes Pferd stand mitten in der Garderobe.

Jessica Johnson-Myer blinzelte ungläubig. Ihre Augendeckel schlugen zusammen. Sie versuchte krampfhaft, sich an die Zahlen von eins bis zehn zu erinnern. Irgendwo bei sieben war der Schimmel immer noch da. Sie faßte sich an die schweißnasse Stirn. Das Herz galoppierte in ihrem Brustkasten. Die Sängerin gab sich einen Ruck.

»*Hi!*« Sie hob die Hand zum Gruß. »*Hi, watcha doin' here?*«

Das Pferd schüttelte stumm die Mähne.

Die Sängerin betrachtete ihre Hand, die sonderbar sinnlos in der Luft hing.

»*Okay*«, lallte sie. »*You don't have to talk to me. Nobody has to talk to me. If you don't want to, we won't talk, okay? I don't have to talk.*«

Sie wandte sich ihrem Spiegelbild zu. Mit tauben Fingern stocherte sie in ihren Locken herum. Das Pferd schaute sie traurig an. Sie drehte sich wieder um.

»Hungry? Thirsty? Help yourself! Plenty of stuff around.«

Mit einem elanigen Rundumschlag schmiß sie den Blumenstrauß und die Champagnerflasche um. Ihr Arm sackte herab. Bleischwer pendelte er neben ihrem Körper.

Der Schimmel scharrte dreimal mit den Hufen. »*Jessy*«, sagte er mit feierlichem Ernst, »*Jessy! You have to come with me, right now.*«

Die Sängerin schüttelte ihren Kopf. »*Impossible. Absolutely impossible. Rehearsal time.*«

Ihr Kopf war eine Rassel. Eine Rumbarassel, in der Tausende winziger Sandkörnchen tanzten.

»*Jessy*«, beharrte das Pferd. »*Jessy! Your life is at stake. I'm taking you to the hospital.*«

Die Sängerin wollte um Hilfe schreien, aber sie hörte nur ihre Zähne, die wie die beiden Klapphölzer einer Perkussionspeitsche aufeinanderknallten.

Das Pferd kniete nieder. Vorsichtig legte es die totenbleiche Sängerin über seinen Rücken. Jessica Johnson-Myer stürzte ins Bodenlose.

28

Benito Bellini tobte. Reginald saß stumm am Schreibtisch seines Herrn und ließ das *Allegro furioso* auf sich niederprasseln.

»*Madonna mia*, ich bringe ihn um! Ich werde ihn mit meinen eigenen Händen erwürgen.« Der Dirigent zerquetschte eine Handvoll Luft. »Wie konnte er es wagen! Diese wunderbare, große Sängerin! Es ist unfaßbar! Er, dieses Nichts, *questo brutto bastardo.*« Er schlug sich mit geballten Fäusten an die Stirn. »*Dio*, wenn Jessica nun nicht mehr singen kann! Es ist eine Katastrophe!« Der Teppich löste sich unter seinen Schritten auf. »*Questo figlio di puttana!* Ich bringe ihn um!«

»Ich glaube nicht, daß Ivan es war«, preßte Reginald hervor. Seine Zähne hatten sich in den letzten Minuten stumpf gemalmt.

»*Ah no?*« Der Maestro blieb heftig stehen. Brandgeruch stieg auf. »*Non lo credi?* Du einfältiger Dummkopf! Natürlich war er es! Hast du vergessen, wie er mich an meinem Geburtstag angegriffen hat, wie er Jessica gedroht hat?«

Reginald zwang seinen Kopf nach oben. »Es gibt eine Erklärung, die ich für wesentlich naheliegender halte.«

Benito Bellini knurrte Verächtliches. Reginald blieb tapfer. »Vor ungefähr zehn Tagen bin ich den Flur vor den Klavierzimmern entlanggegangen«, begann er. »Plötzlich höre ich eine Frau. Sie singt Brünnhilde. Den Anfang ihrer ersten Szene mit Wotan. Ich halte an und wundere mich, denn ich denke, es muß Mrs. Johnson-Myer sein, und wir haben sie ja erst am nächsten Morgen erwartet. Ich klopfe also an, um sie willkommen zu heißen. Und wie ich die Tür öffne, sehe ich: Es ist gar nicht Mrs. Johnson-Myer.« Reginald spitzte die Lippen. »Es war Frau Raven-Winterfeld.«

»Ja und?« Bellini stampfte entnervt auf. »Frau Raven kann üben, was sie will.«

Reginalds Finger verschlangen sich unter dem Tisch zu einem doppelten Kreuzknoten. »Warte, das ist noch nicht alles. Frau Raven-Winterfeld war es offensichtlich sehr, sehr unangenehm, daß ich sie dabei ertappt habe, wie sie die Brünnhilde singt. Zuerst hat sie sich ganz nervös über die Noten gebeugt und ist errötet. Dann hat sie mich angefaucht, ob ich fremde Zimmer immer beträte, ohne anzuklopfen. Regelrecht angefahren hat sie mich.«

»Verdammt! Was soll das?« Benito Bellinis Arme sirrten durch die Luft.

Reginald atmete tief ein. »Ich denke, Frau Raven-Winterfeld hat versucht, Mrs. Johnson-Myer zu vergiften, damit sie dann die Brünnhilde übernehmen kann.« Er verstummte einen Moment. Doch seine Worte vermochten keinen triumphalen Nachhall zu entfalten. »Bei den Proben machte sie bisher einen äußerst mißlaunigen Eindruck auf mich«, redete er rasch weiter. »Man hat es ihr deutlich angemerkt: Die Rheintochterrolle erfüllt sie nicht. Ich halte es für möglich, daß sie ihren Fall in den Orchestergraben selber inszeniert hat, um nicht mehr länger in dieser Rolle probieren zu müssen.« Er legte die entknoteten Fingerspitzen aneinander. »Es wäre auch nicht das erste Mal, daß eine Sängerin ihre Rivalin vergiftet, um sich deren Partie zu sichern. Ich habe es noch einmal nachgelesen. Bereits siebzehnhundertsechsundzwanzig hat die große Cuzzoni, als sie in Händels Gunst zu sinken begann, der ihr vorgezogenen Bordoni Belladonna in den Tee gemixt. Atropin war ein Gift, das sich bei den Damen besonderer Beliebtheit erfreute, denn bereits in niedriger Dosierung übte es eine fatale Reizwirkung auf den gesamten Bereich der Mundhöhle aus. Achtzehnhundertneunundfünfzig versuchte Graziella di –«

»Es reicht!« Bellinis Worte sausten auf Reginald wie ein Fallbeil herab. »Ich bin Musiker und kein Detektiv.«

Der Maestro zerteilte den Raum mit acht großen Schritten. »Dann muß Frau Raven eben auch gehen.« Er baute sich vor dem Schreibtisch auf. »Aber für Ivan gilt, was ich gesagt habe. Er soll es nicht wagen, mir noch einmal unter die Augen zu treten.« In der Kehle des Dirigenten schwangen keine Stimmbänder, sondern Rasierklingen. »Hast du verstanden?«

»Ja. Natürlich.« Reginald verkroch sich in seinem Hemdkragen. Den Mund abermals zu öffnen kostete ihn mehr Mut, als er eigentlich noch besaß. »Ich denke, wir müssen ein weiteres Problem in Betracht ziehen.«

»*Che vuoi?* Willst du mich umbringen!«

Reginald gelang es, unerschrocken sachlich zu klingen. »Das Krankenhaus wird die Polizei über das – das unglückliche Ereignis informieren. – Immerhin könnte es sich um versuchten Mord handeln«, schob er hastig nach, bevor er den Kopf wieder zwischen seine Schultern versenkte.

»Mord«, brauste Bellini auf, »versuchter Mord! *Dio Santo!* Es ist ein Dumme-Jungen-Streich! Oder meinetwegen Dumme-Mädchen-Streich! *Assassinio! Sei pazzo?* Wir haben in einem Monat Premiere! Ist dir klar, was es bedeutet, wenn wir uns jetzt die Polizei ins Haus holen? Wir können unsere Premiere begraben! Ganz, ganz tief begraben! Schluß! Aus! *Fine!*« Das feine Gesicht drohte zu zerspringen. »Ich werde selber mit Jessica sprechen. Sie wird verstehen, daß sie vernünftig sein muß. Es ist ja nichts Ernstes geschehen. Und wegen dem Krankenhaus – wozu haben wir eine Öffentlichkeitsarbeit! Einer von denen soll sich sofort darum kümmern. Keine Nachrichten an die Presse, keine Ermittlungen der Polizei! Hast du verstanden?«

Reginald nickte stumm.

Der Maestro starrte in den flirrenden Nachmittag hinaus. »Es ist nichts passiert. Gar nichts.«

29

Jochen Sywoll saß in seiner Garderobe und schickte sedierende Worte durchs Funknetz. Zufrieden ruhten seine wasserhellen Augen auf dem Spiegelbild, das sich im Hintergrund zu einer Mädchengestalt verjüngte.

»Mona, mach dir deshalb doch keine Sorgen« brummte er in das Handy hinein, »die Noten sind sicher morgen in der Post – – ja, das Konzert war ein großer Erfolg – – ich komme Sonntag mit der Maschine um acht Uhr zwanzig an – – Oslo ist erst nächste Woche – – du brauchst mich aber wirklich nicht abzuholen – ganz bestimmt nicht? Schön, dann sehen wir uns am Flughafen – – und hörst du? Du machst dir keine Sorgen mehr – Küß die Kleine von mir – also, bis Sonntag dann, ich umarme dich – Tschüß.«

Jochen Sywoll klappte das Handy zusammen. Gwendolyn legte die Stirn in Falten. »Sagst du am Telefon eigentlich immer *tschüß*«, fragte sie vorwurfsvoll.

Er lachte gutmütig. »Ich glaube schon. Wieso?«

»*Tschüß* ist doch kein Wort fürn Baß. Soubretten fiepsen *tschüß*.«

»Ich gelobe dir hoch und heilig, ich werde es mir abgewöhnen.«

Der Sänger erhob sich schmunzelnd. Er baute seine breitschultrigen einhundertdreiundneunzig Zentimeter vor Gwendolyn auf.

»So«, sagte er, »und was wollen wir beide jetzt machen?«

»Keine Ahnung. Vielleicht vögeln?«

»Aber hallo!« Er beeilte sich, seinen entsetzten Gesichtsausdruck mit einem kräftigen Lachen hinunterzuspülen. »Du gehst ja ganz schön ran für dein Alter. Mein lieber Schwan.«

»Laß Lohengrin aus dem Spiel.« Eingeschnappt blickte Gwendolyn unter sich. »Mit albernen Tenören will ich nichts zu schaffen haben.«

»Herrgott, du bist mir aber eine.« Jochen Sywoll trat näher. Probeweise fingerte er nach dem unteren Ende ihres T-Shirts.

Gwendolyn zappelte in seinen Armen und schnappte nach Luft. Der wattierte *Landlord*-Hausmantel, in den sich der Sänger nach dem Duschen gehüllt hatte, ging auf. Zwei Brustwarzen starrten ihr entgegen.

»Ich hab ne Idee«, sagte sie mit spontaner Begeisterung. »Wir machen das anders. Für jedes Kleidungsstück, das ich ausziehe, ziehst du eins an.«

Jochen Sywoll versuchte, sie auf den Nacken zu küssen. »Versteh ich nicht«, flüsterte er.

»Was isn da nicht zu verstehen? Ich zieh zum Beispiel mein T-Shirt aus«, mit der freien Hand langte sich Gwendolyn in den Ausschnitt, »und du ziehst dafür dein Hemd an.«

»Und für was soll das gut sein«, brummte er in ihren Scheitel.

»Frag nich so blöde, mach lieber!«

Seufzend ließ der Bassist sie los. »Also so eine komische Nudel wie du ist mir ehrlich noch nie untergekommen.« Er hängte den Hausmantel an einen Haken und griff nach seinem auberginefarbenen Seidenhemd.

»Nein, nicht das«, kommandierte die Hospitantin, »das da.« Mit ausgestrecktem Arm zeigte sie auf ein Smokinghemd.

»Aber das gehört doch zu meinem Kostüm«, protestierte er. »Warum um alles in der Welt soll ich jetzt ein Teil von meinem Probenkostüm anziehen? Das ist doch noch total verschwitzt.«

»Macht nix«, sagte sie, »du schwitzt sowieso gleich wieder.« Mit einer knappen Geste streifte sie sich das T-Shirt über den Kopf.

Kurzfristig geblendet wankte Jochen Sywoll rückwärts zum Kleiderständer, zog sich das Hemd an und knöpfte es mechanisch zu.

»Die Jacke auch noch«, befahl sie, »für zwei Titten gibts zwei Klamotten.«

Widerspruchslos griff er nach Wotans schwarzem Tuxedo.

Die Hospitantin öffnete ihre Jeans. Der Sänger stieg ins erste Hosenbein. Die Hospitantin zog den Reißverschluß nach unten. Der Sänger stieg ins zweite Hosenbein. Die Hospitantin ließ die Jeans über ihre schmalen Hüften rutschen. Der Sänger zog die Smokinghose mit einem Ruck über den Feinripp. Die Hospitantin trat aus der am Boden liegenden Jeans heraus. Der Sänger schloß den Hosenknopf.

Gwendolyn nickte zufrieden. Seine Augen brannten Löcher in ihren orangenen Frotteeslip.

Sie drehte sich zur Tür. »Ich leih mir grad mal deinen komischen Bademantel. Muß was holen. Bin gleich wieder da.«

Unbedeutende Minuten später kehrte sie zurück. Sie hatte etwas über die Schulter geworfen, das wie ein gewaltiges blaues Bärenfell aussah. Jochen Sywoll stand noch an der Stelle, an der sie ihn stehengelassen hatte.

»Um Himmels willen«, stieß er hervor, als er ihre Beute erkannte, »du kannst doch nicht einfach den Umhang klauen.« Er griff nach dem schweren Stoff. »Wie bist du da überhaupt rangekommen?«

»Großes Geheimnis.« Gwendolyn schob einen Finger unter den Saum ihres letzten Kleidungsstücks. »Also willst du jetzt, daß ich mein Höschen ausziehe oder nicht?«

Er begann zu schwitzen. »Du bist wirklich total verrückt«, knurrte er. Mit zwei todesverachtenden Gesten fuhr er in die Ärmel des Göttermantels.

Zur Belohnung rollte Gwendolyn ihren Slip einige Zentimeter nach unten. Kurz vor der Vegetationsgrenze stoppte sie.

»Was ist denn jetzt noch los«, schnaufte der Sänger.

»Um den Kopf rum siehst du irgendwie nackt aus.«

Verständnislos schüttelte Jochen Sywoll die blonde Mähne.

Die Hospitantin ging zu dem Styroporkopf, der am Fenster stand. »Erst der weiße Pferdeschwanz macht den alten Wotan ganz«, reimte sie strahlend.

Das Gebirge aus nachtblauem Samt bewegte sich drohend auf sie zu. »Hör mal, so war das aber nicht ausgemacht. Wir haben gesagt, für jedes Kleidungsstück von dir ziehe ich *eins* an. Bei dem T-Shirt hast du schon geschummelt.«

»Wenn ich aber nix mehr zum Ausziehen hab?« Sie

überlegte einige Wimpernschläge lang. »Oder hast du nen Rasierapparat da?«

Der Sänger blickte auf eine kleine schwarze Locke, die sich unter ihrem Slip herausringelte, und errötete. »Himmelherrgott«, fluchte er, »gib schon her!«

Brummend setzte er sich mit der Perücke vor den Schminkspiegel. Gwendolyns letzte Hülle fiel für ihn seitenverkehrt.

Die nackte Hospitantin lehnte am Türrahmen. »Irgendwas fehlt immer noch«, murmelte sie. Mit den oberen Schneidezähnen knetete sie ihre Unterlippe. »Natürlich, die Augenklappe!«

Langsam drehte sich der Sänger zu ihr um. »Sag mal, du bist doch nicht etwa pervers, oder?«

»Ich«, zirpte sie, »pervers?« Sie trat hinter ihn und ließ die schwarze Klappe über seine Stirn schnalzen.

»Menschenskind«, jaulte er, »paß doch auf!«

Gwendolyn klatschte in die Hände. »Prima, ganz, ganz prima«, freute sie sich. Sie nahm den Sitzenden bei der Hand. »So und jetzt komm.«

»Wie, *komm?*«

Die Hospitantin stampfte ungeduldig auf. »Zu Brünnhildes Felsenburg. Du glaubst doch nicht ernsthaft, Wotan würde hier in diesem Kabuff vögeln.«

Ein ratloses Lachen bahnte sich seinen Weg aus der Kehle des Sängers. »Also, ich finde, wir haben jetzt genug Spaß gemacht«, sagte er. »Ich ziehe das Kostüm wieder aus, und du ziehst deine Sachen an, und dann fahren wir zusammen in mein Hotel, ja? Ich habe dort einen tip top Zimmerservice.«

»Ach was, Zimmerservice«, winkte Gwendolyn ab. »Komm jetzt endlich.« Sie zerrte heftiger an seinem Arm.

»Ehrlich, ich habe da kein gutes Gefühl bei.«

»Warts ab. Kommt noch.«

Widerstrebend ließ sich der Sänger emporziehen. »Wenn uns einer so sieht, der macht mich doch total fertig«, brummte er.

»Wer soll uns denn sehen«, fragte Gwendolyn belustigt. Sie warf einen Blick auf die Uhr über der Tür. »Hier gehen sowieso gleich die Lichter aus. Und da unten sitzt dann nur noch so ne versoffene alte Nachtwächterin.«

»Sag mal, woher weißt du das eigentlich alles so genau?«

»Ich hab mich neulich schon mal einschließen lassen. Mit Alexander.« Die Hospitantin war bereits halb im Flur.

»Ach so. So ist das also.« Der Sänger machte drei nachdrückliche Schritte ins Zimmer zurück. »Du läßt dich hier also mit jedem einschließen.« Seine Stimme dröhnte wie Posaunen.

Gwendolyn spitzte die Lippen. »Man kann sich im Leben halt nicht immer aussuchen, mit wem man eingeschlossen wird.« Ihre Brüste wippten. »Im übrigen hab ich keinen Exklusiv-Vertrag mit dir.«

Die angekündigte Finsternis fiel wie eine schwarze Spinne von der Decke herab und brach den Widerspruchsgeist des Sängers. In voller Montur ließ er sich von dem nackten Mädchen durch die dunklen Gänge der Oper führen. Die beiden Schrittpaare kehrten sich nach rechts, stiegen empor, kehrten sich nach links, stiegen empor, kehrten sich abermals nach links und stiegen, kehrten sich und stiegen. Immer weiter schraubten sie sich in das Schwarz hinein.

Ein Luftzug verriet, daß eine Tür geöffnet wurde. Das Mädchen stieß den blinden Sänger in die Seite.

»Wir sind da«, wisperte sie. »Wart hier einen Augenblick.« In der tieferen Dunkelheit wurde etwas gesucht. Gegenstände schleiften über den Boden. Ein Streichholz flammte auf. Gwendolyn kniete am Boden. Vor ihr lag eine offene Schachtel.

Das flackernde Licht gab dem Sänger die Stimme zurück. »Um Gottes willen«, flüsterte er heiser. »Bist du wahnsinnig? Weißt du nicht, daß es hier schon einmal gebrannt hat!«

Das Streichholz erlosch. Der Sänger verstummte.

»Keine Angst.« Gwendolyn riß ein zweites Streichholz an. »Wir sind doch erst bei *Walküre*. Bis zum Weltenbrand dauerts noch ein bißchen.«

Sie holte eine Friedhofskerze aus der Schachtel, entzündete sie und ging zum Sperrholzkrater in der Bühnenmitte.

Panik schnürte Jochen Sywolls Stimmbänder zusammen. »Hör sofort auf damit«, keuchte er. »Hier sind überall Rauchmelder. Willst du Feueralarm auslösen?«

Seelenruhig steckte die Hospitantin die restlichen Kerzen an.

»Gibt keinen Feueralarm«, sagte sie. »Hab ich schon ausprobiert.«

Riesenhaft tanzte ihr Schatten aus dem Vulkan heraus. Sie setzte sich auf die festgezurrte Schaukel, mit der Wotan bei der letzten Probe seine Lieblingstochter in Dornröschen-Schlaf gewiegt hatte.

»Was ist«, fragte sie und schlenkerte mit den Beinen. »Willst du nicht mehr?«

Wie eine gewaltige blaue Motte taumelte Jochen Sywoll auf den Lichterkreis zu. Er fiel über Gwendolyn her und warf sie zu Boden. Ausgehungert leckte und knabberte er an ihrem milchweißen Körper. Ihre Hände wühlten in den Falten seines Göttermantels. Sie küßte die Augenklappe.

»Sing«, flüsterte sie.

»Wie?« Der Sänger hob den Kopf.

»Ich will, daß du singst. Wotans Abschied.« Die Hospitantin schlang ihre Arme um den Mantelkragen. »Bitte!«

Er stöhnte resigniert. Mit angegriffener Stimme kam er ihrem Wunsch nach.

»Der Augen leuchtendes Paar, das oft ich lächelnd gekost, wenn Kampfeslust ein Kuß dir lohnte, wenn kindisch lallend der Helden Lob von holden Lippen dir floß.«

Gwendolyn lauschte reglos. Ihre Finger spielten mit dem Pferdeschwanz. Jochen Sywoll knetete ihre Brüste.

»Dieser Augen strahlendes Paar, das oft im Sturm mir geglänzt, wenn Hoffnungssehnen das Herz mir sengte, nach Weltenwonne mein Wunsch verlangte aus wild webendem Bangen.«

Gwendolyn lächelte. Der Sänger packte ihre Beine und warf sie sich über die Schultern.

»Zum letzten Mal letz es mich heut, mit des Lebewohles letztem Kuß!«

Gwendolyn drehte den Kopf zur Seite. Er nestelte an seiner Smokinghose.

»Dem glücklichern Manne glänze sein Stern, dem unseligen Ewgen muß es scheidend sich schließen!«

Gwendolyn seufzte. Er faßte in seinen Feinripp.

»Denn so kehrt der Gott sich dir ab, so küßt er die Gottheit von dir!«

Gwendolyn schloß die Augen. Während sich Jochen Sywoll krampfhaft um Stellung bemühte, drückte Wotan Küsse auf beide Augen seiner Tochter, bettete sie sanft unter einer breitästigen Tanne, betrachtete sie ein letztes Mal, verschloß ihren Helm und deckte den zarten Körper mit dem langen Stahlschild der Walküren zu.

»Sing weiter, du bist noch nicht fertig«, maulte die Hospitantin verzückt.

Jochen Sywoll arbeitete hart.

Wotan schritt mit feierlichem Entschluß in die Mitte der Bühne und kehrte die Spitze seines Speeres gegen einen mächtigen Felsstein.

»*Loge hör! Lausche hieher! Herauf, wabernde Lohe, umlodre mir feurig den Fels! Loge! Loge! Hieher!*«

Dreimal stieß er mit der Speerspitze gegen den Fels. Zischend entfuhr dem Stein ein Feuerstrahl, der rasch zum Flammenmeere anschwoll.

»Los, den Schluß«, jammerte Gwendolyn kurz vor den Toren Walhalls.

Erledigt wälzte sich der Sänger von ihr herunter.

Mit beiden Händen reckte Wotan seine Waffe zum Bann.

»*Wer meines Speeres Spitze fürchtet, durchschreite das Feuer nie!*«

Jochen Sywoll sperrte sein erschöpftes Gemächt in den Hosenstall zurück.

30

Der Himmel brannte. Die Sonne zerlief an den Rändern wie ein gewaltiger weißer Tintenfleck. Langsam drehte sich der Maestro um. Grelle Lichtsplitter zerstückelten sein Gesichtsfeld.

Alexander Raven stand zornesbleich und übernächtigt in der Tür. »Herr Bellini! Meine Geduld ist am Ende! Ich und meine Frau werden noch heute abreisen.«

Der Intendant lächelte traurig. »Mein lieber, guter Herr Raven. Kommen Sie doch erst einmal herein, und setzen Sie sich. Es gibt nichts, worüber wir nicht reden könnten.« Er ging zu dem Regisseur und legte ihm den Arm um die Schulter.

Alexander Raven zuckte zusammen. »Es tut mir leid, Herr Bellini«, sagte er kalt. »Aber im Augenblick habe ich eher den Eindruck, es gibt nichts, worüber wir *noch* reden könnten.«

Benito Bellini zog seinen Arm zurück. Er wandte sich zum Schreibtisch. »Sehen Sie, Herr Raven! Ich bedaure das alles sehr. Aber ich mußte so entscheiden. Ich hatte keine andere Wahl.«

Der Regisseur machte einige unwillkürliche Schritte ins Zimmer hinein. »Ich fürchte, ich kann Ihnen nicht ganz folgen«, sagte er scharf. »Wobei hatten Sie keine Wahl? Meine Frau auf infamste Weise zu verleumden und hinauszuwerfen?«

»Herr Raven, glauben Sie mir.« Der Intendant hatte sich gesetzt. Geistesabwesend griff er auf der Tischplatte einen stummen Nonen-Akkord. Er lockerte seine Finger. »Ich empfinde die ganze Angelegenheit ebenso unangenehm wie Sie«, sagte er leise. »Aber Sie werden doch verstehen, daß Jessica – Mrs. Johnson-Myer – durch den gestrigen Zwischenfall zutiefst beunruhigt ist. Wenn wir sie als unsere Brünnhilde behalten wollen –, und daran kann ja nicht der geringste Zweifel bestehen – müssen wir etwas tun. Wir müssen ihr zeigen, daß wir nicht ungestraft hinnehmen, daß man sie in diesem Hause bedroht.«

Der Regisseur lachte böse auf. »Herr Bellini, Sie haben eben etwas sehr Richtiges gesagt: daß *man* sie in diesem Haus bedroht. Was bringt Sie auf die absurde Idee, daß ausgerechnet meine Frau es war? Meine Frau, die um ein Haar selbst das Opfer von diesem Irren geworden wäre, der sich hier offensichtlich herumtreibt!«

Benito Bellini hob die Schultern. »Herr Raven, Sie haben recht«, räumte er bereitwillig ein. »Ich kann nichts beweisen.« Ein gefährliches Lächeln schlich über sein Gesicht. »Aber wir wissen doch beide, was für eine wundervolle Partie die Brünnhilde ist. Würden Sie nicht auch alles tun, um diese einzigartige Figur verkörpern zu dürfen?«

Alexander Raven blickte ihn fassungslos an. »Sie wollen also wirklich dabei bleiben, daß meine Frau versucht hätte, ihre Kollegin zu vergiften?« Er lachte nochmals auf. »Entschuldigen Sie, aber das ist das Lächerlichste, was ich seit Jahren gehört habe. Wenn meine Frau die Brünnhilde singen will, dann hätte ich dafür gesorgt, daß sie die Rolle bekommt. Sie hat es nicht nötig, deshalb zur Giftmischerin zu werden.«

»Ich will Ihnen gar nicht widersprechen, Herr Raven.« Der Maestro machte eine angedeutete Verneigung. »Aber betrachten Sie die Sache einmal so: Was können wir tun? Dieses kleine Mißgeschick ist nun leider passiert. Selbstverständlich können wir die Polizei einschalten. Dann gibt es viel Aufregung, viel Unruhe, viel Verwirrung.« Er schaute den Regisseur durchdringend an. »Wollen Sie wegen dieser dummen Geschichte wirklich unsere, *Ihre* Premiere aufs Spiel setzen? Und wofür? Nur damit sich am Ende zeigt, daß es Ihre Frau nicht war? *Gran cosa!* Oder daß sie es doch war? Ich brauche Ihnen nicht zu sagen, was dann geschieht. – Ist es da denn nicht viel besser, Sie akzeptieren unseren Vorschlag?«

Der Regisseur biß die Zähne aufeinander. Die blasse Haut über den Kieferknochen spannte sich empfindlich.

Ohne ihn einen Wimpernschlag lang aus den Augen zu lassen, rollte Bellini mit seinem Chefsessel vom Schreibtisch weg. »Ihre Frau zieht sich wegen vorübergehenden Stimmproblemen aus der Produktion zurück«, sagte er knapp. »Wir sorgen dafür, daß nichts von der ganzen Affäre nach draußen dringt. Der gute Ruf Ihrer Frau bleibt unbefleckt.« Seine schmalen Lippen kräuselten sich in schlecht verhohlenem Spott. »Außerdem habe ich gehört, daß Ihre Frau sowieso keine – keine sehr innige Beziehung zu der Rolle unterhielt, mit der man sie betraut hat. – Der Verlust dürfte sie nicht allzu schmerzlich treffen.« Er schaute Alexander Raven lauernd an. »Aber ich will Sie nicht beeinflussen. Natürlich können Sie darauf bestehen, daß wir die Polizei verständigen.«

Der Zorn des Regisseurs war zu Ekel geronnen. Sprach- und blicklos verließ er das Zimmer.

Benito Bellini lehnte sich lächelnd zurück. Die Lider

mit den gebogenen Wimpern schlossen sich wie die Blätter einer Venusfliegenfalle.

31

Drei Zentner empörte Besorgnis ließen die Erde beben. Egolf Zanassian sprengte die Tür zum Krankenzimmer. Sein Aktenkoffer stürzte zu Boden.

»Jessica«, rief er, »dem Himmel sei Dank, daß du noch lebst! Ich komme aus Stuttgart zurück, und was muß ich erfahren! Es ist ein Skandal! Ein Skandal sondergleichen!«

»Aber *Golfy*, was machst du denn für einen Lärm! Hi!« Die Sängerin richtete sich im Bett auf. »Ich bin schon wieder ganz okay. *My God*, es ist nicht das erste Mal, daß ich vom Pferd gefallen bin.«

Zitternd faßte der empfindsame Tycoon nach ihren Händen. »Was heißt hier *vom Pferd gefallen?* Jessica! Jessica! Jemand hat versucht, dich umzubringen.«

»*Bullshit!*« Liebevoll kniff die Sängerin in die weichen Bäckchen. »Es war ein dummer kleiner Scherz. Mrs. Raven wollte auch mal die Brünnhilde singen.«

»Was sagst du da?«

»Oh ja, die ganze Sache ist schon erledigt. Stell dir vor, Mrs. Raven gibt aus Rücksicht für mich sogar ihre eigene Rolle auf.« Gut gelaunt boxte Jessica Johnson-Myer in das steife Krankenhauskissen. »Warum sollen wir daraus *a big deal* machen? Der Doktor hat gesagt, ich kann in ein paar Tagen wieder singen, und dann wollen wir schnell weiterprobieren. – Außerdem, ich muß Mrs. Raven dankbar sein. Wegen ihr habe ich eine wichtige Erfahrung gemacht.« Sie lächelte. »Jetzt endlich weiß ich, wie Brünnhilde sich fühlt, wenn Siegfried sie aus ihrem tiefen, tiefen Schlaf weckt.«

»Oh, Jessica!« Zanassian ging neben dem Bett in die Knie und verbarg seinen Kopf in ihrem Schoß. Die Sängerin tätschelte den fleischigen Schädel. »Benito war gestern gleich als erster hier. *My God*, er war so *furious*. Schau, diese wunderschönen Blumen hat er mir gebracht.«

Der Tycoon sah ihr verständnislos sorgenvoll in die Augen. »Jessica, es wurde ein Attentat auf dich verübt.« Er sprach zu der Diva wie zu einem retardierten Schulmädchen. »Diejenige, die dir das angetan hat, muß bestraft werden. So etwas läßt sich doch nicht mit ein paar läppischen Blumen aus der Welt schaffen.«

»Warum denn nicht?« Jessica Johnson-Myer schaute ihn schmunzelnd an. »Seitdem ich dich kenne, erzählst du mir von dieser Opern-Eröffnung und wie sehr du dich darauf freust. Sollen wir das nun wegen solcher *peanuts* aufs Spiel setzen – nach allem, was du dafür getan hast.«

Der Frankfurter Koloß sagte nichts. Mit angespannter Miene studierte er das Lochmuster seiner zierlichen Kalbslederschuhe.

Die Sängerin entschärfte ihren Blick. Sie plinkerte unschuldig. »Der kleine Assistent hat mich auch schon besucht. *Sweet Reginald*. Er hat richtig gestottert, der arme, als er mir seine Pralinen gegeben hat. Es war ihm so peinlich.« Lachend griff sie nach einer überdimensionalen Schachtel. Sie zog an der duftig blauen Schleife.

Zanassian atmete wieder. Etwas war mit ihm geschehen, was selten geschah. Einigen Falten war es gelungen, sich in seinen Stirnspeck zu ritzen. »Jessica«, sagte er bedrückt, »ich verstehe dich nicht. Jemand hat versucht, dich zu vergiften, und du scheinst dich darüber köstlich zu amüsieren.«

Die Sängerin ging auf die Sorge ihres Gönners mit der Anteilnahme einer plappernden Kinderpuppe ein. »Die Schokolade ist *fantastic*. Mmmmmh. *Care for one?*«

»Jessica!« Egolf Zanassian rang seine elegischen Hände. »Es ist noch keine vierundzwanzig Stunden her, daß dir der Magen ausgepumpt wurde.«

»Oh ja. Ich bin hungrig.« Die Sängerin sah ihn belustigt an. Sie warf den Kopf zurück, riß den Mund auf und ließ sich mit dramatischer Geste einen Champagnertrüffel hineinfallen.

Staunen blähte Zanassians Züge. »Was bist du nur für eine sonderbare, wunderbare Frau, Jessica«, stammelte er.

32

Das Ehebett quietschte im Rhythmus der Schluchzer.

Alexander Raven preßte seine Fäuste gegen die Stirn. In seiner Stimme lag Hochprozentiges. »Elisabeth, bitte! Was hätte ich denn noch tun sollen? Sie haben mir keine Wahl gelassen. Ich weiß selbst, wie perfide das Ganze ist. Es ekelt mich nicht weniger an als dich. Aber Bellini hat mir die Pistole auf die Brust gesetzt. Ich konnte nicht mehr anders.«

»Wieso konntest du nicht anders?« Die Bettdecke flog zurück. Elisabeths Gesicht starrte unter einer Lasur aus Rotz und Tränen. »Wieso konntest du nicht anders?«

Der Regisseur stand von seinem Stuhl auf. Seine Fersen hackten in den Teppich. Es war der gereizte, allzu harte Schritt des Alkoholikers, der sich am Suff vorbeigetrunken hatte. »Wenn du es nicht selber siehst, dann begreifst du es auch nicht, wenn ich es dir erkläre.«

Er zog eine Zigarette aus seiner Tasche und zerquetschte sie. »Der Ring muß über die Bühne. Es ist meine letzte Chance.«

Die Sängerin drehte den Kopf weg. Ihre Hände krampften sich in die Steppdecke. »Ja, deine letzte Chance! Immer geht es nur um deine letzten Chancen. Alexander, ich bin am Ende mit meiner Kraft.«

Sie ließ sich wieder in die Kissen sinken. »Ich habe meine Karriere aufgegeben für dich. Die ganzen letzten Jahre habe ich alle Engagements abgelehnt, die nicht in deinen Terminkalender gepaßt haben. Immer, wenn du mich gebraucht hast, bin ich für dich da gewesen. Immer habe ich mich hinter dich gestellt.« Tiefes Schluchzen quälte sich aus dem gerade erst vernarbten Brustkorb. »Daß du dich als Regisseur nie wirklich für mich eingesetzt hast – das habe ich akzeptieren müssen. Aber daß du dich jetzt in dieses dreckige Spiel hineinziehen läßt –« Den Rest schluckten die Tränen.

Alexander Raven war stehengeblieben. Die neuerlichen Heulkrämpfe forcierten seine Wut. »Ich habe nie von dir verlangt, auch nur ein einziges Engagement meinetwegen abzusagen. Das weißt du ganz genau. Im Gegenteil, ich habe dir von Anfang an gesagt, du sollst deine eigenen Pläne weiterverfolgen. Du selbst hast dich an mich gehängt wie eine Klette.«

Er machte drei harsche Schritte in Richtung Bett. Seine Frau hatte sich unter der Decke vergraben. »Elisabeth! Hör auf mit diesem Theater! Es ist nicht die große aufopfernde Liebe, weswegen du mir überallhin folgst. Sondern Eifersucht. Wenn du mich tatsächlich so selbstlos lieben würdest, wie du dir einredest, dann hättest du die Kraft, mich loszulassen.«

Er wandte sich zur Tür. »Ich wußte, warum ich ohne dich nach Frankfurt gehen wollte. Der Ring muß über die Bühne. Ich kann keine Rücksichten mehr nehmen. Auf dich nicht. – Und auf mich selbst auch nicht.«

Er griff nach seinem Hut. »Ich gehe jetzt.«

Unter der Bettdecke war es still geworden. »Ja, geh nur, geh«, sagte eine ausgelaugte Stimme. »Und sauf dich zu Tode.«

Die Wohnungstür fiel ins Schloß.

33

Reginald strahlte wie ein frisch gebackener Gott. Zum ersten Mal gehörte der Saal alleine ihm. Um ihn herum saßen die achtzehn kulturhungrigen Mäuler des Jugendclubs EUPHORION. Gierig hingen sie an seinen Lippen.

»Heute probieren wir eine sehr wichtige Szene«, begann er verheißungsvoll. »Wotan verbannt Brünnhilde aus Walhall. – Es ist aber auch eine sehr traurige Szene«, fügte er etwas gedämpfter hinzu. »Hier in dieser Feuerburg trennt sich Wotan von seiner Lieblingstochter, hier muß Brünnhilde schlafen, bis ihr Retter Siegfried kommt. Sie werden sich jetzt vielleicht fragen, wo die Feuerburg ist. – Nun, Sie sehen sie bereits vor sich.« Er machte eine spannungsgeladene Pause, in der achtzehn Köpfe suchend ruckten.

»Es ist dieser geöffnete Vulkankrater«, verriet er schließlich und zeigte hinter sich. »Später beim richtigen Bühnenbild ist er dann natürlich nicht aus Sperrholz, sondern aus Kupfer. Am Ende der Szene, wenn Wotan von Brünnhilde fortgeht, werden die Kraterwände nach vorne hin zugefahren. Und das Feuer – ja das ist eine besonders originelle Idee –, das Feuer können Sie jetzt noch nicht einmal erahnen. Es ist nämlich kein echtes Feuer, sondern es brennt nur auf Monitoren, die rundherum in das Kupfer eingelassen sind. Bei der Premiere werden Sie es dann selbst erleben: Diese virtuellen Flammen haben einen sehr kalten, aber damit um so berührenderen Effekt. Alexander Raven hat eine wirklich zeitgemäße Inszenierung kreiert.«

Immer flüssiger ging ihm die Rede von den Lippen. EUPHORION lauschte ergriffen.

»Die Szene, die wir jetzt sehen werden, ist eine der beiden großen Szenen im Ring, die zwei Sänger ganz alleine bewältigen müssen«, plauderte Reginald weiter. »Nur die Szene am Ende von *Siegfried*, wenn dieser Brünnhilde erweckt, ist noch ein bißchen länger. Sie können sich gewiß ausmalen, was für eine Kraft es die Sänger kostet, vierzig Minuten auf der Bühne ununterbrochen präsent zu sein und dabei Wagners alles fordernde Musik zu singen.«

EUPHORION nickte beeindruckt.

»Das zwingt mich aber auch«, sagte der Assistent etwas verhaltener, »Ihnen eine sehr unerfreuliche Mitteilung zu machen. Mrs. Johnson-Myer, unsere Brünnhilde, hatte in den vergangenen Tagen mit leichten gesundheitlichen Problemen zu kämpfen. – Keine Sorge«, beruhigte er sogleich, als er die erschrockenen Gesichter sah, »es ist nichts Ernstes, aber sie möchte sich begreiflicherweise noch einige Tage erholen. Deshalb wird sie bei der heutigen Probe nicht dabeisein.«

Enttäuschte *Ohs* und *Ahs* wurden laut. Knabenkraut und Adonisröschen ließen hinter starrem Celophan die Köpfe hängen.

»Es tut mir wirklich leid«, versicherte Reginald, »ich weiß, wie sehr sich einige von Ihnen gerade auf diese Sängerin gefreut haben. Doch ich glaube, ich kann Sie ein wenig trösten.« Er lächelte aufmunternd. »Sie werden zwar keinen Star erleben, dafür haben Sie die Gelegenheit zu erfahren, was Theaterarbeit im ganzen, mit all ihren Unwägbarkeiten, bedeutet. Und das ist ja ebenfalls ein wichtiges Ziel unseres Projekts. EUPHORION will Ihnen nicht nur glanzvolle Premierenabende bieten, sondern will Ihnen vor allem einen Einblick in das richtige Theaterleben ermöglichen. Glauben Sie mir, Sie werden die Oper mit ganz anderen Augen sehen, wenn Sie selbst einmal erfahren mußten, was für ein langer, bisweilen auch komplizierter Arbeitsprozeß sich hinter jeder einzelnen Aufführung verbirgt.«

Die geknickten Köpfe richteten sich langsam wieder auf. Euphorion klatschte. In großen Zügen genoß Reginald das Lob, mit dem die vergangenen Tage so sehr gegeizt hatten.

Noch immer badete er in dem jugendlichen Beifall, als Alexander Raven die Tür zur Probebühne öffnete. Grau und zerfurcht wie Granit, blieb der Regisseur an der Schwelle stehen.

»Reginald«, zischte er, »kannst du mir – *bitte* – erklären, was hier vor sich geht?«

Der Assistent schnappte nach Luft. »Ah, da ist ja Alexander Raven.« Er ruderte mit den Armen. »Begrüßen Sie den Mann, dem wir nicht nur die einzigartige Inszenierung, sondern auch das herrliche Bühnenbild und die wundervollen Kostüme verdanken.«

Der Regisseur bebte. »Reginald, was soll das?«

Der Assistent versuchte unbeirrt zu lächeln. »Aber, Herr Raven, Sie werden doch unsere Gäste nicht vergessen haben.«

»Komm raus«, befahl der Regisseur ruppig. »Ich muß mit dir reden.« Er drehte sich auf dem Absatz um. Mit hängenden Flügeln schlich ihm sein Assistent hinterher.

»Was fällt dir ein, irgendwelches Volk anzuschleppen, ohne mich vorher zu fragen!« Alexander Ravens Stimme schoß durch den verwinkelten Gang. Die Worte zerbarsten an den gelblackierten Wänden.

»Aber ich habe Sie doch gefragt«, protestierte Reginald. »Erinnern Sie sich nicht mehr? Vor –«

»Niemand hat mich gefragt«, schnitt ihm Alexander Raven das Wort ab. Irgendwo hinter der nächsten Ecke klappte eine Tür.

Reginald wagte einen zweiten Anlauf. »Vor ungefähr einem Monat haben wir darüber geredet. Und damals haben Sie gesagt, Sie fänden es eine gute Idee, EUPHORION zu einem Probenbesuch einzuladen.«

»Vor einem Monat, vor einem Monat«, brüllte der Regisseur. »Es ist mir scheißegal, was ich vor einem Monat gesagt habe. Ich bin hier, um zu arbeiten, und nicht, um irgendwelche Gesellschaftsnachmittage zu veranstalten.«

»Aber die Jugendlichen stören Sie doch nicht. Sie wollen doch nur zu'chauen.« Zu spät biß sich Reginald auf die widerspenstige Zunge.

»Wenn das hier so weitergeht, gibts bald gar nichts mehr zum *Zu'chauen*«, äffte Alexander Raven ihn nach. »Ist dir eigentlich schon aufgefallen, daß wir bis über beide Ohren in der Scheiße stecken? Außer Irrsinn ist auf dieser Bühne seit Wochen nichts geschehen. Wir kommen keinen Schritt voran. Und was macht mein Assistent? Er sorgt sich um eine Bande verwöhnter Frankfurter Bengel, die gerade eben mal zuschauen wollen.«

»Aber wir können doch –«, flüsterte Reginald.

»Schluß! Ich will nichts mehr hören. Du schaffst mir diese Bagage vom Hals. Und zwar auf der Stelle. Wenn ich in drei Minuten zurück bin, will ich da drinnen keinen mehr sehen. Außer denen, die da wirklich was zu suchen haben!« Alexander Raven verschwand in den Gängen des Opernhauses. Reginald verkniff sich die Tränen. Er ballte die Faust.

Seine Finger zitterten, als er vor den betreten wartenden Jugendclub trat. »Es tut mir leid«, sagte er tapfer. »Herr Raven hat Bedenken, Sie der heutigen Probe beiwohnen zu lassen. Wir werden Sie rechtzeitig über einen neuen Termin informieren. Ich muß Sie jetzt leider bitten zu gehen.«

Gesittet leistete EUPHORION der Aufforderung Folge. Die achtzehn Söhne der Stadt nahmen ihre Blumensträuße in den Arm und kehrten der unwirtlichen Probebühne eilig den Rücken.

Nur vier versprengte Gestalten waren in dem Saal übriggeblieben. Gwendolyn saß allein am Regietisch. Sie schaute zu Jochen Sywoll. Jochen Sywoll saß allein auf der Bühne. Er schaute zu Reginald. Reginald saß allein neben dem Ausgang. Er schaute zu seinen Schuhen. Die neue japanische Korrepetitorin saß allein hinter dem Flügel. Sie lächelte still vor sich hin.

Alexander Raven kam zurück. Wortlos setzte er sich neben die Hospitantin. Er fingerte nach ihrem Klavierauszug.

»Können wir jetzt anfangen«, knurrte er. »Jochen, gehst du bitte an deinen Platz? Danke.«

Sein Blick suchte die leeren Stuhlreihen entlang der Wände ab. »Wo ist die Statistin, die Brünnhilde markiert?« Die Sitzflächen schwiegen.

»Reginald«, sagte er lauter, »wo ist die Statistin, die Brünnhilde markiert?«

Der Assistent hob schwach den Kopf. »Niemand hat mir gesagt –«

»Da muß auch niemand was sagen«, explodierte der Regisseur. »Wenn bei den Proben ein Sänger ausfällt, wird ein Statist gebraucht. Und es ist Aufgabe des Assistenten, sich darum zu kümmern. Jeder Idiot weiß das! In meinem ganzen Leben ist mir noch kein solcher Dilettant untergekommen! Raus oder ich vergesse mich!«

»Ich finde, Sie –«

»Raus«, brüllte Alexander Raven. »Und richte Bellini aus, er soll mir in Zukunft einen Assistenten schicken, der nicht nur einen Arsch, sondern auch einen Kopf hat!«

Reginald sprang auf. »Das – das ist – so lasse ich nicht mit mir reden!« Er schlug die Hände vors Gesicht und rannte davon. Die Stahltür knarzte hinter ihm ins Schloß.

Gwendolyn schaute zu Jochen Sywoll. Jochen Sywoll schaute zu Alexander Raven. Alexander Raven schaute zu der neuen japanischen Korrepetitorin. Die neue japanische Korrepetitorin lächelte still vor sich hin.

»Entschuldigt, bitte.« Der Regisseur schüttelte sich und blätterte unbeholfen in Gwendolyns Klavierauszug. »Wir sollten jetzt wirklich anfangen. Wenn wir heute keine Brünnhilde haben, dann muß es eben ohne gehen.«

»Ich kann doch Brünnhilde spielen.«

Alexander Raven drehte sich erstaunt zur Seite. Die Hospitantin schaute ihn offenherzig an.

»Würdest du das wirklich tun«, sagte er gerührt. Er legte ihr die Hand auf die Schulter. »Danke, Gwendolyn, das ist furchtbar nett von dir, vielen Dank.«

Vom Bühnenpodest kam ein heiseres Räuspern. Jochen Sywoll wischte sich den Schweiß von der Stirn.

34

Letzte Alltags-Reliquien, die sich in den vergangenen Wochen durch das Apartment verteilt, die fremde Wohnung mit vertrauter Patina überzogen hatten, wanderten in die aufgeklappten Koffer zurück. Cora bückte sich, um einen zusammengerollten schwarzen Slip unter der Heizung hervorzuangeln, als es an der Tür klingelte.

Furcht und Selbstmitleid glänzten im Blick des Regisseurs.

»Cora, ich muß mit dir reden«, sagte er gepreßt.

»Irgendwo hab ich den Satz schon mal gehört brummte sie, nachdem sie sich von ihrer ersten Überraschung erholt hatte. »Ist Rededrang jetzt dein neuestes Leitmotiv?« Sie ging ins Zimmer voraus und warf das eingeigelte Dessous auf den Kleiderberg.

Einzeln quälte sich Alexander Raven die Worte aus dem Mund. »Cora, du weißt, daß es mir nicht leicht fällt und daß es mir lieber wäre, es wäre anders.«

»Ich weiß gar nichts«, schnappte sie. »Aber es muß ja ein ganz besonderes Es sein, wenn es dich nicht nur zu mir, sondern auch noch in einen doppelten Konjunktiv zwingt.«

»Ich gehe wieder, wenn du mir nicht zuhören willst.« Mit zittrigen Händen fuhr sich der Regisseur durch das tiefer gelichtete Haar.

»Darf ich eins klarstellen: Ich habe Hochwürden um keine Audienz gebeten. Meinetwegen kannst du sofort abhauen.« Cora unterstrich ihre Aussage mit der schwarzen Stiletto-Sandale, die sie unter dem Bett hervorgezogen hatte.

Wütend wandte sich der Regisseur zur Tür. Er trat über die Schwelle.

»Cora, wenn die Lage nicht wäre, wie sie ist, würde ich mir lieber die Zunge abschneiden, als dich um einen Gefallen zu bitten«, sagte er in den dämmrigen Flur hinein. »Aber es muß sein. Ich komme nicht weiter. Die Proben stecken in einer absoluten Krise.«

»Aha. König Alzheimer kriecht zu Kreuze.« Cora suchte nach der anderen Sandale, die sich an einem unbekannten Ort aufhielt. Sie war nicht mehr in der Stimmung, mit den Dingen Verstecken zu spielen.

»Bitte, Cora«, flehte er, »hör mir *ein* Mal zu, ohne sofort zurückzubeißen. Ich schaffe es nicht mehr. Ich bin am Ende mit den Nerven. Die Geschichte mit der Johnson-Myer hat mir den Rest gegeben.«

Cora hatte die verspielte Sandale unter dem Kopfkissen gefunden und ließ sie am schwarzen Lederriemchen zappeln. »Seit wann liegt dir denn unsere amerikanische Super-Walküre am Herzen«, spottete sie und beförderte den Schuh mit einem liebevollen Klaps in den Koffer.

»Könntest du – *bitte* – dieses Rumgeräume sein lassen«, fauchte der Regisseur. »Es macht mich rasend.« Er nestelte eine Zigarette aus dem zerknautschten Soft-Pack.

»Reginald, dieser Ober-Hof-Intrigant, hat Bellini eingeflüstert, daß Elisabeth auf Brünnhilde scharf war. – Bellini hat Elisabeth gefeuert«, fügte er gedämpfter hinzu.

Cora grinste. »Ist mir bereits bekannt. *Good news travel fast.*« Sie setzte sich auf ihr überladenes Reisegepäck. »Ich wäre jetzt aber doch neugierig, was der gewichtige Grund ist, der dich zu mir getrieben hat«, sagte sie, nachdem Alexander Raven dauerhaft verstummt zu sein schien.

Sie griff nach zwei Strumpfhosenbeinen, die aus dem Prokrusteskoffer heraushingen, und band eine Schleife. »Soll ich zu Bellini gehen und ihm erklären, daß ich diejenige war, die zuerst dein unschuldiges Eheweib sabotiert hat und später dann auch noch eure Primadonna in die ewigen Jagdgründe schicken wollte?«

Der Regisseur ließ sich auf einen der leer gefegten Stühle fallen. Die Zigarette in seiner Hand zitterte. »Komm zurück, Cora. Ich kann nicht mehr. – Es gibt keinen einzigen in der ganzen Produktion, der mir irgendwie eine Hilfe wäre, mit dem ich auch nur ansatzweise über die Fragen reden könnte, die mich quälen. Ich habe das Gefühl, keiner versteht mehr das Konzept – am wenigsten ich selbst. Die Abläufe auf der Bühne sind alle hohl und mechanisch geworden. Nichts stimmt mehr. Die Sänger posieren von Szene zu Szene, ohne daß sich daraus irgend etwas ergeben würde. – Immer öfter befällt mich der Gedanke, daß es nicht nur die Jahre sind, die meine Inszenierung erodiert haben. Vielleicht habe ich mich damals schon geirrt, vielleicht war damals schon alles falsch.« Unbemerkt brach die Aschenspitze von seiner Zigarette ab.

»Wir haben nur noch knapp vier Wochen Zeit. Ich kann nicht alles neu entwickeln. Wir müssen aus der alten Inszenierung wieder Funken schlagen.« Er zoomte den Blick von unendlich auf die Augen seiner Dramaturgin. »Bitte, Cora. Bedeutet dir unsere gemeinsame Arbeit denn gar nichts mehr? Es steckt doch auch so viel von dir in diesem Ring. Erinnerst du dich nicht mehr, wie wir nächtelang zusammengesessen und diskutiert haben? Wie du mir Schopenhauer und Hegel erläutert hast? Wie wir über den Schluß von *Götterdämmerung* gestritten haben?«

Die Dramaturgin spürte, wie sie unter Alexanders veränderter Brennweite zu schmelzen begann.

»Cora, du siehst, wie schwer es mir gefallen ist, unseren privaten Streit zurückzustellen und jetzt zu dir zu kommen. Überwinde deinen Stolz und hilf mir.« Seine Stimme hatte sich zu einem Murmeln zurückgezogen. »Tu es nicht für mich. Tu es für unseren Ring.«

35

Der Küchenmixer brummte. Aus den Boxen plätscherte Anna Moffos kristallklarer Sopran. Reginald streifte sich die Hände an der Schürze ab und griff nach dem großen Wiegemesser. Im Rhythmus der Koloraturen hackte er das Basilikum. *Son ve-e-e-er-gi-in ve-ez-zo-o-o-o-sa in ve-e-e-e-sta-a di-i spo-o-o-o-sa.* Seine eigentliche Opernliebe gehörte dem Belcanto. Als Abschlußarbeit seines Regiestudiums hatte er *I Puritani* inszeniert. Im Backofen begann der Lachs zu brutzeln. Reginald öffnete den Mixer, schnupperte und ließ eine Handvoll Pinienkerne in den pürierten Knoblauch rieseln. Anna Moffo eilte mit großen Sprüngen auf die *Cabaletta* zu. Reginald stellte die Musik lauter und holte das angefrorene Fleisch aus dem Kühlschrank. Unter die chromatisch-brillierenden Passagen legten sich die Wetzgeräusche eines Filetiermessers. Reginald prüfte die Schneide und nickte zufrieden. Stets schnitt er *Carpaccio* selbst. Anna Moffo trillerte sich durch finale Spitzentöne. Hauchdünn sanken die ersten Scheiben vom rohen Rindfleisch.

Ein zornig über die Küchenschwelle geschleudertes *porco dio* ließ Reginald herum- und das Filetiermesser in seinen linken Daumen fahren. Benito Bellini stürzte zur Stereoanlage und knallte auf die Stop-Taste, daß sie heraussprang. »Reginald! Schon hundertmal habe ich dir gesagt, daß ich diese *musicaccia* in meiner Wohnung nicht dulde.«

Der Assistent starrte abwechselnd auf seinen zornesrot angelaufenen Freund und seinen geschnittenen Finger. »Es – es tut mir leid«, stammelte er. »Ich habe dich nicht kommen hören.«

Nach den anfänglichen Schrecksekunden begann die Hautspalte zu bluten. Reginald steckte den Finger in den Mund. »Du siehst so verärgert aus«, nuschelte er. »Hattest du Ärger?«

»*Sissignore*«, schnauzte der Maestro. »Ich habe Ärger. Und zwar mit dir.«

»Mit mir? Wie meinst du das?« Vor Erstaunen rutschte Reginald der Finger aus dem Mund. Blut sickerte über sein Handgelenk.

Benito Bellini funkelte ihn an. »Ich habe heute abend Alexander Raven getroffen. Er hat sich über dich beschwert. Bitter beschwert. Er hat mir von deinem eigenmächtigen Handeln mit EUPHORION berichtet. – Reginald, ich habe dir dieses Projekt nicht anvertraut, damit du wichtigere Aufgaben vernachlässigst. Raven hat mir erzählt, daß du Probenpläne falsch weitergeleitet hast. Daß er dir jede Kleinigkeit erklären muß. Und daß du immer wieder bei Proben gefehlt hast. Er sagt, du bist der schlechteste Assistent, den er jemals hatte.« Die Stimme des Dirigenten hatte sich bedrohlich gesteigert.

Reginald verschmierte das Blut, das auf die Marmorplatte tropfte. »Das ist nicht fair«, sagte er. »Raven ist wütend, weil seine alten Assistenten ihm alle einen Korb gegeben haben. Und diese Wut läßt er jetzt an mir aus. Er kann von mir nicht erwarten, daß ich seine Inszenierung kenne wie jemand, der fast ein Jahr lang daran mitgearbeitet hat.«

Benito Bellini lachte ironisch. »*Fantastico!* Du gestehst, daß du Probleme mit der Inszenierung hast. Und was unternimmst du dagegen? Du fehlst bei den Proben! *Cielo, che logica!*«

Reginald griff nach einem Küchenhandtuch und bandagierte seinen Daumen. Er schaltete den immer noch röhrenden Mixer ab. »Du hast ja keine Ahnung, wie es ist, wenn man jeden Tag mit denen zusammenarbeiten muß«, sagte er leise. »Daß Raven und diese – diese verbiesterte Dramaturgen-Tussi homophob sind bis zum Geht-nicht-mehr, davon will ich jetzt gar nicht reden.« Er starrte auf das Filet, das ungeschnitten vor sich hin taute. »Aber was mich wirklich fertig macht, ist, daß sie mich wie einen lästigen Eindringling behandeln. Wie einen dummen Jungen, den sie nur aus Gnade in ihrem eingeweihten Zirkel dulden. Sie lassen sich ihre Vergangenheit heraushängen wie – wie ein Adelsprädikat. Du müßtest diese Atmosphäre erleben – dann würdest du mich begreifen. Es ist wie bei einem Veteranentreffen. Jeder dritte Satz ist: *Weißt du noch?* und *Kannst du dich noch erinnern?* und *Wie hatten wir das?* und *Ach ja, damals. – Damals, damals, damals!* Ich kann dieses Wort nicht mehr hören!«

Der Maestro schlug auf den Küchentisch. »Reginald! Schluß damit! Alexander Raven ist ein bedeutender Künstler! Es kommt dir nicht zu, in dieser Weise über ihn zu reden.«

Reginald hob traurig den Blick. »Benito, ich begreife dich nicht«, sagte er langsam. »Warum verteidigst du ihn so? Ich wollte es dir ja eigentlich nicht sagen, aber –« Sein Blick glitt von dem eisigen Gesicht wieder ab. »Ich habe aus Ravens Mund noch nie ein positives Wort über dich vernommen. Wenn überhaupt, dann redet er abfällig von dir. Er mißachtet dich. Als Intendant.

Und als Dirigent. Für ihn existiert nur Haffner. Du bist in seinen Augen nichts weiter als der Übeltäter, der das Goldene Zeitalter der Oper Frankfurt ruiniert.«

Benito Bellini atmete schwer. Seine Fäuste zitterten. »*Basta!* Das reicht! Noch ein –«

Reginald schaute angestrengt an ihm vorbei. »Erst gestern wieder hat Raven gelästert, daß er noch nie einen so flachen und geistlosen Ring gehört hat wie –«

Der Maestro stürzte sich auf ihn. Er packte ihn an den Schultern. »*Bugiardo*«, zischte er. »Das hat Alexander Raven nicht gesagt. Das kann er nicht gesagt haben. Du lügst. Du lügst, um deinen Kopf aus der Schlinge zu ziehen. Reginald, ich warne dich!« Er schüttelte seinen jungen Freund und stieß ihn schroff zurück.

Reginald taumelte. Das blutige Filetiermesser fiel von der Anrichte. Kreidebleich verfolgte er, wie Bellini sich gegen die Wand stützte und schweigend auf den Boden sackte.

»Benito«, sagte er nach einer Weile, »was ist nur los mit dir?« Er klang eher bedrückt denn wütend. »Seitdem wir in die Oper eingezogen sind, hast du dich furchtbar verändert. Ich begreife ja, wie wichtig die Eröffnungspremiere für dich ist, und wieviel dir am Ring liegt, und daß du deswegen nervös bist. Aber merkst du nicht selber, wie übertrieben du in letzter Zeit auf alles reagierst? Du bist gereizt und launenhaft wie – wie eine abgehalfterte Diva. Du hast Ivan, deinen besten Assistenten, wegen einer Lappalie erniedrigt – und ihn wegen eines bloßen Verdachts entlassen. Und jetzt kommst du hier hereingerannt, sagst mir keinen *Guten Abend* oder sonst etwas Nettes, sondern brüllst mich einfach an und gehst auf mich los wie ein Tollwütiger.«

Der Maestro starrte auf das schwarz-weiße Kachelmuster zwischen seinen Schuhen. Unter seinem linken Auge zuckte es. »Das ist nicht wahr«, flüsterte er tonlos. »Das kann er nicht gesagt haben. So etwas kann Alexander Raven nicht gesagt haben.«

Reginald riß sich die Schürze vom Bauch, knüllte sie zusammen und schleuderte sie in eine Ecke. Sein Kinn zitterte, als er sich auf der Küchenschwelle noch einmal umdrehte.

»Vielleicht bist du ja bei der Premierenfeier wieder in der Verfassung, wenigstens kurz an mich zu denken«, sagte er schluchzend. »Und vielleicht fragst du dich dann, ob es das alles tatsächlich wert gewesen ist.« Er rannte davon.

Im Ofen verbrannte der Lachs.

36

»Mädchen, was machst du denn hier? Dachte, du wärst zurück in New York.« Die knarrende Stimme des Kantinenzerberus stoppte Cora kurz hinter der Eingangstür. Sie winkte mit einer schwachen Handbewegung ab. »Grüß dich, Elli. Dachte ich eigentlich auch. Aber na ja. – Du hast doch den Wirbel der letzten Tage sicher mitbekommen. Alexander ist völlig runter mit den Nerven.«

Die Souffleuse knurrte verächtlich. »Hat dich der alte Hund mal wieder rumgekriegt. Hatte gehofft, du wärst klüger.« Sie lachte heiser. »Ist doch immer das gleiche. Da machen die Kerle einen auf hilflos, und schwupps schon ist die Mutti da, die ihnen ihr Spielzeugauto ausm Klo fischt.«

Cora setzte sich nachdrücklich. »Nein, Elli. Mit mütterlichem Helfersyndrom hat das hier gar nichts zu tun. Zu sehen, daß er ohne mich nicht klarkommt, ist meine ganz persönliche Genugtuung.«

»Na wunderbar.« Die Souffleuse schloß kurz den Mund, um einen Rülpser zu dämpfen. »Hat er es also auch noch hingekriegt, daß Mutti stolz darauf ist, für ihn in die Scheiße greifen zu dürfen.«

»Ach, laß mich doch in Ruhe.« Die Dramaturgin stand ebenso heftig auf, wie sie sich gesetzt hatte.

Elli zerrte sie auf den Stuhl zurück. »Hiergeblieben«, brummte sie. »Wenn du schon so dämlich warst, dich wieder um den Finger wickeln zu lassen, dann sauf wenigstens mit mir.« Sie schnipste in Richtung Theke. »Angela, noch zwo Kirsch!«

In stummer Zwietracht kippten beide Frauen den Schnaps. Am Nachbartisch wurde kraftvoll gefeiert. Acht Kontrabässe begossen das Ende der musikalischen *Walküre*-Proben. Cora streifte sie mit einem Blick, der die dazwischenliegenden Plastik-Rhododendren zum Welken brachte.

Elli kaute auf ihrem Zigarillo herum. Mit gelbem Daumennagel schabte sie den Meßstrich vom Glas. »Euer Ring ist verflucht«, sagte sie nach abwägendem Kopfnicken.

Mürrisch wandte Cora den Blick.

»Findste nicht auch, daß hier in letzter Zeit ein bißchen viel Merkwürdiges passiert«, spekulierte Elli ungerührt weiter. »Könnte fast meinen, da hätt mal wieder einer was dagegen, daß euer Ring aufgeführt wird.«

Widerstrebend öffnete die Dramaturgin den Mund. »Wieso *mal wieder*?«

Die Souffleuse grinste. »Schätzchen, wenn ich mich nicht völlig irre, ist euch schon mal acht Tage vor der Premiere die Bude abgebrannt.«

»Ja und?«

»Zufall ist ein netter Kerl. Darf einem bloß nicht so oft begegnen.«

»Elli, bitte«, sagte die Dramaturgin unleidlich. »Das ist doch Stuß. Damals hat irgendein fertiger Junkie das Haus angezündet. Und diesmal schikaniert uns Alexanders frustriertes Eheweib. Was hat denn das miteinander zu tun?«

»Nix«, sagte die Souffleuse und bestellte die nächste Runde. »Aber wer sagt dir denn, daß es hierum die Winterfeld geht?«

»Wer außer Elisabeth sollte denn sonst hinter diesen Schwachsinns-Aktionen stecken«, ereiferte sich Cora. Sie vergaß, daß sie eigentlich noch beleidigt war. »Da gehört nicht viel Phantasie dazu, sich auszumalen, wie sehr ihr diese ganze Ring-Geschichte stinkt. Sie bekommt nicht nur das vorletzte Nebenröllchen, sondern muß auch noch mitansehen, wie Alexander Tag für Tag mit mir am Regiepult sitzt. – Das heißt«, Cora ließ ihren Reißzahn blinken, »die meiste Zeit sieht sie es ja nicht mit an, sondern sitzt daheim und spielt *Warten auf den Gatten.*« Sie lächelte wie eine Katze nach dem zweiten Mäuse-Frühstück.

Das Kontrabaß-Oktett am Nachbartisch stimmte ein lautes Hallo an. Die Hospitantin tänzelte im geblümten Trägerkleidchen die Kantinenstufen hinab. Coras Lächeln kippte ins Säuerliche.

Die Souffleuse paffte amüsiert. »Wie wärs, wenn du deinen kriminalistischen Eros zur Abwechslung mal dem armen Junkie zuwendest. Vielleicht braucht der ihn ja viel nötiger.«

»Was?« Die Dramaturgin schaute sie verwirrt an.

Elli grinste. »Wär ja schon zufrieden, wenn du mir halb so eindrucksvoll erklären könntest, warum der Junkie damals die Oper angezündet hat.«

»Ach, was weiß ich! Was geht mich denn dieser verdammte Junkie an«, fauchte Cora und kehrte zu ihrer Frostmiene zurück.

Gwendolyn schwenkte auf die musikalische Herren-Runde zu. Zweiunddreißig Stuhlbeine begannen eilfertig zu rücken.

Die Souffleuse lächelte sinnend. »Ist dir nie der Gedanke gekommen, daß es in diesen wiedererrichteten Mauern so knirscht, weil im Keller ein paar Leichen verscharrt sind?«

Cora fiel die Zigarettenschachtel aus der Hand. Sie bückte sich nicht.

»Was meinst du damit«, fragte sie langsam.

»Na, was wars denn, wenn kein Blitzbegräbnis erster Klasse, wie die Angelegenheit hier damals *geklärt* wurde. Oper brennt, Junkie gesteht, Akte zu.«

»Ja und«, schoß die Dramaturgin scharf zurück. »Der Kerl hat sich halt sofort gestellt, was sollten die da weiter ermitteln.«

Elli senkte Blick und Stimme. »Ein verirrter Junkie aus dem Osten, der auf seine verzweifelte Lage aufmerksam machen wollte. Daß ich nicht lache!« Sie tippte sich mit dem Zigarillo an die Stirn.

»Was ist denn daran so absurd«, konterte Cora barsch. »Die Fixer im Park schauen schließlich jeden Abend zu, wie die Frankfurter ihre Nerze in die Oper Gassi führen.

Warum sollte da nicht mal einer ausklinken und den Kasten anzünden?«

»Weil da nicht einfach einer ausgeklinkt ist.« Die Souffleuse blickte sie bedeutungsvoll an. »Eine Oper fackelt man nicht ab wie einen Mülleimer. Da wirft man nicht eben mal ein Streichholz rein. – Wer auch immer das Feuer hier gelegt hat: Er hatte auf jeden Fall das richtige Zeug dabei, um imprägnierte Dekorationen in Brand zu stecken. Wär mir neu, daß die Fixer jetzt schon Benzin drücken.« Sie schüttelte den Kopf. »Außerdem wußte mir der Kerl ein bißchen zu genau, an welcher Stelle er zündeln muß. – Ne, ne, da kannte einer Siegfrieds wunden Punkt.«

Die Dramaturgin starrte auf ihre Zigarettenschachtel. »Es sind schon Menschen von einem Messer erstochen worden, das eine vorbeifliegende Elster fallen gelassen hat«, sagte sie abwesend.

Die Souffleuse lachte. »Geh noch ein Stückchen weiter im Text. Kurz nachdem er Siegfried erschlägt, sagt Hagen nämlich noch was viel Schlaueres: Wir werden denen das Dümmste erzählen, was uns in den Sinn gekommen ist. Keiner wirds zwar glauben. Doch wird's auch keiner wagen, uns Lügner zu nennen.« Sie zerquetschte ihren Zigarillo im Aschenbecher.

Cora stand steifbeinig auf.

»Elli«, sagte sie leicht konfus, »Elli, es tut mir leid, aber ich muß jetzt wirklich wieder rauf. Alexander wartet.«

Sie hatte es so eilig, die Kantine zu verlassen, daß sie sich nicht einmal mehr umdrehte, als in ihrem Rücken der erste Sektkorken knallte und Gwendolyn unter achtstimmig gedehntem *Hau-Ruck* auf den Tisch gestemmt wurde. Die Hospitantin lachte hell.

37

Vor Jahren hatte Cora all ihre Erinnerungen an den Opernbrand in einen Karton gepackt, dreifach zugeklebt und in einer entlegenen Gedächtniskammer abgestellt. Schlaflos starrte sie an die Zimmerdecke. Seit heute mittag begann sich der Karton wieder zu öffnen. Schaurig gut erhaltene Bilder stiegen aus ihm auf und flimmerten über den Plafond.

Sie sitzt am offenen Fenster. Der Himmel ist schwarz. Sie hat sich mit Alexander gestritten. Wieder einmal gestritten. Die Heizung knackt monoton. Sie ist ohne ihn ins Apartment zurückgegangen. Ihr Kopf ist ein Brummkreisel. Neidisch lauscht sie dem Schlaf der nächtlichen Oper.

Alexander kommt ins Zimmer gewankt. Er klammert sich an seine Wodkaflasche. Sein Gesicht ist grau. Hau ab, lallt er. Verschwinde, ich habe Schluß gemacht. Es ist besser so. Für dich. Und für mich. Es geht nicht mehr. Er fällt besinnungslos aufs Bett. Sie sagt nichts und schläft im Sitzen ein.

Sirenen zerbeulen die Stille. Irgendwo aus dem Herzen der Oper dringt ein sonderbares Dröhnen. Sie blinzelt. Undeutlicher Geruch reizt ihre Nase. Sie niest. Ihr Kopf sinkt auf die Tischplatte zurück.

Ein Hustenanfall zerreißt ihren Dämmer. Sie schlägt sich die Stirn am Fenster an. Etwas Scharfes kratzt in ihrer Lunge. Blaulichtblitze zucken über die Wände. Das Geräusch ist angeschwollen. Jetzt erst erkennt sie, daß es das Gebrüll von Feuersbrunst ist.

Alexander schnarcht mit offenem Mund. Er liegt in ei-

ner Wodkalache. Sie tritt auf seine Brille. Seine Hand umklammert noch immer die leere Flasche. Sie rüttelt ihn unsanft. Als er nicht reagiert, schlägt sie ihm ins Gesicht.

Das Treppenhaus ist mit beißendem Rauch gefüllt. Alexander hängt ihr zentnerschwer auf den Schultern. Keuchend schleppt sie sich und ihn die Stufen hinunter.

Ein Feuerwehrmann eilt ihr im Erdgeschoß entgegen. Sie übergibt ihm ihre besinnungslose Fracht. Ein zweiter Feuerwehrmann will sie stützen. Sie reißt sich los und rennt wieder nach oben. Die Feuerwehrmänner schreien ihr hinterher.

Cora setzte sich schweißgebadet auf. Sie wünschte, der Film würde an dieser Stelle reißen. Doch die befreiten Bilder wollten laufen.

Sie taumelt durch verrauchte Gänge. Ihre nackten Füße klatschen auf den Estrich. Zwei Silben zerstampfen ihr Hirn. Ein Hustenanfall wirft sie zu Boden. Der Weg zur großen Bühne ist versperrt. Sie rafft sich auf und stolpert in die andere Richtung weiter. So lange sie noch Stimme hat, stößt sie die zwei Silben hervor. Die einzige Antwort bleibt Flammengeheul.

Flirrende Hitze schlägt ihr entgegen. Die hintere Wand der Probebühne hat sich bauchig gewölbt. Sie schließt die Augen. Zum letzten Mal keucht sie die zwei Silben. Verzweifelter Instinkt treibt sie in den glühenden Saal hinein.

Die Kanten der Regiebücher schneiden ihr in die Arme. Plötzlich ist es viel zu kalt. Sie kauert auf einem Koffer. Es ist ihr Koffer. Sie weiß nicht, wie er ins Freie gelangt ist. Fremde Männer in Uniformen stehen um sie herum. Ihr wird schwindelig. Sie drückt die Bücher noch fester an sich. Sie gräbt die Zehen in den Wiesengrund. Ot-to, murmelt sie immer und immer wieder, Ot-to.

Cora griff mechanisch nach der Rotweinflasche neben ihrem Bett. Die Regiebücher hatte sie damals noch retten können. Otto nicht.

Sie stapft auf der ausgebrannten Bühne umher. Ihre Gummistiefel schmatzen im Löschwasser. Über ihr hängt nackter Himmel. Das Feuer hat aus der Bühne eine Mondlandschaft gemacht. Sie wandert an schwarzen Kratern, schwarzen Kulissengebirgen, schwarzen Metallstümpfen vorbei. Alles ist bedeckt mit feinem Aschenschnee.

Vor einem wirren Trümmerhaufen bleibt sie stehen. Sie geht in die Knie. Sie hat gefunden, was sie nicht hat finden wollen. Mit klammen Fingern zieht sie die verblichenen Überreste von Wotans eingeschmolzenem Göttermantel aus dem Schutt.

Cora stürzte einen hastigen Schluck hinunter. Der Rotwein lief ihr übers Gesicht.

Der Mantel hätte in jener Nacht nicht auf der Bühne sein dürfen. Kostüme wurden nach jeder Abendprobe in die Schneiderei oder den Hausfundus zurückgebracht. Daß sie den Mantel trotzdem auf der Bühne gefunden hatte, konnte nur eins bedeuten. Jemand hatte ihn nach der Probe wieder dorthin geschleppt. Und dieser Jemand war Otto.

Die Dramaturgin wischte sich den Wein aus dem Gesicht.

Bei einer Bauprobe war ihr der betagte Komparse das erste Mal aufgefallen. Sie hatte sich gewundert, mit welcher Andacht der zerbrechliche Greis stundenlang an Wotans Platz ausgeharrt hatte. Sie hatte das Gefühl gehabt, er wäre dort oben auf der Bühne für immer erstarrt, wenn sie ihn nicht eigenhändig nach Hause geschickt hätte.

Eines Morgens, vor einer *Walküre*-Probe, hatte sie in den Kulissen ein pfeifendes Schnarchen gehört. Sie war auf die Bühne gegangen. Und hatte den greisen Statisten entdeckt. Zusammengerollt hatte er am Fuße der Feuerburg gelegen, eingewickelt in Wotans blauen Göttermantel.

Er hatte sie angefleht, niemandem etwas zu sagen, und ihr unter Tränen versichert, Kostüm und Dekorationen stets mit größter Sorgfalt zu behandeln. Wenigstens am Ende seines langen Statistenlebens wolle er einmal wirklich wie Wotan leben.

Sie hatte niemandem etwas gesagt. Und mehr als das. Indem sie ihn gedeckt hatte, hatte sie seinen Spleen noch gefördert. Die Vorstellung, daß nachts ein falscher Wotan in den heiligen Götterpantoffeln umherschlurfte, hatte sie erheitert. Bis zu jenem Morgen, an dem die Bühne in Flammen gestanden hatte.

Cora warf die leere Weinflasche weg.

Vergeblich hatte sie die Menschenmenge nach der fragilen Gestalt durchforstet, als sich die Nachricht verbreitete, ein Cottbusser Junkie habe sich der Polizei gestellt. Unverzüglich hatte sie drei Kreuze geschlagen und Otto aus der Hölle der Brandstifter in den Himmel der unschuldigen Feueropfer entschweben lassen.

Die Dramaturgin stand auf.

Niemand hatte in den wirren Tagen nach dem Brand Otto vermißt. Erst lange nachdem die Trümmer der verglühten Bühne abtransportiert worden waren, hatte man sich kurz einmal gefragt, wohin der alte Komparse so spurlos verschwunden war.

Unruhig tigerte Cora im Zimmer umher. Sie stellte den Fernseher an und zappte sich durch die Kanäle.

Bei einem Überfall auf einen Frankfurter Juwelierladen hatten zwei schwer bewaffnete Täter Schmuck im Wert von drei Millionen Mark erbeutet. Anonyme Alkoholiker befreiten sich mit Hilfe ihrer Talkmasterin aus der Anonymität. In Kanada waren diesen Sommer bereits zwölf Waldarbeiter bei Waldbränden ums Leben gekommen. Irgendeine Extrawindel machte irgendeinen Babypapa extraglücklich. Unter blutrotem Gewitterhimmel mähte Arnold Schwarzenegger schleimige Marsmonster nieder.

Cora holte eine neue Flasche aus der Küche und legte sich wieder aufs Bett.

Drei Tage lang hatte sie sich damals besoffen. Am ersten Tag hatte sie dem Cottbusser *deus ex machina* gehuldigt, der jegliche Mitschuld von ihr genommen hatte. Am zweiten Tag hatte sie Otto aus ihrem Gedächtnis gelöscht. Am dritten Tag war der Opernbrand zum Flammenschwert aufgestiegen, das ihr das Schicksal gesandt hatte, um ihre verfahrene Biographie zu bereinigen.

Arnold Schwarzenegger rutschte einen staubigen Vulkankegel hinunter. Er faßte sich an die Gurgel.

Cora setzte die volle Flasche an.

In den Monaten vor dem Brand hatte ihr Leben zu gären begonnen. Die weiten Augen, mit denen sie Wagner früher gelauscht hatte, hatten sich argwöhnisch verengt. Alexander, ihre erste große Liebe, hatte sich als letzte große Liebe entlarvt. Der Ring war ihr zum Mühlstein geworden. Täglich hatte sie sich von ihrem alten Leben weiter entfernt, ohne es abstoßen zu können.

Auf dem Bildschirm quoll Arnold auf. Die Augen traten ihm aus den Höhlen.

Erst der Opernbrand hatte der zähen Drift ein Ende gesetzt. Keine vier Wochen später war sie aus Frankfurt weggezogen, hatte Alexander sich von ihr, und sie sich von Wagner getrennt.

Cora schwang sich aus dem Bett. Barfuß tappte sie auf den Balkon hinaus.

Auf dem Messeturm leuchtete nur mehr die Ruine einer Pyramide. Jeden Tag verglühte eine weitere Neonröhre. In einem Monat würde der Stolz des nächtlichen Frankfurt vollständig erloschen sein.

Die Dramaturgin schloß die Augen.

Als Flammenschwert hatte der Opernbrand versagt. Er hatte sie von gar nichts befreit. Allzu deutlich hatten ihr die letzten Wochen vorgeführt, wie sie noch immer von den Dingen hingerissen wurde, die sie seit jener Nacht hingerichtet glaubte.

Cora ließ die Weinflasche über dem Abgrund pendeln.

Als Flammenschwert hatte der Opernbrand versagt. Und untaugliche Schwerter mußte man zerschlagen.

Dritter Aufzug

»Wirr wird mir,
seit ich erwacht:
wild und kraus
kreist die Welt!«

Erda, *Siegfried*, 3. Aufzug

38

Hans von Gluck hauste in Brombach. Das ausgestorbene Nest am Rande des Hinter-Taunus brütete in der unerwartet ausgebrochenen Sommerhitze. Seit Tagen schrillte die Dunstglocke über dem Rhein-Main-Gebiet Smogalarm. Der ehemalige Technische Direktor der Frankfurter Oper saß auf der Terrasse seines baufälligen Domizils und blätterte in der neuesten Ausgabe der *Bühnentechnischen Rundschau*. Seine neun Bassets lagen im Vorgartengras. Sie übten sich in der hohen Kunst, einander mit minimalem körperlichen Aufwand maximal auf die Nerven zu gehen.

Hans von Gluck ließ die Zeitschrift sinken. Das Schmerzensgejaule hatte ein Ausmaß erreicht, das ihm nicht einmal mehr gestattete, ungestörte Lektüre zu simulieren. Der kleine Mann rückte seine kombinierte Fern- und Lesebrille zurecht. Die Quelle des Wehlauts konnte er dennoch nicht erkennen. Die flachen Hunde verschwanden in der ungemähten Wiese.

»Himmelherrgottsakra!« Der Direktor a. D. rappelte sich aus seinem Klappstuhl hoch.

»Sagts amol, seids ihr vollkommen deppert«, fluchte er, als er die Lage überblickte. »Grimgerde! Schwertleite! Aus!« Zwei der Bassetdamen hatten sich je ein Ohr ihrer ältesten Schwester ins Maul geklemmt und spielten Tauziehen. »Nix ois Ärger hot ma mit euch«, brummte er und befreite seine liebste Hündin aus den Fängen ihrer Schwestern.

Cora Starneck lehnte am Jägerzaun. Fast zwei Stunden hatte sie gebraucht, um vom Bahnhof des nächstgrößeren Dorfes durch den Wald hierher zu wandern. Ihr Hemd triefte, sie stank, und ihre Füße hatten Blasen.

»*Hojotoho*«, grüßte sie trotz allem guter Dinge.

Hans von Gluck hob den kahlen Schädel. Die eingefallenen Züge begannen zu leuchten. Mit Brünnhilde auf dem Arm hinkte er durchs Gras. Die alte Bassetdame lüpfte die Ohren.

»Ja Servus, Mädel«, polterte er Cora entgegen. »Guat schaust aus.« Über verrottetes Gatter und Hündin hinweg drückte er sie an sich. Er reichte Cora bis kurz unters Kinn.

Die Dramaturgin erwiderte die windschiefe Umarmung. »Schön, dich zu sehen, Hans«, sagte sie immer noch kurzatmig, »es gibt so viel zu erzählen.«

»Kumm eini!« Er winkte sie zum knarzenden Tor herein. Arm in Arm zuckelten sie auf die Veranda zu. Die Sonne brannte.

»Mei, is des ois lang her«, seufzte er, »urlang.« Er rückte seinen Klappstuhl in den Schatten.

Cora fuhr sich durch die verschwitzten Haare. »Hans, mußtest du deinen verdammten Alterswohnsitz wirklich am hintersten Ende der Welt aufschlagen? – Ich bin total verdurstet.«

Der kleine Mann griente. »Im Eisschrank liegt a halbe Brauerei. Nur sei so gut, und hol dir selber was«, sagte er. »Die Küch is links. – Na ja, und wennst schon gehst, kannst mir auch gleich a Floschn mitbringen.«

In dem niedrigen Raum war es dämmrig. Auf dem

Herd stand ein Kessel mit braunen Eintopfresten. Neben dem Herd hing ein altes Plakat der Frankfurter Oper. DIE TROJANER KOMMEN. Wehmut ließ die Dramaturgin stehenbleiben.

»Findst dich z'recht«, fragte die Stimme des Direktors a. D. aus dem Garten.

Cora wischte sich übers Gesicht. »Ja, ja«, rief sie nach draußen. Sie öffnete den Kühlschrank und entfernte einige Schinkenscheiben, die auf den gestapelten Bierflaschen festklebten.

Ihr Blick wanderte zu dem Plakat zurück. DIE TROJANER KOMMEN. Jahrelang hatten diese drei schwarz auf rot gestanzten Worte auch über ihrem Bett gehangen. Als sie Frankfurt damals verlassen hatte, hatte sie das Plakat zum Müll geworfen.

Sie blinzelte, als sie wieder ins gleißende Licht hinaustrat. Der Direktor a. D. hatte es sich mit Brünnhilde im Schatten bequem gemacht. Cora drückte ihm eine der Bierflaschen in die Hand. Sie prosteten sich zu.

»Mei, is des ois lang her«, seufzte er zum zweiten Mal an diesem Nachmittag. Cora stürzte ihr Bier hinunter. Er betrachtete seine Flasche, ohne zu trinken. Eine fette Hummel brummte über seiner Glatze.

»Läufts gut, bei den Proben«, fragte er. Der Versuch, desinteressiert zu klingen, mißlang.

Die Dramaturgin setzte schnaufend ihr Bier ab. »Für eine Reanimation ist es ganz ordentlich«, sagte sie und lächelte. Sie rülpste. Brünnhilde blickte sie traurig an.

»Gott, was war des für a Wahnsinnsproduktion.« Der einstige Technische Direktor malte Kringel auf seine beschlagene Flasche. »I kann mich noch guat erinnern«, sagte er versonnen. »Ganze Nächte lang hob i mit Alexander rumg'werkelt, an diesem verrückten Bühnenbild. Nix ois Wölbungen: konvex, konkav, flache Rundung, Kugel-Rundung. Mei, was hamma an diesem verflixten Götter-Boden rumg'tüftelt. Sogar mit am Schiffsbauer in Lübeck hob i g'sprochen, bis ma den richtigen Dreh raushatten. Jetzt noch hob i an regelrechtes Kurven-Trauma. I krieg schon an Herzinfarkt, wenn i mei eigene Glatz im Spiegel seh.« Er gluckste. Die Hummel verschwand.

»Hobts ihr ois wieder so aufbaut, wies war«, fragte er beinahe schüchtern.

Die Dramaturgin schaute ihn herzlich an. »Im großen und ganzen ist alles beim alten. – Nur eines hat sich wirklich verändert: Es gibt kein echtes Feuer mehr. Im ganzen Ring brennen die Flammen nur noch auf Monitoren.«

Hans von Gluck beugte sich neugierig nach vorn. Brünnhilde jaulte auf seinem Schoß. »Und wie hobts ihr des dann beim Weltenbrand g'macht«, wollte er wissen.

»Die Halle der Gibichungen ist immer noch diese nach vorn hin offene, halbe Rotunde, du erinnerst dich?« Er nickte heftig.

»So weit ist also alles geblieben, doch statt der einfachen Glasquader, aus denen die Mauern damals gebaut waren, verwenden wir jetzt Bildschirme. Der gesamte Prospekt ist aus Monitoren errichtet. Es ist sozusagen eine riesige gekrümmte Videowand. Das Feuer beginnt unten und klettert langsam höher. Am Schluß lodern Flammen auf allen Kanälen.« Sie lächelte schwach. »Ich bin nicht so sicher, ob Alexander da tatsächlich eine gute Idee hatte, aber gespannt bin ich trotzdem, wie es aussehen wird. – Wenn wir es irgendwann mal sehen werden«, fügte sie hinzu. Ihr Lächeln flaute weiter ab.

»Ich glaube, du bist derjenige, der uns bei dieser Produktion am meisten fehlt, Hans«, sagte sie leise. »An diesem Haus ist der Voll-Dilettantismus ausgebrochen, seitdem du nicht mehr da bist. Seit Monaten pfuschen die jetzt schon an der neuen Bühnentechnik rum, und es funktioniert immer noch nichts. Gerade vor ein paar Tagen mußten wir wieder eine Beleuchtungsprobe abbrechen, weil die ganze Maschinerie Amok lief. Die Scheinwerfer spielten Lichtorgel, und die Drehbühne fuhr Geister-Karussell.« Sie leerte die Bierflasche und lehnte sich seufzend zurück.

Hans von Gluck kraulte Brünnhilde. »I würd ja schon für mein Leben gern amol vorbeischauen, was aus unserm oiden Ring g'worden is, aber –« Er spuckte aus, und seine Stimme wurde rauh, »eher loß i mich totschlagen, als daß i noch amol an Fuß über diese Schwelle setz.« Brünnhilde verkroch sich ängstlich unter ihren Ohren.

Der Direktor a. D. begann zu zittern. »Zwanzig Jahre lang hob i nur für dieses Haus g'lebt, hob die oide Schachtel mehr g'liebt ois mei eigene Mutter, und dann holen's diesen Strizzi her, der denkt, er könnt mir Vorschriften machen. Kann an Hubzug net von am Einfahrtzug unterscheiden und will mir sagen, wie ma an technischen Apparat z' leiten hat. An *Kantinenintendanten* hat er mich g'nannt, dieser Lackaff!«

Cora seufzte mitfühlend. »Elli hat mir die ganze Geschichte erzählt«, sagte sie. »Daß im Kulturbetrieb Inkompetenz nicht vor Karriere schützt, das ist mir ja nun schon länger klar. Aber warum man ausgerechnet diesen Preuss immer wieder auf solche Posten hievt, auf denen er sich noch dümmer verdienen kann, als er ohnehin schon ist, das werde ich wohl nie begreifen. – Warts ab, in zwei Jahren hat er auch die Frankfurter Oper zu Tode saniert, erklärt dann, daß seines Bleibens im Amte nicht länger sei und streicht dafür die nächste Abfindungs-Million ein.« Sie schüttelte den Kopf. »Dieser Mann ist das größte schwarze Loch, das das deutsche Subventions-Universum je hervorgebracht hat.«

Hans von Gluck tat so, als hätte die Dramaturgin nicht zu ihm, sondern zu den verstummten Waldvögeln gesprochen. Er suchte Brünnhildes Ohren nach Flöhen ab.

»Cora, warum bist du zu mir gekommen«, fragte er plötzlich mißtrauisch. »Du bist doch bei dieser mörderischen Hitz nicht einfach so wegen am Schwatz hier rausgefahren. Sollst mich zurückholen?«

Die Dramaturgin schüttelte entschieden den Kopf. »Nein. Das ist es nicht. Natürlich würde ich mich wahnsinnig freuen, wenn du wieder mit uns zusammenarbeiten würdest. Aber ich weiß, daß jeder Versuch, dich umzustimmen, hoffnungslos wäre. Es sei denn, ich verspreche dir, Preuss kaltzumachen. – Trotzdem hast du recht«, gab sie nach einer abwartenden Pause zu. »Ich bin tatsächlich nicht einfach so hier. Ich wollte mit dir über den Opernbrand reden.«

Hans von Gluck blickte sie ehrlich verwundert an. »Wie kommst denn jetzt da drauf?«

Brünnhilde witterte Unheil.

Cora setzte ein unverfängliches Lächeln auf. »Elli hat mich wieder draufgebracht«, sagte sie. »Irgendwie hat sich die Gute in die Idee verrannt, unser Ring sei verflucht. – Wir hatten da noch einige weitere Pannen in den letzten Wochen«, fügte sie erläuternd hinzu. »Natürlich ist das mit dem Fluch Quatsch, aber je länger ich über den Brand nachdenke, desto sicherer bin ich mir, daß wir nicht wissen, was damals wirklich passiert ist.«

Der Direktor a. D. lockte Brünnhilde wieder unter ihren Ohren hervor. »Wozu die oiden Leichen ausscharren«, murmelte er. »Das Gras über der G'schicht ist doch schon höher g'wachsen als das hier im Garten.«

Cora schob die feuchten Hemdsärmel hoch und kratzte sich am Ellbogen.

»Es gibt da etwas, worüber ich bisher noch mit keinem gesprochen habe«, begann sie zögernd. Sie fixierte die leere Bierflasche. »Otto – du erinnerst dich – unser alter Komparsen-Otto, ist damals jede Nacht in der Oper herumgegeistert. Als Wotan. Ich habe als einzige davon gewußt. Und ich habe ihn machen lassen. Ich hätte meine Hand dafür ins Feuer gelegt, daß er der unschuldigste Irre an diesem ganzen Theater gewesen ist.« Sie dämpfte ihre Stimme. »Leider bin ich sicher, daß er auch in jener Nacht auf der Bühne war. – Meinst du, er könnte es gewesen sein?«

Der Direktor a. D. guckte widerwillig erstaunt. »Ah, geh«, brummte er und winkte ab.

Cora funkelte ihn wütend an. »Hans, wenn du meine Geschichte mit Otto für Unsinn hältst, dann mußt du die Geschichte vom Junkie mit den Zündhölzchen für noch viel größeren Unsinn halten. – Mit einem Hemd und einer Zeitung will der Kerl dieses Riesen-Feuer gelegt haben! Und rein zufällig hat er im Stockdunkeln vom Erdgeschoß zur Hauptbühne und wieder zurück gefunden!

Kein einziger der Brandmelder im Bühnenbereich hat funktioniert! Der Alarm kam von einem Gerät im Zuschauerraum – wo es nie gebrannt hat! Das ist doch alles komplett hanebüchen!«

Hans von Gluck räusperte sich gedehnt. »Jetzt amol langsam.«

Zur besseren Konzentration legte er die Handflächen aneinander. »Ganz so, wie du sagst, wars ja nicht. Erstens: Bei der Rekonstruktion von dem Tathergang hat sich herausgestellt, daß der Bursch das Feuer am Orchestergraben gelegt hat. Und der ist, wie du ja selbst weißt, gleich im Erdgeschoß. Zweitens: Wenn er das Feuer am Orchestergraben gelegt hat, kanns problemlos über die Holzverkleidungen zur Bühne hochgeklettert sein. Der Orchestergraben war übrigens einen Meter hochgefahren. Da muß dann nur noch a bißerl Funkenflug dazugekommen sein – was bei der Thermik nahezu sicher ist –, und schon haben die Dekorationen gebrannt. Durch den erhöhten Druck haben sich die Rauchklappen im Bühnenturm geöffnet, und damit gabs an wunderbaren zweiunddreißig-Meter-Kamin. Drittens: Die Feuermelder im Bühnenbereich waren damals koa Ionisationsmelder wie im Zuschauerraum, sondern allesamt Wärmemelder. Es kann also sein, daß die Ruhestromleitungen in der Unterbühne schon abgelötet waren, bevor sich oben überhaupt an Hitzestau bilden konnte.«

»Kann sein! Kann sein«, brauste die Dramaturgin auf, nachdem sie dem technischen Vortrag angestrengt gelauscht hatte. »Hans! Du brauchst nicht den verdammten Pressesprecher der Feuerwehr zu spielen! – Ich war doch damals bei der Begehung dabei, wo du uns stolz erklärt hast, wie wenig der Bühnenboden und die Kulissen am Brand beteiligt gewesen waren. Sogar Wotans elender Asbest-Feudel hat irgendwie überlebt! Und dann sollen es unsere Dekorationen gewesen sein, die als erstes Feuer gefangen haben?«

Hans von Gluck erhob sich mühsam. Brünnhilde rutschte von seinem Schoß.

»Wenn in Frankfurt an oider Kasten brennt, frag z'erst, auf was für am Grundstück er steht«, murmelte er. Er setzte die Hündin auf seinen Arm und hinkte zur offenen Tür.

Über dem schrägen Dach glühte die Sonne.

»Auf was für einem Grundstück steht die Oper«, rief Cora ihm hinterher.

Doch sie erhielt keine Antwort mehr. Der einstige Technische Direktor war mit Brünnhilde im Haus verschwunden.

39

Die Ensembleprobe im GMD-Zimmer ging zu Ende. Bariton hatte allein, Bariton hatte mit Baß, Bariton hatte mit zwei Bässen, Tenor hatte mit Tenor, Tenor hatte allein, Tenor hatte mit Baß, Bariton hatte mit Tenor, abermals hatte Tenor mit Tenor, und schließlich hatte Tenor mit Sängerknabe gesungen.

Benito Bellini schüttelte sich selbst die Hände. »Danke, meine Herren, danke«, sagte er. »Ich glaube, wir haben heute ein gutes Stück Arbeit geleistet.«

Alberich, Wotan, Fafner, Mime, Siegfried und das Waldvöglein klappten ihre Klavierauszüge zu. Das Lob des Dirigenten ließ die postcantale Erschöpfung in

Übermut umschlagen. Während die fünfeinhalb Sänger ihre Noten, Handtücher und sonstigen Probenutensilien zusammenräumten, zogen sie einander mit immer lauteren Scherzen auf.

Das Waldvöglein hatte Wotans Handy stibizt und spielte Gespräch nach Übersee. Als der Gott es entdeckte, rannte es kreischend zur Tür hinaus. Unter dem einmütigen Gelächter der anderen stürmte Wotan hinterher.

Der Maestro nahm von dem Schabernack um ihn herum keine Notiz. Mit pointierten Gesten redete er auf den musikalischen Assistenten ein, der die Probe am Flügel begleitet hatte. Er beugte sich über die Tasten und schlug eine rasche Folge schärfer werdender Dissonanzen an. Der junge Mann schürzte skeptisch die Lippen. Eindringlich wiederholte der Maestro die chromatischen Modulationen. Erst als er ein gebrochenes *Auf Wiedersehen* hörte, schaute er auf.

»Slawomir, würdest du bitte einen Moment dableiben«, rief er dem polnischen Sänger zu, der gerade das Zimmer verlassen wollte.

Er klopfte seinem Assistenten auf die Schulter. »Geh nur, Patrice. Ich denke, ich brauche dich jetzt nicht mehr. – Aber schau dir die Stelle im *Rheingold* an. Du wirst sehen, ich habe recht.«

Zögernd näherte sich Slawomir Wolansky dem schwarzen *Bechstein*.

Der Maestro lächelte ihm zu. »Ich würde gern noch einmal deine ersten Takte durchgehen.«

»Nicht gut«, fragte der junge Sänger betreten.

»Nein, nein, du warst *molto bravo*«, beruhigte ihn Bellini. »Es sind nur ein paar Kleinigkeiten, die ich gern noch ein wenig polieren würde.«

Slawomir Wolansky stellte seine Tasche ab und holte Klavierauszug und Bleistift wieder hervor. Benito Bellini schwang sich an den Flügel, drehte an der Klavierbank herum und lockerte seine Finger. Der Assistent winkte kurz zum Abschied und zog, nachdem auch die beiden Tenöre in den Gang hinausgetreten waren, die Tür zu. Maestro und Bariton waren allein.

»Bist du soweit? Ich beginne acht Takte vor Einsatz«, sagte Bellini und ließ bereits das erste Fafnermotiv über die dicken Metallsaiten hinweggrollen. Als die Auftaktsechzehntel in die notorischen Vernichtungssynkopen übergingen, nickte er dem Sänger zu.

»*In Wald und Nacht vor Neidhöhl halt ich Wacht*«, sang Slawomir in lastenden Tonwiederholungen.

»*Aspetta!* Zwei Sachen sind hier ganz wichtig«, unterbrach ihn der Dirigent sanft. »Laß dich von den Synkopen im Orchester nicht dazu verführen, zu spät einzusetzen. Du darfst hier auf gar keinen Fall schleppen. Du mußt immer mit den vollen Taktzeiten dagegenhalten, *d'accordo?*«

Der Sänger nickte und markierte die betreffenden Noten mit Bleistiftstrichen.

»Und dann ist es ganz wichtig, daß du am Anfang, bei *In Waaald und Naaaaacht vor Neid –*«, sang Bellini und griff dazu wieder in die Tasten, »daß du das Dis nicht zu hoch ansetzt. Es ist die übermäßige Sekund. Oder hier im verminderten Dreiklang die kleine Terz. Die Reibung C-Dis muß ich hören. *Va bene?* Laß uns noch einmal anfangen.«

»*In Wald und Nacht vor Neidhöhl halt ich Wacht*«, sang Slawomir wieder und machte weiter, als er von Bellini ein aufmunterndes Lächeln empfing. »*Es lauscht mein*

Ohr, mühvoll lugt mein Aug. Banger Tag, bebst du schon auf? Dämmerst du dort durch das Dunkel her?«

Der Dirigent hatte die Tremoli der letzten Takte blind gespielt. Fest hing sein Blick an dem jungen Sänger. Stumm formten seine Lippen die Worte mit.

»*Grazie*«, sagte er und faltete die Hände im Schoß. »*Basta così*. Sehr gut, Slawomir, sehr gut.« Er nickte anerkennend. Der Sänger errötete.

Bellini schmunzelte und schaute in seinen Klavierauszug zurück. »Vielleicht könntest du auf *Waaaaaacht* noch ein wenig *crescendo* geben«, schlug er vor. »Nicht übertreiben, aber laß den Ton ein bißchen schwellen. – *Si, così è perfetto.*« Er klappte seine Noten schwungvoll zu. »Deine Aussprache ist seit *Rheingold* viel besser geworden«, lobte er.

Der Sänger strahlte. »Reginald hat beigebracht.«

»So? Reginald.« Ein plötzlicher Kälteeinbruch ließ Bellinis Lächeln gefrieren. Er wandte den Kopf ab. »Ja, man kann viel lernen von Reginald«, sagte er bitter. »*Sa tutte le maliziette, il bastardello!*«

Nach einer unmäßig langen Pause blickte er den Sänger wieder an. Die Augen brannten in dem erkalteten Gesicht.

Slawomir Wolansky rieb nervös die Finger. »Ich nicht gut verstehe«, sagte er.

»Ich glaube, du verstehst sehr gut«, flüsterte der Maestro zwischen den Zähnen und stand auf. Er stieß das Notenpult zur Seite. Noch während der Klavierauszug zu Boden flatterte, packte er den Sänger und küßte ihn auf den Mund.

Seine Hände fanden weder Widerstand noch Entgegenkommen, als sie das Hemd aufrissen und an der unbehaarten Brust hinabkletterten. Vergeblich bemühte sich seine Zunge, der fremden Mundhöhle ein Echo zu entlocken. Der junge Bariton war in Duldungsstarre gefallen.

Bellini drückte ihn fester an sich. Sein Blick glitt über Slawomirs Schulter hinweg ins Leere. Ein seltsames Portrait, das er noch nie in seinem Zimmer gesehen hatte, ließ ihn stutzen. Hände klammerten sich an einen abweisenden Rücken. Erloschene Gesichtszüge starrten ihm entgegen.

Der Dirigent schloß die Augen. Es war der Spiegel, der seit den letzten Proben mit Jessica Johnson-Myer dort an der Wand lehnte.

Wie betäubt rutschten seine Arme von dem Sänger herunter. Er drehte sich um.

Schwarz glänzte der *Bechstein*.

»Geh nur«, sagte er leise. »Geh.«

40

»Elli, hör dir das an!« Cora schüttelte die zerfledderte Zeitung auf. Der Kantinentisch versank unter dem vergilbten Papier, das sie letzte Nacht aus dem Archiv der einstigen Dramaturgie entführt hatte.

»Der gebürtige Cottbusser war einen Tag vor der Brandstiftung von einer Reise nach Sri Lanka auf dem Rhein-Main-Flughafen angekommen«, las sie deklamatorisch vor.

An den Nachbartischen saßen Orchestermusiker mit Ohren wie Satellitenschüsseln.

»Die Zustände, die der ehemalige Küchenhelfer in dem

Land, das für ihn stets ›das Paradies‹ gewesen war, tatsächlich vorgefunden hatte, seien für ihn ›eine unvorstellbare menschliche Enttäuschung‹ gewesen. Ziellos, ohne Geld irrte Karsten D. durch Frankfurt, bis er in der Nacht zum fünften April gegen zwei Uhr durch ein gekipptes Fenster in das Opernhaus einstieg – angeblich im Glauben, es handle sich um ein Bürogebäude. – Na ja, wenigstens zum Zukiffen muß das Geld ja noch gereicht haben«, fügte sie etwas leiser hinzu.

»*Nachdem er dort*«, machte sie im vorherigen Ton weiter, »*außer einigen Spirituosen nichts zu essen fand, entfachte er in einem Nebenraum der Bühne ein kleines Feuer. Während die Löscharbeiten auf Hochtouren liefen, war unter den Zuschauern auch Karsten D. Erst in diesem Augenblick, behauptet er, sei ihm klar geworden, daß es ein Opernhaus war, das er angesteckt hatte. Gegen sechs Uhr dreißig meldete er sich schließlich von einer Telefonzelle im Gerichtsviertel aus beim Notruf der Polizei. ›Ich bin mit der Welt fertig, deshalb habe ich die Oper angezündet.‹*« Cora warf die Zeitung auf den Tisch.

Die Musiker starrten angestrengt auf ihre Teller. Elli Schubert fingerte an ihrem Schnapsglas herum.

Cora fischte ein anderes Blatt aus dem Papierwust. »Wenn ich mir die Prozeß-Berichte so anschaue, tut es mir richtig leid, daß ich damals nicht dabei war«, sagte sie. »Klingt, als ob es eine ziemlich spaßige Veranstaltung gewesen wäre.« Sie strich die angefressene Seite glatt.

»*In seinem letzten Wort entschuldigte sich Karsten D. ›bei allen Frankfurtern und allen Kulturmenschen dieser Stadt‹ für seine ›große Dummheit‹. Auch wenn er den*

Schaden nicht wiedergutmachen könne, so wolle er doch die Honorare des Buches, das ein Schriftsteller über ihn schreiben wolle, zur Verfügung stellen«, las Cora laut für Elli.

Auf den Tellern der Musiker wurden die Frikadellen immer kälter und härter.

»*Der Gedanke an den Brand quält mich, wie wenn ich ein Kunstwerk vernichtet hätte, ich bin doch selbst ein Opernfreund und wollte sogar mal ein Libretto schreiben.*« Sie grinste kurz und wühlte wieder in den Zeitungen. »Wart mal, dazu hab ich noch was Schöneres entdeckt. – Ah ja, hier: *Karsten D. schreibt in der Justizvollzugsanstalt Preungesheim an seiner Ballade ›Der Stern von Kalibur‹. Er möchte sie gerne dem Oberbürgermeister von Frankfurt als eine ›moralische Wiedergutmachung‹ zur Verwertung anbieten.*«

Die Souffleuse wiegte beeindruckt das Haupt. »Wurde ja damals mächtig viel geschrieben in dieser Stadt«, sagte sie. »Schade, daß man später nix mehr davon gehört hat.«

Mit einer unkontrollierten Geste fegte Cora die Blätter vom Tisch. »Es ist doch nicht zu glauben, daß keinem von diesen Pressefritzen aufgefallen ist, was sie da selbst für einen Unsinn zusammengeschrieben haben. Irgendwann Mitte April gab es noch ein, zwei höflich skeptische Artikel über die *Ungereimtheiten der Brandnacht*, und danach war das Thema wie vom Erdboden verschluckt.«

Elli Schubert zuckte die Achseln. »Was wunderts dich«, sagte sie. »Wer hätte sich denn dafür interessieren sollen? Unsere Frankfurter Chefzeitung vielleicht? Die Jungs im kleinen Dunkelblauen kommen doch von ihrem Traumschiff erst wieder runter, wenns hier ne Runde Freikarten für die Eröffnungspremiere gibt.« Sie lockte letzte Tropfen aus ihrem Glas. »Und die Schmocks, die hierzulande hauptberuflich hinter Skandalen her sind, die haben auch hauptberuflich mit Oper nix am Hut. Die haben sich höchstens eins gegrinst, wie sie gehört haben, daß ein verkorkster Ossi die Frankfurter Oper samt Ring abgefackelt hat.«

Die Dramaturgin stützte das Kinn auf die Faust. »Ich verstehe es trotzdem nicht«, brummte sie. »Nach Frankfurter Spekulatius haben sich die Medien doch bisher noch immer die Finger geleckt.«

Elli schaute sie mißtrauisch an. »Spekulatius«, sagte sie und lüpfte die Oberlippe.

Cora rückte ungeduldig mit dem Stuhl. »Laß uns die ganze Geschichte zur Abwechslung mal mit nüchternen Augen betrachten. Dann sieht es doch schwer danach aus, als ob eine der berühmten Frankfurter Immobilien- oder Grundstücksschweinereien dahinterstecken würde.«

Die Souffleuse zog ihre Oberlippe noch höher. »Wie kommstn darauf?«

»Hans hat mir den Tip gegeben«, sagte Cora und tauchte unter den Tisch. Sie raschelte mit den am Boden verstreuten Blättern. »Und ich habe auch tatsächlich einen Artikel gefunden, der wunderbar dazu paßt.«

Schallendes Gelächter ließ die Musiker am Nachbartisch zusammenfahren. Die Dramaturgin schlug sich den Kopf an der Tischplatte an. »Aua. Was ist denn jetzt los?«

»Hans hat dir den Tip gegeben, daß hinter dem Brand eine Immobilienschweinerei steckt? Ausgerechnet

Hans?« Die Souffleuse klatschte sich auf die Schenkel. »Der alte Knochen hat wirklich Sinn für Humor.«

»Würde es dir was ausmachen, mich an deiner Heiterkeit teilhaben zu lassen«, sagte Cora leicht verschnupft.

Elli wischte sich Tränen aus den Augen. »Wenn du mal ein bißchen die Ohren aufsperrst, würden dir die Wände hier vielleicht erzählen, daß hinter dem Brand eine Versicherungsschweinerei steckt«, sagte sie laut.

Die Musiker am Nachbartisch begannen unisono, an ihren Frikadellen zu sägen.

»Ja und? Was hat das mit Hans zu tun?« Cora rieb sich die Stirn.

Die Souffleuse schaute sie gönnerhaft an. »Na, wenn sich hier einer auskannte im Haus – mit all seinen kleinen Sicherheitsmängeln und brenzligen Stellen –, dann wars Hans. Und Hans hat damals hier im Haus gewohnt. Und –« Sie bleckte das vergilbte Gebiß, »Hans hatte in seinem Apartment einen Brandmelder.« Sie hob die Hand, um Coras heftig eingesogenen Atem zu stoppen, bevor er sich in Widerspruch entlud.

»Unsere altehrwürdige Riesen-Drehscheibe kippte damals langsam ausm Lot«, sagte sie gedankenvoll. »Die ganze Unterbühne war marode, die Obermaschinerie völlig überholt. Wär doch möglich, daß Hans in jener Nacht gemerkt hat, daß an der Bühne ein kleines Feuerchen brannte. Und wär doch weiter möglich, daß sich Hans gefragt hat, warum aus nem kleinen Feuerchen nicht gleich ein großes Feuerchen werden soll. So schnell und billig hätt er seine neue Technik nie wieder gekriegt. Hat ja damals noch nicht ahnen können, daß Preuss & Co. ihm einen Arschtritt verpassen würden.

»Unsinn«, fauchte Cora nun doch dazwischen.

Elli Schubert lächelte nachsichtig. »Schätzchen, der ganze technische Klimbim, den die beim Wiederaufbau hier reingeklotzt haben, der hat mehr als hundert Millionen gefressen. Verrätst du mir, wer die hätt zahlen sollen – außer einer Versicherung.«

Die Dramaturgin schlug auf den Tisch. »Elli, red keinen Stuß«, herrschte sie die Souffleuse an. »Erstens hätte es Hans sowieso nie übers Herz gebracht, diesem Haus auch nur eine einzige Schraube zu krümmen. Dafür hat er es viel zu sehr geliebt. Und zweitens hätte es Hans im besonderen nicht übers Herz gebracht, die Bühne abzufackeln, während seine mühsam zusammengenagelten Dekorationen dort auf ihre Premiere warteten. Kannst du dich nicht mehr erinnern, wie Hans an jenem Morgen ausgesehen hat? Wir haben doch alle Angst gehabt, der springt uns gleich in die Flammen.« Sie schüttelte trotzig den Kopf. »Nein. Nein. Da ist es hundertmal wahrscheinlicher, daß einer von diesen Frankfurter Immobilien-Neros rumgezündelt hat.« Sie zeigte auf die Zeitung, die sie vom Boden gelesen hatte. »Und es gibt auch tatsächlich einen, der es damals kaum erwarten konnte, die Stadt mit seinen Bebauungsplänen für den Theaterplatz zu beglücken«, sagte sie triumphierend.

Die Messer am Nachbartisch legten eine gespannte Generalpause ein.

»Unser allseits geliebter Ober-Mäzen.« Cora spitzte die Lippen. »Zanassian. Der hatte seine Bauklötzchen schon ausgepackt, da waren die Flammen hier noch gar nicht gelöscht. Der hat im Magistrat sein fertiges Modell für ein – wie hat er es gleich genannt«, sie schielte auf die Headline, »für ein *Multifunktions- und Multivisionszentrum* auf den Tisch geknallt, da hatten die anderen gerade erst in der Zeitung gelesen, daß ihnen das Opernhaus abgebrannt ist.«

Die Souffleuse hatte mit wachsendem Grinsen zugehört. »Ich geb dir einen weisen Rat«, sagte sie, »sei vorsichtig mit Zanassian. Der Kerl ist eine Killerqualle.«

»Eben«, bestätigte Cora und grinste nun ihrerseits. »Ich glaube, ich sollte ihn bei Gelegenheit ein wenig anpieksen. Mal sehen, was außer dem ganzen humanistischen Glibber noch rauskommt.«

41

Die Göttin hing müde in den Schaukelseilen. Ihr Kopf neigte sich auf die nachtblau verschleierte Brust. Wotan hatte seinen Hut in die Stirn gezogen. Er umkreiste die hinwegdämmernde Frau in wachsender Erregung.

Alexander Raven sprang auf. »Halt! Jochen! Halt! Wir müssen das hier gleich ganz präzise machen. Ich hoffe, daß wir nächste Woche endlich wieder unten probieren können. Aber auch wenn wir jetzt Abläufe nur markieren, heißt das nicht, daß wir schludern. – Wo fängst du an, zum letzten Mal direkt zu Erda zu sprechen?«

Der Gott spulte seinen Schlußgesang im Schnelldurchlauf ab. Der Regisseur schnipste mit den Fingern. »Gut, also bei: *Drum schlaf nun du, schließe dein Auge, träumend erschau mein Ende*, beginnt die Schaukel mit Erda zu sinken. Wotan, du stehst an diesem Loch und siehst ihr hinterher. Die ganze Zeit. Ja? Auch dann noch, wenn sie schon wieder vollständig im Boden verschwunden ist. Und was sind dann deine letzten Worte, bevor Siegfried kommt?«

Wieder spulte der Sänger und wieder hakte der Regisseur ein. »Du singst: *Hinab, hinab, zu ewigem Schlaf*, und bei *Schlaf* nimmst du deinen Speer und trennst die beiden Seile von der Schaukel durch. Ja? Kein großer Hieb, wie gegen Siegmund oder Siegfried, sondern mach es ganz sanft. Die Musik wird ja auch ganz, ganz zurückgezogen in dieser Passage. Es ist kein aggressiver Schlag, es ist mehr so ein – zwar sehr bestimmter, aber dabei unendlich trauriger Schnitt. Die Geste muß was sehr Inniges, Zärtliches haben. Verstehst du? Dein Abschied ist endgültig, aber nicht im Zorn.«

Jochen Sywoll nickte unter seinem Schlapphut. Er hantierte mit dem langen Speer herum.

Alexander Raven setzte sich wieder und zündete eine Zigarette an. Das Feuerzeug zitterte in seinen Händen. »Wir machen Wotans Schicksalsgesang noch mal von Anfang.«

Die Göttin auf der Schaukel erwachte aus ihrer Erstarrung. »Alexander«, fragte sie, »dann kann ich doch jetzt gehen, oder?«

Der Regisseur schleuderte das Feuerzeug auf den Tisch. Es schlitterte quer über die Platte und fiel zu Boden. »Nein! Du kannst nicht gehen. Du bist in dieser Szene bis zum Schluß auf der Bühne, also wirst du auch bis zum Schluß dableiben.«

Die schwarzhaarige Sängerin strich sich den Schleier aus dem Gesicht. »Hör mal, wenn du nur noch seinen Auftritt probieren willst, sehe ich wirklich nicht ein, wozu du mich hier noch brauchst. Auf der Schaukel rumsitzen kann ja wohl auch irgend jemand anderes. Ich habe heute abend ein Konzert.«

»Das ist mir vollkommen egal«, schnauzte Alexander Raven sie an. Er warf die angerauchte Zigarette weg. »Die Probe ist für dich noch nicht zu Ende. Verdammt noch mal.« Er zermalmte die Kippe unter seinen Sohlen. »Jeder glaubt hier, er kann den Hammer fallen lassen, sobald er seinen letzten Ton gesungen hat. Aber eure Stimmen gehören leider zu einem Körper. Zu einem Körper, der sich auch dann auf der Bühne befindet, wenn er keine großen Gesten oder Töne fabriziert. Diese Haltung macht mich rasend. *Auf der Schaukel rumsitzen kann ja auch irgend jemand anderes!* Das ist genau das, was der Zuschauer dann später sieht: einen Sänger, der irgendwie auf einer Schaukel rumsitzt. Wenn ihr auf der Bühne seid, müßt ihr jede Sekunde präsent sein. Ganz gleich, ob ihr spektakuläre Aktionen habt oder gar keine. Um richtig dazusitzen oder dazustehen, müßt ihr sogar eine viel größere Energie aufbringen, als um die Rampensau zu spielen. Wann kriegt ihr das endlich in eure verbretterten Sängerschädel hinein.«

Während seine Füße immer noch auf der alten Zigarette herumtrampelten, steckte er sich die nächste in den Mund. Die Hospitantin war unter den Tisch gekrabbelt, um das Feuerzeug aufzuheben. Mit einem flüchtig hingewischten *Danke* nahm er es in Empfang.

»Wir beginnen bei Wotans Schicksalsgesang«, sagte er laut. »Mit allen Beteiligten.«

Niemand wagte mehr zu widersprechen. Die japanische Korrepetitorin griff energisch in die Tasten. Der Gott faßte ein Seil von Erdas Schaukel. Die Göttin verschleierte sich verachtungsvoll.

Der Regisseur lehnte sich auf seinem Stuhl zurück. Er inhalierte asthmatisch. Sein linker Zeige- und Mittelfinger drückten der Zigarette die Luft ab. Seine rechte Hand fuhr zittrig in die Jackentasche. Edelstahl blitzte für eine Sekunde hervor.

»*Dir Unweisen ruf ichs ins Ohr, daß sorglos ewig du nun schläfst!*« Jochen Sywoll ließ sein Baßregister schwellen. Er stampfte mit dem Speer auf. »*Um der Götter Ende grämt mich die Angst nicht, seit mein Wunsch es will! Was in des Zwiespalts wildem Schmerze verzweifelnd einst ich beschloß, froh und freudig führe frei ich nun aus.*«

Die Musik stürzte sich in falschen Jubel. Heftig singend wanderte der Gott in Erdas Rücken umher. Er machte kehrt beim wütenden Ekel. Er überging des Nibelungen Neid. Stur blickte er nach vorn zur erlösenden Weltentat. Alexander Ravens Augen tränten vor Anstrengung. Seine rechte Faust krampfte sich um den funkelnden Gegenstand. Die Zigarette verschmauchte zwischen seinen Fingern.

Wie ein immer länger werdender Schatten schlurfte der Mantel hinter Wotan her. Zum letzten Mal glomm die dunkle Stimme auf. »*Was jene auch wirken – dem ewig Jungen weicht in Wonne der Gott.*«

Langsam hob Wotan seinen Speer. »*Hinab denn Erda! Urmütter-Furcht! Ur-Sorge! Hinab! Hinab!*« In effigie kappte er die Schnüre, an denen er die Göttin aus dem Bauch der Erde hervorgezogen hatte. Die unendliche Melodie riß ab.

Mit glasigem Blick starrte Alexander Raven zur Bühne. »Jochen, das war sehr gut«, murmelte er. »Wirklich. Das mußt du unbedingt behalten. Sehr gut.«

Er klärte seine angegriffene Stimme. »Kurze Pause! Wir machen in zehn Minuten mit der Szene Wotan/Siegfried weiter.«

In sich verkauert, blieb er am Tisch sitzen, während die anderen in Richtung Kantine davoneilten. Er überhörte Gwendolyn, die ihn fragte, ob sie ihm einen Kaffee mitbringen solle. Er übersah Erda, die erhobenen Kopfes an ihm vorbeirauschte. Er merkte es nicht, als der glühende Zigarettenstummel zu Boden fiel. Mit einem widerwilligen Ruck zog er die Hand aus der Tasche. Seine zitternden Finger hielten einen Flachmann.

Die japanische Korrepetitorin schien am Flügel festgewachsen. Der Regisseur warf ihr erbitterte Seitenblicke zu. Unbeirrt schnurrten die Finger über die Tasten. Mit einem ungehaltenen Ruck wandte er sich ab und legte den Kopf in den Nacken.

Die Dramaturgin kam auf die Probebühne geschlendert. Lautlos pirschte sie an das Regiepult heran.

Alexander Raven fuhr zusammen. Wodka rann ihm übers Kinn.

»Wie schön, daß man dich auch mal wieder bei einer Probe sieht«, knurrte er. Er versenkte den Flachmann, noch bevor er sich die Zeit nahm, über den Mund zu wischen.

Cora grinste still vor sich hin. Sie entdeckte den Zigarettenstummel, der sich in den Holzboden brannte. Unwillkürlich trat sie ihn aus.

»Tut mir leid, daß ich dir im Augenblick nicht als persönliche Assistentin zur Verfügung stehe«, sagte sie. »Aber ich muß mich um die Programmbücher kümmern.«

»So?« Der Regisseur lachte auf. Mit schweren Schritten ging er zu dem gewölbten Bühnenpodest. Er senkte den Kopf. Seine Hände klammerten sich an die Schaukelseile. »In welchem Programmbuch soll deine Enthüllungsstory über den Opernbrand denn erscheinen«, fragte er beißend. »In *Götterdämmerung?*«

Die Dramaturgin schaute ihn überrascht an. Er musterte sie kalt. »Meinst du, ich kriege nicht mit, was du seit Tagen hier treibst? – Cora, was soll das? Bei dieser Produktion ist wahrlich schon genug Scheiße passiert. Und du hast nichts Besseres zu tun, als die Leute auch noch verrückt zu machen, indem du in irgendwelchen alten Geschichten rumwühlst.« Zornig stieß er die Schaukel an.

»Mein Liebster«, sagte sie trocken und rieb sich die Nasenflügel, »ich habe den Eindruck, der einzige, den ich hier verrückt mache, bist du.«

42

»Gwendolyn, ich liebe dich.« Mit beiden Händen tappte der Regisseur über das verschlossene Gesicht. Er drückte die Hospitantin fester in die Polster seiner Arbeitszimmer-Couch.

»Glaub ich dir nicht«, stieß sie hervor und schlug ihre Zähne wieder aufeinander, bevor er seinen Finger dazwischenschieben konnte.

»Wie?« Alexander Ravens Nase durchstreifte das Haar in ihrer Ohrgegend.

»Ich glaub dir nicht«, wiederholte sie gepreßt.

Der Regisseur züngelte an ihrem Trommelfell. »Warum sperrst du dich so? Was soll ich tun, damit du mir glaubst?« Er rammte seine Zunge in ihren Gehörgang.

Die Hospitantin schüttelte sich. Sie starrte über seine Schulter hinweg an die Wand. »Ist der Wotan da echt«, fragte sie.

»Ich liebe dich. Wahnsinnig.« Alexander Raven rutschte an ihr hinab. Er vergrub sein Gesicht in ihrem Schoß.

Gwendolyns Blick klammerte sich an die vergilbte Daguerreotypie. »Zu Hause hatte ich auch mal ein Foto von der Uraufführung«, sagte sie. »War aber kein echtes.« Mit zitternden Fingern zwängte sie einen Kaugummi aus ihrer Hosentasche heraus und steckte ihn in den Mund.

Der Regisseur flüsterte zu ihren Knien. Sein Unterkiefer wetzte bei jeder Silbe an ihren Schenkeln. »Ich habe mich in dich verliebt, gleich als ich dich das erste Mal gesehen habe. In jener verrückten Nacht, wo wir uns im Treppenhaus begegnet sind – am liebsten wäre ich schon damals über dich hergefallen. Du machst dir keine Vorstellung davon, wie furchtbar es für mich war, jeden Tag neben dir sitzen zu müssen und dich niemals berühren zu dürfen.«

Seine Hände fuhren an ihren Schienbeinen hinab. Leise knatschte der Kaugummi zwischen Gwendolyns Zähnen.

Alexander Raven streichelte ihre nackten Knöchel. »Du bist die einzige hier, die noch lebt«, sagte er. »Wir anderen – wie die Maulwürfe graben wir blind in unserer Vergangenheit herum.« Er richtete sich an ihr auf. Seine trockenen Lippen schabten über ihre Wangen.

Die Hospitantin drehte den Kopf zur Seite. »Ich glaube, ich sollte jetzt lieber gehen«, murmelte sie.

Alexander Raven verbrannte sie mit seinem Blick. »Deinen Mund kann ich noch küssen, ohne daß es nur meine eigenen abgelagerten Küsse sind, die ich finde.« Er sank wieder auf ihren Schoß. »Wenn ich Elisabeth liebe«, flüsterte er, »verschwindet sie unter meinen Händen. Ich kann ihren Körper nicht mehr spüren. Mir ekelt vor *mir*, wenn ich *sie* anfasse.«

Wie ein Plüschkaninchen hockte Gwendolyn auf der Couch.

»Mit Cora ist es noch schlimmer«, redete der Regisseur abgehackt weiter. »Nichts bedeutet zwischen uns einfach das, was es bedeutet. Jedes Wort, jede Bewegung erstickt in seinem Panzer von Erinnerungen. Unsere gemeinsamen Geschichten nehmen uns in Einzelhaft.«

Die Hospitantin steckte zwei Finger in den Mund, zog ein Ende des Kaugummis hervor und dehnte ihn, bis er riß.

Alexander Raven schloß die Augen. »Das, was zwischen zwei Menschen geschieht, bringt sie einander nicht näher. Die Zeit schüttet immer mehr Geröll zwischen ihnen auf, bis sie eines Tages völlig voneinander isoliert sind. Die einzige Liebe, die es geben kann, ist im Augenblick.« Langsam rutschten seine Hände an den Innenseiten ihrer Schenkel hinauf.

Gwendolyn bohrte ihre Zungenspitze in den Kaugummiballen.

Alexander Raven sprach kaum mehr hörbar. »Ich komme mir vor wie eine Spinne, die jahrzehntelang an ihrem Netz gewoben hat, bis sie eines Tages merkt, daß sie sich damit nur selbst gefesselt hat. Gwendolyn, du bist die einzige, die dieses Netz noch einmal zerreißen kann. Ich will dich. Jetzt.«

43

Die Musik war aus. Brünnhilde hatte sich die Liebe anders vorgestellt. Es war schöner gewesen mit Siegfried, als er noch ihr ungeborener Neffe gewesen war. Weiß rauschte es aus den Lautsprecherboxen.

Der Morgen erblaßte, als sein erstes Licht in die Dachkammer fiel. Wagners Kopf lag in unzähligen Scherben. Die vier Klavierauszüge waren dahingemetzelt. Hilflose Wut hatte ihre tausendreihundertzweiundneunzig Seiten zerknüllt und zerfetzt. Wie dunkle Blutspritzer klebten die Noten auf dem Papier.

Die Hospitantin kauerte auf dem Boden. Mit leerem Blick riß sie den Cassetten die Gedärme heraus.

44

Im Vorzimmer zum Vorzimmer zur Macht herrschte Dezenz. Die Dramaturgin räkelte sich in dem steifen Ledersessel, in den man sie vor einer halben Stunde gesetzt hatte. Sie betrachtete die Graphikserie, die sich über drei Wände hinweg langweilte. Jeden der Drucke hätte sie bereits aus dem Gedächtnis nachzeichnen können. Gähnend schaute sie zu den Erkerfenstern hinaus. Die Stadt stöhnte unter der beharrlichen Hitze. Cora fuhr mit ihren Stilettos das grätige Parkettmuster nach.

Sie mußte weitere vierzig Minuten warten, bis sie aus dem Purgatorium entlassen wurde. Eine perfekte Sekretärin öffnete die geschnitzten Flügeltüren und geleitete sie durch zunehmend möblierte Räume. Kandinskys und Chagalls grüßten im Vorübergehen. Klee und Mirò hielten sich im Hintergrund. Wenige Picassos später rückte das dunkle Ende der Zimmerflucht in Sicht. Die Sekretärin verschwand in einem Seitenflur. Die Dramaturgin zog sich den Seidenblazer stramm.

Gegen ihren Willen andachtsvoll betrat sie die Höhle des Baulöwen. In dem dämmrigen Licht weiteten sich ihre Pupillen. Griechische Marmorköpfe ließen ihre blinden Augen auf Bronzestatuetten ruhen. Italienische Fayencen balancierten auf Chippendale. Gobelins gingen nahtlos in Schiras-Teppiche über. Die hohen Wände waren mit Ölgemälden getäfelt. Bescheiden wie Paneel traten die Tableaus hinter ihren massiven Goldrahmen zurück. Cora wanderte an einer Landschaft vorbei, durch die vor ihr schon Caspar David Friedrich gewandert sein mußte.

Der Tycoon thronte bleich und reglos hinter einer Schreibtischfestung aus Nußholz. Er wuchtete sich erst hoch, als die Dramaturgin zwei Drittel des Raumes durchmessen hatte. Die Sonne in seinem Rücken verdunkelte sich.

Cora drückte die erlesene Hand. Sie nahm Platz auf einem hochlehnigen Stuhl mit moosgrünem Samtpolster. Das Sonnenlicht, das Zanassian in gebündelten Strahlen über die Schulter stach, blendete sie.

»Sie sind also die Dramaturgin bei unserem großartigen Frankfurter Ring. Sehr schön, sehr schön«, sagte er jovial. »Was kann ich für Sie tun, Frau Starneck.«

Cora zuckte zusammen wie eine Auster beim Zitronenspritzer. Unauffällig zwickte sie sich in den Oberschenkel.

»Ich habe von Ihren ursprünglichen Plänen zum Neubau – oder besser, zur Neukonzeption der Frankfurter Oper gehört«, sagte sie und versuchte nonchalant zu klingen. »In den letzten Jahren habe ich viel an amerikanischen Häusern gearbeitet, die bereits nach einem ähnlichen Modell organisiert sind. Deutschland ist in dieser Hinsicht ja noch ein Entwicklungsland. Es würde mich interessieren, mehr über Ihre früheren Pläne zu erfahren.«

»Ah, Sie haben von unseren damaligen Entwürfen gehört«, sagte Zanassian mit schwer zu deutendem Lächeln. »Es freut mich sehr, daß darüber heute noch diskutiert wird.«

»Das Frankfurter Opernhaus ist ein – wie soll ich sagen – ein durchaus traditionsreiches Gebäude«, stammelte Cora, nachdem Zanassian weiter nichts sagte. Sie atmete durch. »Und in diesem Sinne finde ich es auch sehr ehrenwert, daß man sich entschlossen hat, es wieder aufzubauen. Aber das nächste Jahrtausend rückt näher. Und ein neues Jahrtausend verlangt nach neuen Impulsen. Ich muß Ihnen ganz ehrlich sagen: Es hat mich gewundert, daß man ausgerechnet hier, in der einzigen deutschen Stadt, die sich bemüht, ein zeitgemäßes architektonisches Profil zu entwickeln, daß man ausgerechnet hier sich für die – nun ja: konservative Lösung entschieden hat.« Sie setzte ein Lächeln auf, von dem sie hoffte, daß es gewinnend war.

Zanassian lehnte sich zurück. Ein Sonnenstrahl stach Cora direkt ins Gesicht. Sie senkte die Stirn.

Der Tycoon bettete seine Finger auf den gepolsterten Armlehnen des Herrschersessels. »Sehen Sie, Frau Starneck«, begann er wohlwollend. »Frankfurt, unserer Stadt, lag damals vor allem eines am Herzen: Daß die Wunde, die dieses sinnlose Feuer in sie hineingebrannt hatte, so schnell wie möglich wieder geschlossen werden möge. Ein kombiniertes Mehrfunktionenmodell mit Geschäfts- und Ladeneinheiten, mit Hotel und Tiefgarage, so wie wir es damals vorgeschlagen haben, hätte nur dann einen Sinn gemacht, wenn man es als die neue äußere Form für eine neue innere Form begriffen hätte. Und ich kann Ihnen nur beipflichten, wenn Sie es bedauern, daß Frankfurt die Chance verpaßt hat, den Wiederaufbau des Operngebäudes für die in der Tat dringliche Reform der dortigen Verwaltungsstrukturen zu nutzen. Aber ich brauche Ihnen nicht zu sagen, daß so ein tiefgreifender Umwandlungsprozeß, in dem ein Theater aus der beschützenden staatlichen in die private Hand übergeben wird, mit Besonnenheit und äußerster Behutsamkeit angegangen werden muß. Es zeugt von der Weisheit der hiesigen Entscheidungsträger, erkannt zu haben, daß in der drängenden Notsituation – wie sie damals bestand – niemand für diese Besonnenheit und Behutsamkeit würde garantieren können.«

Ein sanfter Schwindel hatte Cora befallen. »Sie glauben nicht, daß das alte Haus nur deshalb wieder aufgebaut wurde, weil es zu guter Letzt dann doch nicht genügend abgebrannt war?«

»Die Frage, welcher Aufwand nötig sein würde, um die verbliebene Gebäuderuine zu restaurieren, hat bei den Überlegungen sicher eine bedeutende Rolle gespielt«, gab Zanassian formvollendet zurück.

Cora beschloß, von den rhetorischen Stöckeln herunterzusteigen. »Das heißt also: Wenn das Haus damals noch stärker niedergebrannt wäre, hätte man es vollständig abgerissen. Und zum Beispiel Ihren Vorschlag realisiert.«

Der Tycoon parierte gelassen. »Sehen Sie«, sagte er, »ich bin ein einfacher Geschäftsmann und handle ausschließlich mit Realien. Ich kann Ihnen nicht sagen, was passiert wäre, wäre die Oper tatsächlich bis auf die Grundmauern niedergebrannt. Abstrakte Spekulationen sind nicht mein Metier.«

»Aber vielleicht können Sie mir ja wenigstens verraten, ob es Ihnen leid getan hat, daß die Oper nicht bis auf die Grundmauern niedergebrannt ist«, sagte Cora und kräuselte die Zehen.

Der Immobilienwal schaute sie undurchdringlich an. »Ich bin mir nicht sicher, ob ich Ihre Frage verstehe.«

»Und ich bin mir nicht sicher, ob ich Ihre Antwort glaube.«

Zanassian lächelte. Er ließ die grazilen Finger spielen. »Frau Starneck, halten Sie mich nicht für unhöflich, wenn ich es wage, Ihnen eine Empfehlung mit auf Ihren künftigen Weg zu geben«, sagte er. »Konzentrieren Sie Ihre – zweifelsohne glänzenden – Talente auf Ihren eigentlichen Aufgabenbereich. Alles andere wäre Zeitverschwendung.« Ein spöttischer Zug schnitt sein Lächeln. »Die Gerüchteküche ist zwar diejenige Küche, die in Frankfurt am längsten geöffnet hat. Aber glauben Sie mir: Irgendwann schließt auch sie einmal.«

Er erhob sich mit Nachdruck. »Wenn Sie mich jetzt bitte entschuldigen würden! Meine Sekretärin wird Sie hinausbegleiten.« Er hielt der Dramaturgin seine alabasterne Rechte hin. »Es hat mich sehr gefreut, Ihre Bekanntschaft gemacht zu haben«, sagte er aufrichtig. »Vielleicht bietet sich ein andermal die Gelegenheit, unseren anregenden Diskurs zu vertiefen. Ich wünsche Ihnen viel Glück. Oder wie man in Ihren Kreisen wohl eher zu sagen pflegt: toi, toi, toi!«

Leicht benommen wandte sich Cora zum Ausgang. Die Sekretärin stand bereits in der Tür. Trotz der gewaltigen Ausmaße des Raumes hörte Cora das leise Klicken, das von der Fensterseite her ihren Schritt über die Schwelle begleitete.

Mit unbewegter Miene wählte Egolf Zanassian die Nummer des Feuilleton-Chefs der *Frankfurter Allgemeinen Zeitung*.

45

Den Goldenen Schluck hatte er sich aus dem Flachmann gesetzt. Noch immer umkrampften die Finger das silberne Gefäß. Die Totenstarre hatte begonnen.

Tränen sickerten auf die bleiche Halbglatze. Cora zog die Nase hoch. Sie beugte sich über den Leichnam am Schreibtisch. Ihre Arme schlangen sich unter den erkalteten Achselhöhlen hindurch. Ihre Lippen berührten den Nacken. Die Haut war weich. Rotz und Speichel hinterließen glänzende Spuren.

Reglos blieb sie auf Alexander Raven liegen. Sie sah die drei leeren Wodkaflaschen, die dem Flachmann die Vorarbeit geleistet hatten. Ihre Hand griff nach der seinen. Die kalten Finger wollten ihren letzten Besitz nicht hergeben. Der Flachmann war ein Geschenk. Die Finger knackten, als Cora sie aufzwang. Damals, zum ersten Ring-Beginn hatte Alexander das kostbare Stück geschenkt bekommen. Von ihr.

Die Sonne taumelte über den Zenit. Quecksilbrig stiegen die Bankentürme in den Himmel.

Steif richtete sich Cora auf. Sie drückte den Flachmann an sich.

Er war wie ein echter Regisseur gestorben. Strich für Strich hatte er sein Ableben im Skizzenbuch entworfen. Flüchtige Figuren, ineinandergeschobene Linien, krause Schnörkel umrankten den gesunkenen Schädel. Unter dem Nasenflügel kroch steile Schrift hervor. Cora bettete das fahle Gesicht auf die andere Seite. Zehn Zeilen krallten sich in das Papier.

Fahre denn hin,
herrische Pracht,
göttlichen Prunkes
prahlende Schmach!
Zusammen breche
was ich gebaut!
Auf geb ich mein Werk,
nur eines will ich noch.
Das Ende – –
Das Ende! –

Die Dramaturgin trat ans Fenster. Unbewußt summte sie die morschen Melodiefetzen, mit denen sich der blanke Text sonst verhüllte. Wotan hatte Schluß gemacht. Ihre Finger trommelten auf dem Flachmann.

Er hatte sterben müssen. Seine Existenz war ein Soll-Bruch gewesen.

Lebenslänglich hatte er sich selbst im Nacken gesessen, war hinter dem *Anderen* hergejagt, das ihn von sich selbst befreien sollte. Nur deshalb hatte er inszeniert.

Nur deshalb hatte er geliebt. Und immer wieder war er auf Opern und Frauen gestoßen, in denen er sein Erlösungsmittel gewittert hatte. Er hatte sich an sie geklammert und in sie gewühlt. So lange, bis ihm nur noch der eigene Mundgeruch entgegengeschlagen war. Die Welt war ihm zum Spiegelkabinett geworden.

Ein flaues Lächeln wischte durch Coras Gesicht.

Und doch hatte es etwas gegeben, das ihn noch heftiger gequält hatte als seine selbst geschaffenen Zerrbilder: die echten Marmorskulpturen, die sich seinen Atem nicht hatten einhauchen lassen.

Wotan hatte Schluß gemacht. Aus dem Flachmann roch der Wodka.

Ein Schwindelanfall zwang Cora auf die Couch. Der abgerissene Gott haderte über dem Schreibtisch. Ihre Finger harkten das kratzige Polster.

Schluß gemacht. Etwas verfing sich unter ihrem rechten Daumennagel.

Es war ein schwarzes Haar. Ein Frauenhaar. Jedoch nicht lang genug, um eins von ihr zu sein. Nachdenklich rieb es Cora zwischen ihren Fingern. Sie schnupperte. Ihre Bewegungen gefroren. Es war nicht das Haar. Sie schnupperte noch einmal. Zögernd führte sie die Finger unter die Nase. Und plötzlich stiegen aus dem faden brenzligen Geruch die Worte, nach denen sie die ganze Zeit gesucht hatte.

Verschwinde. Ich habe Schluß gemacht. Es ist besser so. Für dich. Und für mich. Es geht nicht mehr.

Die Brandnacht. In der Brandnacht hatte er schon einmal Schluß gemacht. In der Brandnacht hatte er sich halbtot gesoffen. In der Brandnacht war sein Ring vernichtet worden. Cora schlug die Hand vor den Mund.

»Oh mein Gott«, stammelte sie, »oh mein Gott|... du?«

Fassungslos starrte sie auf den toten Regisseur am Schreibtisch. Ihre Finger krampften sich um den Flachmann. Ohne es zu merken, stürzte sie den restlichen Wodka hinunter.

Vierter Aufzug

»Alles! Alles! Alles weiß ich:
Alles ward mir nun frei!«

Brünnhilde, *Götterdämmerung*, 3. Aufzug

46

Drei Frauen reihten sich auf dem Besuchersofa. Widriges Schicksal hatte sie im Zimmer des Generalmanagers zusammengeführt. Sie sahen einander nicht an.

Elisabeth Raven-Winterfeld hing mit verquollenen Augen in der linken Ecke des Sofas und schluchzte. Kraftlos hielten ihre Hände ein Papiertaschentuch.

Cora Starneck saß steif am anderen Ende der Couch. Ihre Augen verschwanden hinter schwarzen Gläsern.

In der unbehaglichen Mitte hockte Frankfurts Kulturdezernentin. Sie wünschte, das honiggelbe Leinenkleid, zu dem sie der strahlende Morgen verleitet hatte, möge sich schamhaft verdunkeln.

»Gibt es denn nichts anderes im Repertoire, mit dem sich die Wiedereröffnung bestreiten ließe«, fragte sie vorsichtig in Richtung Walnuß-Schreibtisch.

Generalmanager und Intendant schwiegen.

Renate Krösch wagte einen letzten Versuch. »Was hielten Sie zum Beispiel von der *Zauberflöte?* Das war doch eine sehr gelungene Aufführung.«

Benito Bellini erwachte aus seiner düstren Erstarrung. »*Per carità*«, stöhnte er. »*Zauberflöte!* Ich werde dieses Opernhaus entweder mit dem Ring eröffnen oder gar nicht!« Er warf der Kulturdezernentin einen vernichtenden Blick zu. »Und wenn ich den Ring konzertant aufführe!«

Renate Krösch seufzte stumm. »Ja, vielleicht wäre in der momentanen Situation eine konzertante Aufführung tatsächlich der praktikabelste Ausweg«, sagte sie ohne rechte Begeisterung.

»Verehrte Frau Krösch und verehrter Direttore!« Hermann Preuss nahm seine Brille von der Nase. »Ich bin der festen Überzeugung – und in diesem Punkt werden Sie mir sicher recht geben –, ich bin der festen Überzeugung, daß wir es dem Frankfurter Publikum schuldig sind, ihm bei der Eröffnungs-Gala die wieder- oder besser, neugewonnenen technischen Möglichkeiten dieser Bühne hier vorzuführen. – Nein.« Er stieß mit der Brille in die stickige Luft. »Nein. Eine rein musikalische Aufführung des Rings über vier Abende hinweg scheint mir eine höchst unbefriedigende Lösung zu sein. Zumal, wenn man den durch und durch szenischen Charakter dieses Werkes in Anschlag bringt. Nein.«

Er setzte das schwarze Designergestell wieder auf. »Da ich nicht sehe, daß bisher eine bessere Alternative aufgezeigt worden wäre, möchte ich auf meine Anfangs-Idee zurückkommen.« Mit einem Blick, der sich jegliche Form von Ablehnung verbat, schaute er zum Sofa. »Wir sollten den Ring als szenisches Fragment aufführen.«

Elisabeth Raven-Winterfeld verharrte in ihrem wohltemperierten Schluchzen. Renate Krösch wiegte den Kopf. Cora Starneck zeigte keinerlei Reaktion. In ihren schwarzen Gläsern spiegelte sich das Panoramafenster.

»Und dabei denke ich jetzt nicht nur an die Bedürfnisse unseres Publikums«, fügte Hermann Preuss beleidigt hinzu. »Ich denke vor allem, daß die Pietät dem Toten gegenüber uns diese Handlungsweise gebietet.«

Benito Bellinis Miene war endgültig unter den Gefrierpunkt gesunken. »Herr Preuss«, fuhr er gallig dazwischen, »der Ring ist ein Ring. Und kein elendes Stückwerk. Keinesfalls werde ich nur die Hälfte oder Dreiviertel *o non so che* dirigieren. Sondern alles. Und damit meine ich: alles vom ersten bis zum letzten Takt. Niemand wird mich davon abhalten. Auch nicht ein Toter.«

»Aber bester Direttore!« Hermann Preuss hob salomonisch die Hände. »Mein Vorschlag will Ihr Dirigat doch in keinster Weise beschneiden! Mir ging es erst einmal nur darum, eine Form zu finden, in der wir dem reichen szenischen Kapital, das Alexander Raven uns hinterlassen hat, die angemessene Geltung verschaffen können. Über die genaueren Modalitäten solch einer fragmentarischen Aufführung wäre selbstverständlich noch zu diskutieren.«

Am linken Ende des Sofas gab es eine schwache Regung. Elisabeth Raven-Winterfeld setzte sich mühsam gerade. »Mein Mann hat nicht gewollt, daß seine Inszenierung aufgeführt wird«, sagte sie mit gebrochener Stimme. »Wenn Sie pietätvoll handeln wollen, dann verzichten Sie auf diese verfluchte Premiere!«

Die Kulturdezernentin drehte sich behutsam zu ihr. »Bitte, Frau Raven-Winterfeld, verstehen Sie uns nicht falsch. Wir können ihren tiefen Schmerz nachempfinden. Aber wir dürfen uns jetzt nicht von Emotionen hinreißen lassen. Wir müssen danach streben, in dieser – für die Oper und die ganze Stadt – so wichtigen Angelegenheit eine besonnene Lösung zu erzielen.«

»Mein Mann hat nicht gewollt, daß seine Inszenierung aufgeführt wird«, wiederholte die Sängerin bebend. Ihre Finger zerrupften das feuchte Papiertaschentuch. »Ich werde dafür kämpfen, daß man seinen letzten Willen respektiert.«

»Verehrte Frau Raven!« Der Generalmanager lächelte süß-sauer. »Niemand hindert Sie daran, die genaue juristische Situation noch einmal prüfen zu lassen, aber ich bin mir doch nahezu sicher, daß sämtliche Rechte an dieser Inszenierung in den Händen der Oper Frankfurt liegen.«

Der Sängerin entfloh ein gequälter Schluchzer. Das zerfaserte Taschentuch fiel zu Boden.

Hermann Preuss rümpfte die Brille auf seiner Nase zurecht. »Ich denke, der von mir propagierte Vorschlag würde darauf hinauslaufen, den Ring bis einschließlich zweiten Akt *Siegfried* – denn dies ist ja wohl der letzte Akt, den Alexander Raven noch vollständig auf die Bühne gebracht hat –, also den Ring bis zu jener Stelle wie geplant aufzuführen. Und nach der Pause dann semi-szenisch fortzufahren. Der Schluß von *Siegfried* und die ganze *Götterdämmerung* würden unserem Publikum sozusagen als konzertante Aufführung in Kostümen – und eventuell sogar im Bühnenbild – geboten.« Er ignorierte die stärker schluchzende Frau und wandte sich an die drei stummen Personen. »Das scheint mir doch eine Lösung zu sein, mit der alle Seiten leben können. – Wie denken Sie darüber, Direttore?«

»Machen Sie mit Ihren Kostümen, was Sie wollen«, knurrte der Maestro unleidlich. »Für mich steht nur eines fest. Ich werde den Ring dirigieren. Und zwar ganz.« Er verschränkte die Arme über der Brust.

Ein winziger, gänzlich unerwarteter Hauch bewegte die angespannte Atmosphäre. »Ich werde den Ring zu Ende inszenieren«, sagte eine kühle Stimme.

Vier Augenpaare schnellten zur rechten Ecke des Sofas. Cora Starneck saß so still, als ob sie nie den Mund geöffnet hätte.

Hermann Preuss fand als erster die Sprache wieder. »Aber natürlich«, rief er erleichtert aus. »Frau Starneck ist ja mit der alten Inszenierung bestens vertraut! Daß wir an diese Möglichkeit nicht sofort gedacht haben! Natürlich! Frau Starneck, Sie werden den Ring vollenden!«

Elisabeth Raven-Winterfeld Schoß in die Höhe. »Du verfluchtes Aas«, fauchte sie mit überschnappender Stimme. »Reicht es dir nicht, daß Alexander tot ist! Mußt du ihm jetzt auch noch aufs Grab spucken!«

Cora lachte bitter. »Was weißt du denn schon?« Sie hielt ihre schwarzen Gläser stur auf die Panoramascheibe gerichtet. »Wenn hier etwas Alexanders Grab besudelt, dann ist es dein läppisches Geflenne.«

Die graue Witwe schrie auf. Eine Handvoll eckiger Fingernägel schrammte der Dramaturgin durchs Gesicht.

47

Schläfst du, Hagen, mein Sohn?

Gähnend drückte die Dramaturgin ihre Zigarette aus. Den ganzen Abend schon wälzte sie den zweiten Aufzug der Götterdämmerung. Mit Grausen blickte sie Alberichs Auftritt entgegen. Im Geiste sah sie den polnischen Sänger schon wie ein Nachtgespenst um Hagen herumflattern.

Schläfst du, Hagen, mein Sohn? … Ich – und du: Wir

erben die Welt, trüg ich mich nicht in deiner Treu, teilst du meinen Gram und Grimm.

Schmunzelnd steckte sich Cora die nächste Zigarette an. Gestern bei der Krisensitzung hatte Bellini ein beachtliches Alberich-Potential an den Tag gelegt. Vielleicht sollte sie ihn fragen, ob er nicht die Rolle übernehmen wollte. Die Zigarette glomm auf.

Sei treu, Hagen, mein Sohn! Trauter Helde, sei treu! Sei treu! – Sei treu!

Cora schrieb einige Notizen in das noch unbefleckte Regiebuch. Sie beschloß, Alberich in die Video-Festung zu verbannen. Und zwar lediglich seinen Kopf. Auf diese Weise würde der ungelenke Nibelung am wenigsten motorisches Unheil anrichten.

Sie zog einen befriedigten Strich unter die Szene. Irgendwie gefiel ihr die Idee, den Nachtalben über die schwarzen Bildschirme flimmern zu lassen.

Auf dem Balkon war es noch schwüler als im Zimmer. Die Hitze klebte an den Häuserwänden. Über dem Taunus kündigte sich ein Gewitter an. Die Straße war bis auf eine hinkende Katze ausgestorben. Cora massierte sich den verspannten Nacken. Alexanders Beerdigung sollte in ungefähr drei Wochen sein. Die *Rheingold*-Premiere konnte frühestens in zwei Wochen stattfinden.

Cora berührte die Kratzer, die Elisabeths Fingernägel auf ihrem Gesicht hinterlassen hatten. Die Zeit brannte. Doch egal wie: Sie mußte es schaffen, den Ring über die Bühne zu bringen, bevor Alexander unter die Erde ging. Den Triumph, an diesem Werk zu Recht gescheitert zu sein, sollte er nicht mit ins Grab nehmen.

Sie kehrte an den Tisch zurück, kippte einen Schluck aus dem Flachmann und blätterte zum finalen Weltenbrand vor. Ein Windstoß rüttelte in den Jalousien. In der Ferne ertönte das erste Donnergrollen.

Der Weltenbrand war diejenige Szene, über die sie damals mit Alexander am erbittertsten gestritten hatte. Er hatte den Ring im glühenden Nirwana enden lassen wollen. Mit ihrem Flammen-Liebes-Tod hatte Brünnhilde auch Erdball und Walhall anstecken sollen.

Cora hatte dieser Weltuntergangsromantik stets mißtraut. Nur weil eine mit heiklen Trieben ausgestattete Frau endlich herausfand, daß sie ihren Liebhaber auf den Scheiterhaufen legen mußte, um ihn lustvoll besteigen zu können, löste sich nicht gleich die ganze verkrachte Welt in Harfenklang und Feuerzauber auf. Deshalb hatte sie damals darauf bestanden, dem musikalischen Erlösungsgewaber einen trotzig in die Zukunft starrenden Alberich entgegenzusetzen.

Die Dramaturgin kritzelte eine Bühnenbildskizze aufs Papier. Die Vorstellung, das flammentrunkene Finale unter dem kalten Blick des Nibelungen gefrieren zu lassen, bereitete ihr nach wie vor diebisches Vergnügen. Weniger Vergnügen bereitete ihr die Vorstellung, Slawomir Wolansky wie einen abgezehrten Gartenzwerg auf dem Souffleusenkasten hocken zu sehen.

Sie seufzte. Auch wenn die Feuerprobe noch vor ihr lag, war sie jetzt schon sicher, daß dieser Viertel-Ring ihr erster und letzter Ausflug auf den Regiestuhl bleiben würde. Der *Widerstand des Materials* entfachte in ihr nicht den libidinösen Funken, den richtige Regisseure zum Warmlaufen brauchten. Dieser Beruf würde sie unweigerlich zur Totschlägerin machen.

Cora blätterte weiter im Finale. Jetzt wie damals fragte sie sich, ob Alexander mit seiner Untergangs-Apotheose nicht wagnerianischer war als Wagner selbst. Sicher hätte ihre eigene Variante, Alberich in kultiviertem Haß triumphieren zu lassen, während Wotan in Liebe verbrannte, dem Meister keine unmittelbaren Begeisterungsstürme entlockt. Aber sie fand es erstaunlich, daß er ihre Variante wenigstens insofern beförderte, als er den Nibelungen vom Weltenbrand ausnahm. Und sie fand diese Zurückhaltung um so erstaunlicher, wenn sie bedachte, daß Wagner sonst keine dramaturgischen Kosten und Mühen gescheut hatte, sein gesamtes Ring-Personal auf die große Leichenhalde zu kippen.

Sie gähnte. Entweder mußte Wagner glauben, Alberich bereits hinreichend vernichtet zu haben, indem er Brünnhilde mit ihrer Erlösungs-Großtat auch den verfluchten Ring *entsündigen* ließ. Oder aber er hatte es eben doch nicht ausschließen wollen, daß Alberichs Reich der kastrierten Lust eines Tages noch kommen würde.

Sie fuhr zusammen. Ein gewaltiger Donnerschlag vergrollte über der Stadt. Die Luft vibrierte. Die Notensysteme und Textzeilen verschwammen vor ihren Augen.

Abgekämpft trat sie auf den Balkon hinaus. Dreck und Staub wirbelten über den Asphalt. Graue Wolken wälzten sich am schwefelgelben Himmel.

Ihr müder Blick streifte eine Litfaßsäule. Die Bettelplakate der Oper Frankfurt, die bislang dort gehangen hatten, waren verschwunden. Doch erst als ein Blitz den düstren Gewitterschleier zerriß, erkannte sie, was jetzt dort hing. Es waren Ring-Plakate. Plakate für ihren Ring. Aber nicht diejenigen, die sie mit Alexander entworfen hatte. Statt des roten Schriftzugs, der durch eine

Zeichnung aus Alexanders Skizzenbuch floh, protzten Goldlettern vor schwarzem Hintergrund. Drei Worte flammten im Blitzlicht auf.

WAGNER. RING. BELLINI.

Die Dramaturgin holte Luft. Doch sie kam nicht mehr dazu, sich aufzuregen. Etwas anderes ließ ihr den Atem stocken.

Auf einmal wußte sie, daß es Alberich gelungen war, den Ring doch wieder in seine Gewalt zu bringen.

48

Auf den Bildschirmen loderten lautlos-kalte Flammen. Die Festung der Gibichungen lag in unruhigem Schlaf.

Eine einsame Gestalt saß im hochgefahrenen Orchestergraben. Ihre Silhouette verschmolz mit der des dreibeinigen Flügels, hinter dem sie Zuflucht gefunden hatte. Matt vorgetragene Götternot verklang im Schnürboden.

Die Götterthemen waren erschöpft. Zum letzten Mal kündeten Fanfaren vom alten Des-Dur-Glanz. Zum letzten Mal beschrieben die Tasten den mächtigen Aufstieg, der sich im flirrenden Zenit zum Niedergang gewendet hatte.

Die Gestalt am Flügel erhob ihre Stimme. »*Mein Erbe nun nehm ich zu eigen. Verfluchter Reif. Furchtbarer Ring!*«

Die Musik kehrte in ihre Ursprungs-Elemente zurück. Sie tauchte unter Wasser, schoß in die Luft und beschleunigte sich, bis Läufe und Triller feurig zerschweiften. Die traktierten Flügelsaiten sprühten Funken.

»*Der Götter Ende dämmert nun auf*«, schmetterte die Gestalt, »*so werf ich den Brand in Walhalls prangende Burg.*« Ein wuchtiger Sext-Akkord sprengte die nächtliche Theaterstille bis ins Fundament.

Aus dem Festungssaal ertönte leises Lachen.

»Spielen Sie Siegesfeier, Signore«, fragte eine anzügliche Stimme.

»*Chi è là?*« Der ertappte Musikant riß die Finger von den Tasten und blinzelte in den flackernden Bühnenraum hinein.

Ein schmaler Schatten erstieg langsam die Erdwölbung. »Oder störe ich Sie beim Komplet«, fragte der Schatten und lachte wieder.

»*Lei?* Frau Starneck? Was tun Sie hier?«

»Ich habe Sie überall gesucht«, antwortete die Dramaturgin schlicht. In ihrer Hand flammte ein Feuerzeug auf. »Ich wollte Ihnen nur sagen, daß ich es mir anders überlegt habe. Alberich soll den Ring doch nicht als Sieger verlassen. – Sie haben verloren, Signore. Da hilft auch kein fliegender Rollenwechsel mehr.« Sie steckte ihre Zigarette an und stieß eine lakonische Rauchwolke aus. »Darf ich Sie darauf aufmerksam machen, Signore, daß Sie eben ein paar entscheidende Textzeilen unterschlagen haben? Brünnhilde darf den Ring nämlich nicht für sich behalten. Sie muß ihn brav an die Rheintöchter zurückgeben.«

»Was reden Sie da?« Benito Bellini hatte seine Klavierbank vom Flügel weggerückt, um die Dramaturgin besser sehen zu können. Seine Augen zuckten nervös.

»Sie werden den Ring nicht bekommen, Signore. Wenigstens nicht mit meiner Hilfe. Ich bin kein so treuer Erfüllungsgehilfe wie Hagen.«

»Was ist los mit Ihnen, Frau Starneck? Sind Sie betrunken?«

Cora machte einige Schritte den Erdrücken hinab. »Es ist nicht so wichtig, was mit mir los ist. Viel interessanter finde ich die Frage, was mit Ihnen los ist!« Breitbeinig blieb sie stehen. »Denn Sie waren es doch, der damals die Oper angezündet hat. Oder nicht?«

Dem Dirigenten entfuhr ein unbeholfenes Lachen. Er lehnte sich zurück. »Liebe Frau Starneck! Der plötzliche, furchtbare Tod von Alexander Raven ist an keinem von uns spurlos vorbeigegangen. Vielleicht sollten Sie sich ein paar Tage Ruhe gönnen, bevor Sie mit Ihrer Arbeit beginnen.«

Cora näherte sich schrittweise dem Orchestergraben. »Ich werde mit keiner Arbeit beginnen! Und ich werde niemandem Ruhe gönnen.«

»*Carissima Signora*«, zischte Bellini. »Was zum Teufel wollen Sie von mir?«

»Sie haben damals die Oper angezündet«, wiederholte die Dramaturgin stur. »Bis heute abend hatte ich Alexander im Verdacht. Aber ich habe mich getäuscht. Es paßt nicht. Alexander hat sich totgesoffen. Er hat sich an seinen Schreibtisch gesetzt und darauf gewartet, daß der Alkohol ihm die letzte Drecksarbeit abnimmt. Er war nicht der Mann, der zu Streichholz und Benzinkanister greift, um sein Werk zu vernichten. Aber Sie, Signore, Sie haben die blinde Willenskraft, die man braucht, um ein Opernhaus niederzubrennen.«

»Bitte, Frau Starneck!« Der Dirigent lachte böse. »Machen Sie sich doch nicht lächerlich.«

»Und Sie hatten damals auch ein ebenso starkes Motiv«, redete Cora unbeirrt weiter. »Sie wollten um jeden

Preis den Ring dirigieren. Jahrelang hatten Sie schon darum gekämpft. Aber in Hamburg hatte man Ihnen den Ring aus dem Etat gestrichen, und in Bayreuth wollte man Sie immer nur an den *Fliegenden Holländer* ranlassen. Hier in Frankfurt sahen Sie Ihre große Chance endlich gekommen. – Wahrscheinlich war es der einzige Grund, warum Sie den Vertrag in dieser jämmerlichen Stadt überhaupt unterzeichnet haben. Doch um eines Tages wirklich der Herr des Rings zu sein, mußten Sie erst einmal verhindern, daß Haffner seine Ära mit ihm beendete.« Ihr Gesicht zuckte im Licht der künstlichen Flammen. »Immerhin haben Sie damals erkannt, daß diese Stadt für Sie verbrannte Erde gewesen wäre, hätte Haffner die Produktion mit uns noch herausgebracht.« Ihre Zigarette glomm in einem langen Zug auf. »Denn selbst wenn Frankfurt Ihnen einen zweiten Ring finanziert hätte: Er wäre neben Haffners verblaßt wie Weißblech neben Platin.« Der glühende Punkt sank zu Boden und erlosch.

»Frau Starneck! Überfordern Sie nicht meine Geduld«, drohte der Dirigent nun ernstlich gereizt.

Cora wanderte wieder erdaufwärts. »Deshalb haben Sie diesen Junkie angeheuert und ihn eine Woche vor der Premiere mit dem Benzinkanister hier in die Oper geschickt. – Oder haben Sie sich die Freude, unser Bühnenbild abzufackeln, selbst genehmigt und diesen armen Ossi nur noch dafür bezahlt, seinen Kopf hinzuhalten.«

»Frau Starneck!« Bellinis Stimme kippte in schrilles Falsett. »Es reicht!«

»Sie hatten ein unverschämtes Glück, Signore«, sagte die Dramaturgin betont leise. »Wenn die hessische Polizei und Justiz nicht so notorisch schlafen würden, und wenn nicht alle hier im Haus geglaubt hätten, daß ihr alter Technischer Direktor hinter der Geschichte steckt, und deshalb den Mund gehalten hätten, wären Sie schon damals aufgeflogen.«

»Ich werde Ihrem wahnsinnigen Gerede nicht länger zuhören!« Zornbebend stieß der Maestro seine Klavierbank zurück.

»Verraten Sie mir nur noch eines«, rief Cora ihm hinterher, als er Anstalten machte, über die Seitenbühne zu verschwinden. »Warum haben Sie dieses ganze Theater nun *wirklich* veranstaltet. Um des elenden Vergnügens willen, Ihren Namen neben dem von Wagner in Gold geprägt zu sehen? Um Hand in Hand mit dem großen Meister ins Himmelreich einzumarschieren?«

Benito Bellini erstarrte am Portal. Seine Stirn sank gegen den eckigen Pfeiler, der den Bühnenraum begrenzte.

»Sie sind aufs falsche Trittbrett gesprungen«, sagte die Dramaturgin kalt. »Selbst wenn es mir nicht gelingt, Sie rechtzeitig ans Messer zu liefern: Dieser Zug wird ohne Sie in die Ewigkeit fahren. Selbst wenn Sie Ihre konzertante Gala noch hinkriegen: Keine drei Jahre, und es wird vergessen sein, daß Sie hier in Frankfurt je einen Ring dirigiert haben.« Mit der Unerbittlichkeit eines Picadors stach sie Bellini ihre Worte in den Rücken. »Sie sind kein Wagner-Dirigent, Signore! Ihnen fehlt jeglicher Blick für die Schärfe dieser Musik. Bei Ihnen klingt der Ring, als ob Wagner ihn in lauen Sommernächten komponiert hätte. Ich an Ihrer Stelle würde lieber gleich in den Knast gehen, anstatt mich vorher noch zu blamieren.«

Ein unbändiges Brüllen brach aus der Dirigentenseele hervor. Der Maestro raste die Erdwölbung hoch, stürzte sich auf Cora und packte sie an der Gurgel. Die beiden Schattenbilder verkrallten sich ineinander.

»*Troia! Brutta troia*«, heulte er wieder und immer wieder. Die Dramaturgin trat heftig um sich. Sie brachte den Dirigenten dazu, seine eherne Umklammerung zu lockern.

»Ich glaube nicht, daß es klug wäre, mich zu erwürgen«, keuchte sie. »Elli Schubert weiß, daß ich hier bin. Und sie weiß, was ich weiß.«

Überrascht von der Plötzlichkeit, mit der Bellini sie losließ, kam sie auf dem abschüssigen Boden ins Stolpern. Sie fiel hin, überschlug sich, rutschte den Erdrücken hinunter und krachte gegen den zugenagelten Souffleusenkasten.

Der Maestro hatte sich zum Bühnenprospekt hin abgewandt. »Oh Reginald, Reginald«, stieß er schmerzlich hervor. »*Perchè non ti ho creduto! Ho prestato fede ai miei peggiori nemici!*«

Mit drohenden Schritten eilte er auf die synthetisch lodernde Festung zu. »Aber sie werden nicht über mich triumphieren. *No! Giammai! Vittoria mia!*« Er stimmte ein tödliches Gelächter an.

Die Dramaturgin hatte ihn nicht mehr warnen können. Sie hatte ihm zurufen wollen, daß die Bühnenarbeiter heute nachmittag die dreißig obersten Monitore zwar schnell noch auf das Gerüst gestellt, aber nicht mehr festgeschraubt hatten. Alles, was ihrer gequetschten Kehle entwich, war ein kläglicher Schrei. Und auch dieser kam zu spät. Der Zorn des Dirigenten hatte die fragile Alu-Konstruktion bereits in Schwingungen versetzt. Der freie Fall der Bildschirme hatte begonnen.

Cora hechtete in den flachen Orchestergraben. Monitore schlugen in die Erdkuppe ein. Holz, Glas und Kunststoff splitterten, Bildröhren implodierten. Bellinis Gelächter endete mit einem grausam verzerrten *sforzato*. Cora preßte sich auf den staubigen Boden.

In ihrem Rücken entbrannte das letzte Finale. Dreihundert Monitore warfen sich ins Gefecht. Die Kette der Detonationen wollte nicht abreißen. Mit beiden Händen hielt sich Cora die Ohren zu.

Das Ächzen einer Stahlschwinge breitete sich über die berstende Szenerie. Cora blinzelte vorsichtig nach oben. Der Eiserne Vorhang senkte sich aus seinem Horst. Der tonnenschwere Schild würde die Bühne samt Orchestergraben zum unentrinnbaren Kessel machen. Panische Angst peitschte Cora ins Leben zurück. Mit dem Gesicht am Boden robbte sie auf die rettende Demarkationslinie zu. Verbissen zog sie sich die siebzig Zentimeter zum Zuschauerraum empor.

Jetzt erst, vom sicheren Parkett aus, wagte sie es, zur Bühne zurückzublicken. Von der gläsernen Wand stand nur noch das dürre Gerippe. Der Erdrücken war unter schwelenden Trümmern begraben. Eine schwarze Moräne wälzte sich an die Rampe. Durch giftigen Rauch und gespenstisch reale Flammen hindurch konnte Cora in den tieferen Bühnenraum sehen. Gefaßt erwarteten die restlichen *Götterdämmerungs*-Kulissen ihren nahenden Feuertod.

Bis zuletzt starrte die Dramaturgin auf den schmäler werdenden Bühnenstreifen.

»*Zurück vom Ring*«, wisperte sie, während das Wasser eines irregeleiteten Sprinklers über ihr niederging.

Epilog

Der Tag, an dem die Oper Frankfurt zum zweiten Mal niederbrannte, war einer unter vielen. Der Rauch qualmte, die Flammen loderten, die Feuerwehr löschte. Die Opernpark-Junkies fixten, die Kulturdezernentin betrieb Krisenmanagement, und auch sonst ging jeder in der Stadt seinen üblichen Geschäften nach. Selbst die Möwen schaukelten gelangweilt auf dem tranigen Mainwasser. Die wiederholte Weltkatastrophe war keine mehr.

Die Dramaturgin und die Souffleuse saßen auf einer Caféterrasse am Main. Vor ihnen standen die üblichen Gläser.

Elli Schubert schaute über den glitzernden Fluß. »Hat es Bellini also doch noch geschafft«, sagte sie nachdenklich.

Mit schlafwandlerischen Bewegungen polierte Cora ihre Sonnenbrille. Ihre Augen blinzelten im gleißenden Tageslicht. »Was«, fragte sie abwesend.

»Unsterblich zu werden.«

»Mmh.« Die Dramaturgin nickte vage.

»Bin mir sicher, er wird in der gesamten Weltgeschichte der einzige bleiben, der zweimal die gleiche Oper abgefackelt hat«, sagte Elli anerkennend. »Wird berühmter werden als der gute alte Herostrates, unser *maestro assoluto.*« Sie verscheuchte eine Taube, die um ihrem Tisch herumhinkte.

Die Dramaturgin hauchte ihre schwarzen Gläser an. »Inzwischen glaube ich fast, du hattest recht«, sagte sie leise. »Der Ring ist verflucht.«

Ein obskures Lächeln verklärte das Gesicht der abgehalfterten Souffleuse. »Aber nur – *bis in meiner Hand den Geraubten wieder ich halte*«, sang sie mit rauhem Schnapstimbre.

»Bitte?« Cora rückte ihre Brille zurecht.

Elli hob ihre Rechte und drehte an der Stelle des Ringfingers, an der bei verheirateten Menschen das Ehesiegel saß.

Hirnfaser für Hirnfaser wandelte sich Coras Verständnislosigkeit in Fassungslosigkeit. »Oh nein«, entfuhr es ihr. Sie starrte die Souffleuse an.

»Oh nein«, stöhnte sie noch einmal. »Du warst der mysteriöse Wurm, der von Anfang an in dieser Wiederaufnahme drinsteckte! Die Geschichte mit Alexanders Ehering – die verschwundenen Regiebücher – Elisabeths Sturz von der Schaukel – der gepanschte Champagner – das warst alles du!«

Elli Schubert machte eine knappe Verbeugung. »Aber sicher. Mußte doch verhindern, daß sich diese Taktstock-Schwuchtel mit Haffners Federn schmückt. Hatte kein Recht auf euren Ring.« Lächelnd verfolgte sie, wie die Dramaturgin ihre Brille abnahm und sich hinter ihren Handflächen verkroch.

»Warst mein Haupttrumpf, Mädchen«, erklärte sie nicht ohne Stolz. »Wußte, wenn ich dich aus der Produktion rausziehe, fällt das ganze Kartenhaus zusammen. War mir klar, daß Raven fuchsig wird, wenn er glaubt, du würdest seine Elisabeth schikanieren. Und war mir klar, daß du fuchsig wirst, wenn er fuchsig wird. Hast ihm das Zeug ja auch brav hingeschmissen. Die Johnson-Myer zu erschrecken sollte eigentlich nur noch der Gnadenstoß sein. – Konnte ja nicht ahnen, daß du so dumm warst, dich wieder von ihm einwickeln zu lassen«, knurrte sie. »Aber«, schob sie versöhnlich nach, »will mich nicht beschweren, er hats ja wieder gutgemacht.«

Cora lüftete für eine Sekunde die Hand über ihren Augen. »Hattest du da auch deine Finger im Spiel?«

»Ne, ne, keine Sorge, Mädchen«, beruhigte Elli sie. »War ein schöner, echter Selbstmord. Einmal im Leben hat der genialische Künstler was ganz ohne Mutti-Hilfe hingekriegt.«

Mühsam richtete sich die Dramaturgin wieder auf. Sie faßte sich an die pochende Stirn. »Elli, ich weiß nicht, ob ich dich für das, was du getan hast, erwürgen oder küssen soll«, murmelte sie.

Die Souffleuse grinste. »Spendier mir einfach nen Kirsch.«

Unter angegriffenem Schweigen warteten die beiden Frauen auf den Promillenachschub. Träge zogen die Mainwellen an ihnen vorbei. Das Feuertosen in ihrem Rücken war schwächer geworden.

»Wie nennt man es gleich wieder, wenn Truppen in eine Schlacht geschickt werden, in der sie keine Überlebenschance haben«, fragte Cora stockend.

»Himmelfahrtskommando, Schätzchen, Himmelfahrtskommando«, soufflierte die andere.

Die Dramaturgin nippte an ihrem Glas. »In diesem Sinne«, flüsterte sie.

»In diesem Sinne«, echote die Souffleuse.

Neuerliches Schweigen breitete sich aus wie ein Ölfleck im Wasser.

»Is sicher am besten, daß der Kasten gleich wieder abgebrannt is«, sagte Elli schließlich. »Wär so oder so eine Ruine geworden. Die Neuen hätten da kein Leben, keine Begeisterung mehr reingebracht.« Sie schlürfte den letzten Tropfen Kirsch aus ihrem Glas. »Will nur hoffen, daß der Krösch die Kohle fehlt, das Ding zum zweiten Mal aufzubauen.«

Die Dramaturgin rieb sich die übernächtigt tränenden Augen. »Zanassian soll seinen Büro-Tiefgaragen-Hotel-Einkaufs-*Tower* auf das Grundstück klotzen. Und die Oper gleich ganz draußenlassen.« Sie setzte ihre Sonnenbrille wieder auf.

»Die Opernhäuser werden aussterben wie die Dinosaurier«, sagte sie gedämpft. »Unser Ringkampf war die letzte große Oper, die in der Oper stattgefunden hat.«

Ein sengender Fallwind trug ihre Worte davon.